河流裡的月印

郭松棻與李渝小說綜論

黃啟峰

自序

　　我記得，在我童年隱約的記憶，也有一輪明亮的月痕，印在時間漫漫的長河裡，所有那些美好的、幽微的、恐懼的，都像是胚胎成形以來的核心交揉並存，而我，便是順著這樣一個混亂的自我，一步一步的建構起來的。

　　「河流裡的月印」一書，雖是試圖為郭松棻與李渝兩人的小說作品定出一個美感與理性的基調，實則也是自我感發與成長的反射。於作家，對國族與個人的信念取捨，猶如他們明快的人生歷程，經歷政治與文壇的起落之間，最終他們選擇回到文學，並找到最初所追尋的精神寄託；於論者，國族的包袱雖然充滿激情，卻也蒙上了太多歷史的沈重，個人如何在記憶裡的細流追尋自我，又如何在歷史的大河裡重理家國，儼然猶如作家的人生與作品帶來的啟示一般，始終是近代台灣人共同面臨的課題。因此當論者每一筆再書寫的背後，不可免的還是隨著作家的作品繼續刻印著，所有那些關於時代的痕跡與歷史下的自我。

　　翻閱過往成書的台灣文學史系譜，可以發現郭松棻與李渝並未得到學界十分的注視，甚或是取得一個明確

的位置。而不管以「藝術形式手法」、「時代社會反映」、「個人心靈觸發」等各角度的檢驗，此兩位作家斷無「缺席」的理由，然從作家與作品成分的複雜性來看，卻也的確成為學界在界定作家「位置」時，有待釐清的難題。

　　純以文學文本看待，郭松棻與李渝的小說，「詩化的文字」、「意識流的時間處理」、「存在主義的辯證」等等具有台灣六〇年代以來現代主義小說的色彩，然二人九〇年代作品中對「歷史文本」的態度，實則帶有「後現代」的新歷史主義色彩，此中變化似也透露出作家的作品風格是一直跟著時代脈動在流動著。

　　至於作家們在創作背後的意識型態，亦是歷經大幅變動，從最初在台灣右翼自由主義的思想與現代主義的文學薰陶，再到出國後激烈的左翼社會主義運動，直到七〇年代末期作家重回寫作，曾經在左傾時期批評台灣「現代主義」小說的郭松棻，卻也在後期自陳：「我們這一代人走了大半輩子，不管你走的是哪一條路，到最終還是回歸文學，回歸現代主義」。而從此中歷程的爬梳可知，作家們幾十年來思想的擺盪，是經歷過兩次極端的轉變的。

　　再來則是作家作品中並存的本土與菁英色彩。在近幾十年裡，台灣文學一度可見「現代主義文學」與「鄉土文學」兩陣營的對立，也曾在文壇中上演「統獨意識型態」的論辯，這當中牽涉到的不外乎是「中國圖像」與「台灣圖像」的認同。而在郭與李的小說，似乎並不能簡單的劃分進任一陣營，因為不管在他們的意識型態或作品裡，都可看到一組「中國圖像」與「台灣圖像」的疊合與辯證。

　　此書從完成到出版，論者在篇目又做了幾次小幅的修訂，特別要說明的是緒論加上的副標「自由中國與左翼理想」，以及結論加上的副標「歷史的出走，現代的回歸」。以「自由中國」與「左翼理想」兩組看似對立的組合作為本部書的開端，所希望表達的是兩位作家早年所處的環境與心境，過去自居為「自由中國」的台灣，在作家們的眼中事實上一點也不自由，六〇年代台灣的自由主義因於官方的壓制正值潰敗，而隔絕一方的「左翼國度」卻成了作家們寄予厚望的烏托邦。「自由主義」與「社會主義」的出入與觀察，可謂作家重出文壇前的重要洗鍊。

　　篇末論者試圖以「歷史的出走，現代的回歸」為兩位作家作一階段性的總結，關於此總結文字的曖昧性，論者以為可從兩個層面來做詮釋，第一為作家與文壇的層面，兩位作家曾於七〇年代的文學圈出走，也從號稱「自由中國」的台灣陣營出走，然也在後期的書寫生活裡「回歸文學」、「回歸原鄉」；第二為作品與思潮層面，兩位作家九〇年代以後的作品直指歷史，卻又挑戰歷史，這當中大有「傳統線性歷史出走」的趨勢，然歷史霸權的出走，又未嘗不是文學反思的開始，至於作家那從六〇年代以來形塑的「現代主義」基調，在經歷長時間左翼的思索與挑戰下，終究還是隨著作家繼續從八〇年代發展至今。

　　此書的內容主要以作家、作品為兩個論述脈落，作家論的部分將以郭松棻與李渝的生平及相關背景作爬梳，作品論的部分則為論述主軸，又細分兩章節。其一為「空間與記憶」，由作家生長空間到作家記憶，再由作家記憶到書寫時空，時間、空間的書寫表現，其於故

事內涵或形式上，呈現的不只是作家的書寫技巧與個人記憶，更是兩種視角，一個地方的台灣老台北「記憶」，此外，作家、文本與空間之間的互動，更可見「國家與個人」之間的權力象徵。其二則為「歷史與重寫」，長期被作為現實依據的「史料」，在新歷史主義的解構下，尤其在解嚴以後的台灣文學圈，可見「歷史解讀」當中不可忽略的「書寫過程」，而因著書寫所具重建史觀與信念的功能，作家們從「歷史史料」與「文學作品」之間，從文史的互証到辯証，都可洞見這些文本身上所同時具有的「文學性」與「歷史性」。

最後，關於此部書的正式問世出版，仍要再次感謝一路上幫忙、扶持的長輩與朋友。首先是協助我在台北各實地空間進行田野調查與拍照的大學同學哲駿，讓我能於文章的立論之外，也能在影像上面有所斬獲；其次是秦蓁學姊在論文寫作期間上海研討會行程的照顧與建議，以及對此本論文的引介，才能使論者的論文有今日出版的機會；再來是蒙此套書的主編蔡登山老師的肯定，並於論文出版的修訂過程，給予論者不少的建議，使得此書能夠在很快的時間完成修改與編排；最後要感謝的是此部論文的催生者——康來新老師，即使在論文完成的同時，康老師依舊提醒我學問的探尋並未結束，陸續的追蹤作家、作品與相關議題的進行，使得我逐漸的懂得，論文的付梓除了為一種付出所獲得的成就外，更是一個責任包袱的開始。

因此，謹以此篇序來紀念我的過去，並作為期許未來的一個開端。

黃啟峰 2008.1.30

目錄

緒論

——自由中國與左翼理想

郭松棻（1938～2005）與李渝（1944～）在八〇年代以後的台灣現代文學場域裡，共同以「小說創作者」的身份重現於台灣文壇，作為夫妻身份的二位作家，不僅在生活上屬於恩愛的伴侶，在文學討論與創作上，更是彼此的知音與重要支柱。從出生的年代來檢視，兩人生長於台灣四〇到六〇年代，發聲於七〇年代到今日，可歸屬為戰後第二代台灣作家[註1]。在這一代生長的作家，由於剛脫離日本的殖民時期，因此基本上仍以大中國的意識為主要的國家認同，即使在政治的現實裡，兩岸在1949年便已形成分治對立的局勢，但由於長期黨國體制的教育，使得「台灣的現實政治環境」與「中國的歷史文化情結」以一種「官方建構」的方式，將台灣作為「中華民國代表」的身份予以合理化，卻也因此造成日後身處台灣的群眾對於自身認同的一種疑惑。

1

在八〇年代解嚴以前，作為「揭發反共神話」以及「批判政府專權」的知識份子，大部分受到國家的壓制與迫害，不管是五〇年代持自由主義旗號在《自由中國》批評時政的雷震（1897～1979）、殷海光（1919～1969）等人，或是1979年在美麗島事件中遭到政治迫害的黨外人士，都可說是顯著的例子。而郭松棻與李渝長期身處於這股瀰漫著「白色恐怖」的戒嚴時代，終於在七〇年代於美國的柏克萊發聲抗爭（此次的事件雖以保釣為始，但到了最後卻發展為反抗國內政府的諸種問題），兩人作為原本在學院內求學的知識份子，終因知識份子的理想與責任心，而一頭栽進了「政治」與「社會運動」的潮流中，並在這場運動裡經歷人生的轉折。

由「文學」到「政治」，再從「政治」回到「文學」，兩人在七〇年代共同經歷了兩度人生的轉折，然而不管是在「政治當中的社會運動」，或是「文學的創作圈」裡頭，其不變的始終是身上的那股「知識份子」特質，這股特質表現於政治裡是大力的批判社會，表現於文學中則形成一股文本背後龐大的哲學觀與創作核心意念。

郭松棻、李渝都是生長於台灣「現代主義世代」註2時空下的作家，兩人的創作對於當代「嚴肅文學」的發展，具有一定的價值。兩人的身份背景雖有所不同，一個生於世代居於大稻埕的本省族群，另一個則是來自戰後隨政府遷台的外省族群。從兩人文學作品的「返鄉」與「回歸」，可見李渝較之郭松棻，又多了一份探訪父母之鄉——中國的情懷。然而就兩人台大外文系的求學背景、左翼的政治激情，以及對文學、美學的熱衷，都成了兩位作家在創作背景後面的契合處。這樣的關係也使得兩位作家在夫妻的身份之外，更在文學評

論與文學創作上成了彼此「重要的他者」，進而可以看作是一組緊密關連的小型文學圈。

就「現代主義」與兩位作家的關係來看，兩位作家在求學時期，曾受到大量引進的西方思潮所影響，包括意識流、存在主義、荒謬主義、新小說等等。[註3]不過台灣對於「現代主義思潮」的接收，事實上並非與西方相同是一種單純對於現實狀況的反映，而是因為經歷了五〇年代失根、漂泊的文壇現象，部分文界人士藉由提倡「橫的移植」來為台灣的文學注入新的元素，因此「現代主義」進入到台灣之後，因為不同的時空背景，也產生了不同的意義與色彩：

> 1950年代中期的台灣，經濟水準不可能達到現代化的標準，所以表面上看起來，似乎沒有供現代主義醞釀的泥土。但事實是，因為台灣知識份子面臨國民黨戒嚴體制與對三十年代文藝的「失根」，所以跟西方現代主義的疏離性格特別親和。除此以外，現代主義的菁英色彩與西化傾向，也容易吸引知識份子模仿；現代主義引進以來的特殊優位性，讓它在形式上充當西方最先進思想的模式。一旦來到台灣，它已失去對日常生活殖民化的批判，反倒以進步、科學、合邏輯的品味，建立一個符合西方標準的現代社會。[註4]

在台灣，因為「現代主義」的菁英化與西化色彩，吸引了許多知識份子對藝術形式的追求，六〇年代以來的文壇便由於過度追求現代主義的精神，而逐漸出現一些流於複雜的形式，卻與「現實社會」完全脫

節的作品，而郭松棻在追逐這些思潮的同時，並未純粹的跟隨「現代主義」的腳步，我們可以從他五〇年代到七〇年代這些期間對於存在主義的兩位大師，以及對於台灣文壇的過度西化現象予以批判，可見作家對於「主義」本身是擁有高度的省察的，而同樣的，在日後我們也可從訪談中聽到李渝對於外國「新小說」的部分作品，在「現代主義的藝術實踐」上過了頭[註5]，表示了自身並不對「現代主義」這個潮流有盲目的崇拜。

雖然對當代的「現代主義」思潮有所省思，然而在日後作家的實踐上，我們卻依然可見兩位作家身上所具有的「現代主義」色彩，對此王德威曾言及二位作家在「現代主義」與「社會主義」之間事實上存在著一種拉扯與互相辯證：

> 現代主義似乎不應與李渝、郭松棻這些作家發生關係。因為他們所曾經堅持的政治信仰，其實是反現代主義的。但唯其如此，我們得見李渝還有其他同道這些年所經歷的變與不變。他們曾為了改造中國，急切擁抱以社會、民族、現實是尚的主義；到了中年驀然回首，他們反而瞭解捕捉現實，更新民族的要徑之一，就是在於堅守個人的意志，操演看似最為無用的文學形式。但有沒有如下的可能呢：他們的民族主義原就是基於一種純粹的審美理想，他們的海外運動打從頭起已帶有荒謬主義的我執色彩？果如是，現代主義與社會主義，個人節操與民族情感竟可不斷的以二律悖反形式，在他們生命／作品中形成辯證。[註6]

在這場理念的堅持與文學的實踐當中，郭松棻與李渝並不以「主義」的任何一方為自我人生的信條，猶如王德威所分析，在「個人」與「國家」之間，「現代主義」與「社會主義」之間，兩人幾乎用了大半生的時間，在政治場、在文學場予以辯證，其表現在文學內涵裡，似乎不再是如此單純的一種「主義」的反映，而可見作家們意欲「超越法則」，在文學上面獲得一種屬於自身風格的「精神內涵」與「美學標的」，因此在兩人被標榜以「現代主義」色彩所創作的作品，卻不見六〇年代台灣現代主義作品被批判「與社會、土地脫節」的情況，其小說幾乎毫無疑問的可被安插於台灣的歷史脈絡當中。

兩人的小說創作既表現了作品的「現實性與社會性」，又極力的提高了文學的「美學層次」，堪稱當代台灣現代主義小說的傑出作品之一。此外，兩人在小說中對於歷史素材的運用，與歷史人物的刻劃，顯然又是一種「小說人物形象的營造」重於「歷史人物的品評」觀念的體現，這與中國傳統一系古典歷史小說重視人物的褒貶，極為不同。而這當中自然也與兩位作家受近代西方文學的影響有極大的關係，也因此，其小說裡的「文學性」雖建基於「歷史」的氛圍之中，卻又不囿於「現實的對照」，「文學性」與「歷史性」在他們的文本當中可說是得到一個恰當的媒合。

郭松棻與李渝兩人的創作時間甚早，遠從大學時期便各自有文學創作的發表。七〇年代的保釣運動致使他們雙雙暫時停止了文學創作與學業研究，然而經歷長達十年以上的文壇缺席，兩人重回文壇的創作表現，卻反受到台灣文學界的好評，依筆者之見，十年左右的文學停擺不但沒有浪費掉作家們的創作靈感，反而經由一場國族與個人之

間的激昂運動與省思，待八〇年代後兩人的作品重現於台灣的文壇，更可看到一種經歷生命萃鍊之後所展現出的高水準作品。在他們的作品當中，可以看見七〇年代鬧得沸沸揚揚的左翼團體對國族的激情，以及歷史的批判，亦可以感受到六〇年代以來台灣受西化影響的現代主義思潮在他們的作品技巧與展現上有所表現，而兩人因長久離開台灣居於美國的處境，其作品還不乏顯現一種由「異鄉」追想「原鄉」的地理書寫。由「學院派特質」、「現代主義」、「左翼思想」、「流離經驗」、「歷史關懷」、「藝術美感」等層面觀察，兩人的小說題材與思想有相當程度的同質性與共通處，因此筆者企圖將其共置於一個研究平台上，從一個廣義的統一文本視角，與兩個比較性質的雙重文本視角來作細部的討論，以揭示作家、作品與歷史脈絡之間的文學價值，以及文學與時代社會的關係網絡。

此外，關於本書的標題定名為「河流裡的月印」，筆者在此必須特別說明原委。由於郭松棻與李渝的小說在文字氛圍的表現上極具詩意，故筆者試圖想以一種感性而貼近作者風格的標語來為之命名。「月印」是取自郭松棻家鄉書寫的小說中，常以月亮作為其母親的重要意象，亦是他1984年的一篇小說篇名；「河流」則取自李渝小說中常以「河流」來作為追尋原鄉的象徵，其多篇小說的命名，如「關河蕭索」、「無岸之河」、「江行初雪」等皆可作為例子。「河流裡的月印」的命名，既希望能達到詩性、典故的呼應，更希望表達兩位作家作品視覺性強烈的特色，以及兩人在生活與創作上互為彼此「重要他者」的緊密關係。

【注釋】

註1：「戰後第二代台灣作家」指的是日據後期出生於台灣，而且幼年期正逢二
　　　次大戰、光復、二二八事件、白色恐怖……等政權交替重要時刻的作家，
　　　這些事件成為他們童年記憶潛藏的一部分；然而在他們還來不及拼湊出這
　　　些記憶的意義之前，就進入國民政府的教育體系，接受右翼的中國意識型
　　　態話語。因此，他們不像第一代作家那樣馬上在政權轉換之際產生認同衝
　　　突，而創造出像《亞細亞的孤兒》、〈白薯的悲哀〉這樣的作品；但是也
　　　不像戰後第三代作家那樣完全沒有經歷過身份認同轉換的體驗。
　　　魏偉莉：《異鄉與夢土：郭松棻思想與文學研究》，成功大學台灣文學
　　　所碩士論文，2004，頁1。

註2：一九六〇年，正在台灣大學就讀外文系的白先勇，跟他的一羣志同道合
　　　的同伴王文興、陳若曦、歐陽子、李歐梵等人創刊「現代文學」，發揚
　　　西方的現代主義思潮，自此之後台灣學界瀰漫一股「橫的移植」的現代
　　　主義風潮，並蔚為文壇的主流，直自七〇年代的鄉土文學論戰，才使台
　　　灣文學在「鄉土」與「西化」之間的辯證逐漸達到一個平衡。
　　　資料參考葉石濤，《台灣文學史綱》，高雄：春暉，1998。

註3：此觀點參考自廖玉蕙與舞鶴的作家訪談稿，再對照日後兩位作家文本的
　　　體現可知。

註4：詹曜齊：〈七十年代的「現代」來路：幾張素描〉《思想4：台灣的
　　　七十年代》，台北：聯經，2007，頁139。

註5：李渝：「如果使評論家看出一種分裂的話，那我就覺得這個作者可能就
　　　沒有寫好，應該繼續努力。如果回來談現代主義的話，新小說倒是有這
　　　種傾向，那就是為什麼很多人不喜歡新小說。新小說它只能算是一個流
　　　派，新小說並不是所有都是傑作。」
　　　廖玉蕙：《郭松棻、李渝：生命裡的暫時停格》，台北：九歌，2004，
　　　頁175。

註6：王德威：〈無岸之河的渡引者——李渝論〉《跨世紀風華當代小說20
　　　家》，台北：麥田，2002，頁394。

作家論

——重要的他者，志業的共體

第一節　月光下的大稻埕：
郭松棻生平與哲學觀概述

一、郭松棻生平概述

　　郭松棻（1938～2005），原名郭松芬[註1]，1938年8月出生於台灣台北市的大稻埕。父親為日據時期以來有名的台灣膠彩畫家——郭雪湖（1908～）[註2]，母親林阿琴[註3]（1915～）亦為台灣畫壇頗具聲名的女性膠彩畫家。郭雪湖與林阿琴一共有六個小孩，當中郭松棻排行第二，上面有一個姊姊，下面有四個弟妹[註4]。

　　郭松棻生於第二次世界大戰[註5]前幾年，因此在其童年時期，便親身體驗了戰時台北被轟炸的情景，而這場戰爭也影響了他家庭的生活，有一段時間，郭家是依賴郭雪湖的媽媽林阿琴獨立支撐家庭的生活：

　　　　一九四三年，美機開始轟炸台灣，全
　　島各城市的居民紛紛疏散，「府展」

大稻埕碼頭的路標

郭雪湖為台灣膠彩畫的名畫家，其
傳記裡可見郭松棻家庭與郭松棻的
一些影像資料（作者翻拍）

在這情形下只好宣布停辦。林阿琴此時帶著三個子女離開台北，躲到市郊的中和禪寺逃避空襲。這裡是她娘家的公產，無需支付房租；但不久台港的海上交通中斷後，不但匯款沒法寄到，丈夫的音訊也隨之斷絕。為了一家生計，林阿琴只得靠自己的力量謀生，辛苦挨過了戰時的難關。註6

因為經歷這段時間戰爭的隔絕，以及郭雪湖時常為了畫展到各國遊歷，使得郭松棻童年對父親的印象極為薄弱，並且也造成了後來對父親的陌生感始終存在：

二次大戰結束，一九四五年年底吧，母親以為父親可能早就死在海外了。一天半夜，有人敲樓上的大門，人上來，沒想到是父親！我們大家從床上起來，母親說，這是「多桑」，

這是我對父親的第一個清楚的印象。以後直到現在，我對父親一直不親近，我一點也不關心他的畫或畫展等等的事，當時我們家主要由祖母和母親支撐。註7

父親總是自己沈浸在畫畫裡，五〇年代，他到日本、泰國、菲律賓開畫展，最常去的是日本。小時候對他的印象經常是：回家不到一兩年，他就又不見了，又出國去開畫展了。註8

談到郭松棻的求學經驗，其幼稚園以及小學一年級時是在日式教育底下進行的，到了小學二年級才轉為學習國語（中文），之後分別在台北日新國小、建國中學、師院附中完成他大學以前的學業。由於郭松棻生處於戰時日本與戰後中國統治的交接時代，因此特別深刻感受到台灣歷史命運的悲哀，所以他也曾提過：「從小他就是在吳濁流（1900～1976）所說的『亞細亞的孤兒』的心態中長大的註9」從中學時期開始，郭松棻就開始大量的閱讀世界的經典名著，而母親的支持無疑給郭松棻的閱讀莫大的幫助：

那時雖然家裡窮，但是只要我要買書，母親借錢也讓我買，齊克果、卡謬、沙特、馬爾羅、紀德、藍波、波特萊爾、海明威、福克納、杜思妥也夫斯基、托爾斯泰等，都是這時買的。由於出國，我大部分書都留在台灣，約有五、六千冊。註10

台灣大學，為溫州街區塊的重要地標

在這段青少年成長的閱讀歷程裡，除了大批西方的文學作家，中國方面的現代小說家，影響郭松棻最多的無疑還是魯迅（1881～1936）：

> 初二下時，讀到魯迅選集、立刻就被吸引，到現在，魯迅仍是我最心儀的中國作家。註11

魯迅對郭松棻的影響，在他後來作品的呈現上亦可看見一些端倪，不管是文本內容多次提到魯迅的作品，或者是具左翼色彩批判性較高的小說特色與哲學理論。

　　郭松棻1957年考進台灣大學哲學系，第二年轉到外文系，與白先勇（1937～）、陳若曦（1938～）、王文興（1939～）、歐陽子（1939～）等人成為同學，也曾短暫加入過白先勇等同學所創辦的「現代文學雜誌社」編輯群。大學四年的時間，分別受業於哲學系殷海光註12引介的自由主義與羅素哲學，還有外文系夏濟安註13（1916～1965）所

引進的西洋文學。此時郭松棻也在哲學與文學領域初試啼聲，第一篇短篇小說〈王懷和他的女人〉於大一時發表在台大《大學時代》第十期，而第一篇哲學評論〈沙特存在主義的自我毀滅〉，則於大四時發表於《現代文學》第九期。這時郭松棻的文學創作仍未受到注目，然其哲學評論卻已經大放異彩。

畢業後郭松棻曾回台大外文系當助教講課數年，並受到學生的好評。而在郭松棻日後回想當初受聘當助教的時候，亦曾提到當時發生的一段插曲：

> 系主任英千里在辦公室面談時告訴他：「我是向來不用台灣人的，而你是惟一例外……，」[註14]

從一次的談話中，道了出當年對日戰爭期間英千里因擔任中方情報人員被日本人逮捕拷問，期間受到一名台籍憲兵無盡的折磨，而使日後的英千里對台灣人有著一種莫名的憤恨，但這份憤恨終究因為英千里欣賞郭松棻的教學才華而暫時被置於一旁。

出國留學前後，郭松棻亦曾投入國內的影視藝文活動，除了曾與黃華成、邱剛健、莊靈一起為《劇場季刊》籌備第一次電影發表會，也在黃華成導演的「原」中演出，並寫過一篇藝術評論〈大台北畫派1966秋展〉發表於《劇場》當中，對於黃華成，郭松棻日後回憶道：

> 另外有一位我姊姊的同班同學，師大藝術系畢業，本名黃華成，筆名皇城，寫了〈青石〉，登在《現代文學》上。後來

他編《劇場》，小說、劇本就在上面發表，他是我認為最有才氣，寫得最清新的小說家，我一直覺得他是位天才；黃華成常和我談文學，很迷海明威。師大畢業，教完該教的書後，他考進了香港劭氏電影公司，想搞電影，當導演。他是個很前衛的人，以前編《劇場》的時候，弄了一個「大台北畫展」，把名畫鋪成地板的樣子，讓大家踩上去。我曾在他拍的電影《原》裡演一個暴露狂，那電影拍得新潮極了。皇城壯年死於癌症。註15

　　郭松棻二十八歲第一次留學時，原本是去美國加大的聖塔芭芭拉念英文所，念了沒多久發現自己並不合適，於是後來又轉到加大的柏克萊去念比較文學所，也因此與劉大任（1939～）、楊牧（1940～）等人慢慢聚合成一個談文學，甚至是聊政治的圈子，而這個圈子中的人物以他們日後的成就再來審視，可以發現其實是一個聚集了不少台灣留美菁英份子的文學圈：

　　那幾年柏克萊的中國研究中心，除了楊牧、還有劉大任，和郭松棻、李渝夫婦；甫自普林斯頓大學拿到學位，在柏克萊東方學系任教的鄭清茂；任高級研究員的莊信正等。另外也在中心任職的，還有政治系的宋楚瑜，但平時並沒有太多往來。倒是唐文標、張系國，與在史丹福唸書的莊因註16常來參加他們的聚會，一群人常在一起吃飯、喝酒、聊天。註17

而當時這群在柏克萊中國研究中心底下求學的學生，其背後還有一個更重要的領導人物——陳世驤（1912～1971）。劉大任便曾說他們都是在陳世驤[18]的羽翼之下逐漸成長的。關於陳世驤對這些學生的影響，郭松棻說到：

> 在美國加州大念比較文學，在陳世驤老師的課上開始有系統的讀唐詩、唐傳奇等，才覺出中國文學的意思。[19]

而當時郭松棻的同學楊牧，亦在張惠菁幫他作傳的資料中提到：

> 楊牧隨陳世驤重讀《詩經》、《楚辭》。而陳世驤本身喜愛六朝的文學，也影響楊牧讀了不少建安以後的作品。[20]

可見陳世驤在海外所提倡的中國文學研究，對這批後來來自台灣的年輕學者，可說是產生了相當大的影響。這也影響到日後郭松棻對中國古典文學的鑑賞，能於西洋文學的閱讀之外，亦在中國文學領域裡，嚼出五四以後被揚棄的中國傳統文學之奧妙。

　　在柏克萊順利取得比較文學的碩士學位之後，郭松棻原本仍在研究院繼續攻讀博士，然而從一九七〇年開始所爆發的保釣運動[21]，於美國柏克萊校園也慢慢升溫，在如此騷動的年代，郭松棻面臨了學院研究與國族運動的交叉口。因為這場突如其來的運動，郭松棻最後甚至為它放棄了數年來的研究學位，對此，郭松棻提到：

雖然在研究院攻讀博士學位，我一直覺得學院的意義對我不大，從不把當學者、作教授看得怎麼樣，怎麼有意思。那時美國學生運動進行得正熾烈。看美國人的反戰反美，一下子震醒自己，開始思考別人：怎麼自己也可以反對自己的國家？註22

在投入保釣運動期間，郭松棻曾與劉大任、張系國（1944～）、唐文標（1936～）等人合辦大風社，最初的成員橫跨整個美國東西岸的各地留美知識份子，對此，劉大任回憶道：

大風社的基本人馬有兩批。一批是系國的老朋友，大都是台大融融社的骨幹。另一批是我的新同志，主要是我談文學的夥伴。兩批人的背景和世界觀不太一樣，是大風社後來分裂的主因，只是當時無人察覺。兩批人的共同意願掩蓋了矛盾。註23

大風社後來因為張系國一系人，與劉大任等人極為左傾激進的理念產生齟齬，在幾期的運作之後便以解散收場。接下來郭松棻與劉大任等人逐漸將保釣運動擴張到對台灣當局的不滿註24，還積極籌備《戰報》，發表批評的文章以及各類遊行活動，這時的郭松棻由於對台灣當局國民黨的失望，以及受中國大陸宣傳的影響，大陸的左派革命無疑成了郭松棻心目中的理想國度。因此從最初的愛國保釣運動開始，到後來搖身一變成為國民黨海外通緝的三╳黨註25之一，此時期的郭松棻可說是相當程度的左傾到中國大陸的官方意識型態：

七一年他和許信彥、周尚慈、劉大任等在柏克萊組成教學小組，在校內教授「中國近代史」，基本上採取中共的近代史觀點。

郭松棻對社會主義的希望一直持續發展，甚至在1974年與其父親郭雪湖的那趟祖國行中，兩人還為藝術的理念爭論不休：

> 有件事讓他一而再地說了幾回：在中國旅行期間，松棻看到他每次坐下來速寫時，面對的不是破舊的古厝就是些老街陋巷，很不以為然責問他何以不畫些現代社會主義有建設性的題材，兩人為此一路爭論不休，另前來接待的共產黨員不得不為這對父子的思想糾紛出面排解。 註26

分別代表對傳統美感堅持的父親，以及強調現代與社會主義進步的兒子，郭松棻與父親郭雪湖在觀念上也有著不小的出入，而從小時對父親的陌生，到長大後因意識型態對美感看法的差異，郭松棻顯然與父親始終有著一些隔閡存在。

然而經過一九七四年這一趟四十二天的中國大陸訪問之旅，使得郭松棻原先對社會主義中國的信心動搖了：

> 他形容從進海關開始，整個經驗像「一場惡夢」。以前他看《人民畫報》，看《中國建設》，對中國的進步很自豪。……然而，到中國大陸看過，才發現滿不是這麼一回事。他

看到中國的落後，看到中國基本上仍是農業社會，特別是他以在中國大陸生活的設身處地的角度去考慮，敏感地感受到人民的生存權利和自由都不被尊重。註27

在這次的旅行之後，郭松棻徹底的退出統運，並開始反省「統運」與中國大陸奉行的社會主義：

在中國大陸訪問四十二天的經驗，以及對發起「統運」的反省，使郭松棻得到的教訓是：我們對由政府壟斷的宣傳永遠要採取質疑的態度。四人幫時代應該這樣，四人幫之後也應該這樣。因為現在資料還是被當權者一手壟斷。註28

而在顏元叔（1933～）《離台百日》一書亦記錄到一九七六年郭（作者將其化名為宋）的省思：

宋對大陸很有批評：其一，他認為大陸對毛的崇拜太甚，毛演獨角戲。其二，他覺得大陸迫害知識份子是不對的。因為如此便消滅了社會批評者，若無這種人社會沒有進步。其三，他認為中國民智未開，盲目崇拜，因此他主張來一個啟蒙運動。註29

一連串對中國大陸的反思，讓郭松棻的思想與意識型態慢慢不那麼左傾，而以較為持平的觀點去審視整個中國近代的歷史。因此在退出

「統運」之後，郭松棻開始投入「馬
克思主義」的研究，同期的劉大任後
來亦提到得知當時大陸實況的衝擊，
影響了他們幾個人之後的反省：

　　保釣退潮後，一個深刻的反省運
　動席捲了我們。我摸索的主要是歷
　史，開始大量重讀二十至四十年代的
　中國現代史，最後還是發現，歷史仍
　然是身外之外，自己內裡的清洗重生
　才能治本，終於逐漸回到文學。松棻
　比我走得徹底，他從馬克思追蹤到列
　寧，復又回頭鑽研馬克思與恩格思的
　哲學淵源，一路追到黑格爾。由於缺
　乏德文基礎，我猜他讀黑格爾可能相
　當吃力。註30

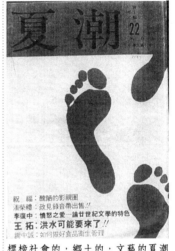

標榜社會的，鄉土的，文藝的夏潮
雜誌，為郭松棻發表沙特與卡謬研
究文章的場域（作者翻拍）

在長達數年的研究之下，郭松棻提到不
管是最早提倡馬克思主義、社會主義的
俄國，或者是後來的中國大陸，都已經
背離最初馬克思主義的精神，而僅僅成
為統治者治國的一種宣傳口號。在這段
期間，郭松棻也陸續在香港的《抖擻》

與台灣的《夏潮》等雜誌，發表存在主義與馬克思主義的相關評論文章，但其過度投入於哲學的專研，也使得郭松棻在一九八一年終因精神壓力過大而病倒：

> 這八年來，他日夜閱讀及思索馬克思主義的理論。由於用功過度，去年患了嚴重的神經衰弱，既不能睡，也不能服安眠藥（胃病及引起第二日的暈眩），體重減輕到只剩下九十磅。冬天回聯合國上班，有時在進大門的風口處，人被風刮得往往要進一步退兩步。今年以來，健康才恢復一些。[註31]

這場大病之後，郭松棻慢慢開始把跑道轉向了創作。而事實上遠在一九七四年老朋友戴天便曾在香港跟郭松棻提過：「多一點文學吧！少一點哲學。[註32]」到了七零年代末期郭松棻在一次與劉大任的聚會之中，也開始察覺而說道：「哲學乾巴巴的，還是文學滋潤……。[註33]」於是從八三年開始，郭便陸續在台灣《文季》發表〈青石的守望〉、〈三個小短篇〉等六篇短篇小說。[註34]到了一九八四年的〈月印〉，郭松棻的小說開始受到台灣文壇的矚目，之後的數年，雖陸續有幾篇作品問世，但由於郭松棻對創作的謹慎與雕琢，因此產量並不豐。一九九七年一場突如其來的中風，使得郭松棻的創作之路一度中斷，經過妻子李渝的照料與自身長期的復健，病情才逐日有好轉的跡象，郭在這十年當中表現出一種與病魔對抗到底的決心，以及艱辛創作的毅力，終於在二〇〇七年發表了睽違十年的新作〈落九花〉，讓讀者一度有作家再起的期待，但卻

也在同年一次與文友的聊天中，郭松棻突然再度中風而陷入昏迷，數日後與世長辭。

二、郭松棻的哲學觀與相關論述

郭松棻除了後期的文學創作以外，其早年還曾發表過多篇哲學、文化與政治等相關評論，這些論述的出現，我們可以追溯到作者本身的哲學系經歷，以及當年傾向左翼政治運動時期的背景，之間應有著高度的相關。

在考進台大哲學系之前，郭松棻便已經對哲學有所關注，而這應該與他提到從小具有「亞細亞的孤兒」的心態有關，「這種心態使他較傾向譴責性，對事物的批判性較強，當然也希望對事物的譴責可以導致社會的改變。註35」這種批判的思維可說是後來郭松棻左傾的開端，其導致了後來郭松棻對左翼哲學書籍的大量閱讀，以及對沙特、卡謬兩位哲學家的研究。

到了高中時期，各類二手哲學書籍的獲得，算是郭松棻踏入哲學思想的真正起步，至於對沙特（1905～1980）、卡謬（1913～1960）的關注，要到大學時期，郭松棻才開始真正深入的研究他們：

> 高中時期，接觸到尼采、叔本華的作品都是經由二手資料，主要看的是柏格森，那時只有大陸譯本，朋友借給我的；大學時，和孟祥森在哲學系的圖書館，喜歡的書就借回來，不喜歡的一本三民主義哲學書，就打開紗窗，丟到窗外去。那時在哲學系圖書館可以找到齊克果的英譯本，我那時開始接

觸的沙特、卡謬、馬爾羅等的作品都是從書店訂購英譯本來看的。註36

　　在哲學方面，郭松棻關注的主要焦點在於二次世界大戰之後，西方自由主義底下的兩位思想兼文學家：沙特與卡謬身上。從1964年第一篇〈沙特存在主義的自我毀滅〉開始，到1977年一系列談卡謬和沙特論戰的文章為止，郭松棻前後發表了十篇的篇幅去探討這兩位思想家的個別論述與論戰，而在後來的訪談中，郭松棻也提到除了這些發表的篇章外，還有更多仍未發表的論述堆在家裡：

> 對啊！無所謂，像我也有兩本書出不去，一本是以前混左派的時候翻的《歐洲共產主義》，然後自己寫的一本十幾萬字的評論。十幾年了，混左派混了十幾年，一無所成。註37

　　在這一系列的文章當中，郭松棻對沙特以及卡謬的理論都有所批判。首先關於對沙特的論述方面，郭松棻提到沙特存在主義註38的著作《存有與虛無》，這本書的問世，使沙特躍升成為存在主義派別的代表人物。而存在主義，郭松棻曾綜合各代表性人物的思想，簡單的整理出四個簡要的特性：

> 一、它背叛西方傳統的哲學，由於傳統的學院哲學是超然而不關心人事的，因此存在主義欲圖闖破學院的圍牆，在街頭市井直接建立一種實際生活的準則。

二、賦個我以無上的價值，珍視個我性，崇尚自由，因此存
　　在主義可說是廿世紀的浪漫主義。

三、強調人性的真誠，竭其所能從社會習俗習慣中，從定型
　　的文化圍圈中，解救出人性的本有面目。

四、在不安、殘缺、昏瞶的環境中，共同流露出一種探求完
　　美的緊張，因此宗教的情操濃過科學的氣質。註39

至於沙特的《存有與虛無》特別強調的是一種「行動的自由」與「介入境遇的文學」。其自由牽涉到境遇（situation）、行動、責任等概念，在這個行動的自由概念下，沙特所要說明的是：

他要介入人群，並且行動，依據自己的選擇而行動，因為沒有神或先存的意志能讓我們依附，或挾之以為我們行動的圭臬，人要自己選擇自己，塑造自己，人先存在，而後決定自己，因此你就是過去自己所行所為的一切總合，除此以外別無他物能規範你的意志。註40

而從沙特所提出的自由觀念繼續發展，表現在文學上便是一種介入境遇的文學。在這當中，沙特所仰慕的並非那些在學院裡鑽營技巧文字的作家，而是主張社會的寫實主義，以期對社會人群的改善有所裨益的作家。這點與郭松棻在保釣時期對學院知識份子的反感可說是不謀而合。

在這些重要的論述背後，郭松棻也點出沙特存在主義理論的發展最後終將到達自相矛盾而終至覆滅的結果。其提到沙特思想背景的三層轉折，由真理之不可追求而成為虛無主義，再由虛無主義轉入主觀主義，形成他的存在主義後來遇難的脈絡途徑。而沙特的存在主義毀滅的理由有二：第一，為沙特在主題與文體的衝突下所成的自我毀滅。沙特的文學創作是其藉以行動的主要形式與處所，可是他的文學反對純粹為藝術，而是以「文學」來作為替他的真理說話的工具。從他的文學作品看來，也可以發現與他原先所論述的文學觀有著一段差距，其實際創作的文學，在形式上過於雕琢，在情感刻劃上亦可見浮濫之類的缺點，而在作者過份玩弄文學技巧所產生的紛雜感外，亦可見作者無法完全掌控它們的情況，因此其文學作品最後只能流於一種「僵化的闡述理念」的宣傳品。第二，為沙特思想發展的自我毀滅。沙特思想裡為追求自由而否定上帝，可是在這個自由的境界裡頭，卻仍處於一種「人被拋進這個世界」的前提，因此所有的罪惡與過錯，沙特將其全部歸之於人、歸之於己，而終於流於「性惡論」這般的人性偏見。

郭松棻雖批判了沙特的存在主義有其缺失，文學與哲學的成就皆不能稱為成功，但也肯定了沙特思想成就在於「肯定個我」，並且表現了知識份子勇於解決困境的積極面：

> 沙特六十年來的成就在於肯定個我，為什麼要花如此大的經歷去盤桓於這個「小小的」自我問題？因為時代昏瞶了，科學會盲目的引我們去自毀，政治有演成獨裁而活埋人類的可

能，因此唯一可信賴的是個我。人是自由的——在境遇裡去
自由，而自由是不斷的創造自己，沙特幾挾吉訶德的精神狂
熱的在社會裡建立自己，絲毫不懷苟且，且有理想，這是萬
難的！註41

在專門探討沙特的這兩篇文章：〈沙特存在主義的自我毀滅〉與
〈這一代法國的聲音——沙特〉，集中在郭松棻的大學到出國前的時
期，這時期的郭松棻正值左派思想萌芽的時期，因此從他早期關注
沙特的態度，到後來寫出這些批判他思想的論述當中，多少還是可
以感覺出郭松棻對沙特的思想抱有期待，並且仍給予了其一定價值
的肯定，這在郭松棻自己後來的回憶中，亦可以印證他當時期對沙
特思想的好感：

大學時，有一段時期我人非常動盪不安，當時覺得沙特的左
派思想更接近我；我未出國前，模糊感覺到沙特已經很左
了，但卡謬卻沒有。註42

1974年的大陸之旅，造成郭松棻對左翼社會主義的幻滅。在那之
後，郭松棻全力投入馬克思前後思想脈絡的研究，也再次的重新審視
1952年卡謬與沙特在西方鬧得沸沸揚揚的思想論戰，並分別在1974與
1977年寫了一系列評述這場論戰與兩人思想的文章。

關於卡謬與沙特的這場論戰，郭松棻曾簡單介紹這場論戰的價值
與雙方的立場所在：

這是戰後西方自由主義陣營內，一場較有代表性的思想論戰。論戰的雙方當時都是自由主義份子：一個是保守派，對近代革命史的發展，採取保留的態度，對於眼前的現實處也多半取 "中庸" 之道，消極的批評多於積極的創發；另一個是激進派，反對形而上的歷史觀，主張個人投身於現實，定位於歷史，不超然於歷史之外。他看出自由主義思想方法的貧乏，力求擺脫這一套思想的束縛，而另找出路。註43

在這場論戰中，雙方爭辯的要點：卡謬一方指責沙特對蘇聯苛政——例如集中營——的容忍，並表示自己對社會主義所標懸的烏托邦的彌賽亞主義沒有信心；沙特則指出卡謬如此處之泰然，與歷史脫節，和抽象結合，怎麼能對當代所進行的各項政治、社會上的鬥爭有所瞭解。在這場論戰中，郭松棻以為沙特的思路不斷隨時局在改變革新，而卡謬卻始終堅持他的荒謬主義與虛無感受，因此造成兩人由友變敵的結果，而在1974年的這篇論述裡頭，亦可以感覺到郭松棻給予沙特比卡謬較佳的評價，並將批判的矛頭指向了卡謬，指出卡謬的思想「囿於形而上的反神思想，而瞽亂了許多歷史真相。」更由於這種只歸咎於神而不責罪於人的無為哲學，使卡謬得到「世界不能改變，而只能加以抵抗」的結論。

接下來郭松棻開始展開一連串談卡謬思想的系列文章。卡謬在其論戰的文章開始向馬克思主義挑戰，其提到馬克思主義是由兩個部分組成，一個是社會的分析，一個是歷史的預言。而馬克思歷史的預言這部分，事實上，反倒破壞了他社會分析的思想體系之科學基礎，後

來的馬克思主義者為了完成歷史預言的部分，演變成一種不擇手段的法西斯局面。而郭松棻整理了卡謬的思想，提出幾個要點：

一、卡謬對於當今的世界，純粹的反歷史主義和純粹的歷史主義同樣令人痛心。

二、卡謬從一開始就落入知識份子的防衛姿態，而不採取介入社會的行動。

三、卡謬僵化了歷史的事件，為了反對歷史主義的歷史預言，都拿歷史事件來證明歷史預言的不曾兌現。

四、卡謬主張人類演化的斷滅觀，即反對歷史進化論的論點。

五、在卡謬主張歷史沒有進化律可循的前提之下，其提供了保守的補釘主義。註44

在這些卡謬思想的整理當中，顯然可以從文章的推理裡，看出郭松棻對卡謬的思想事實上有著許多的批判，並且在這些思想特點的歸納結束之後，郭松棻以「自由主義者們的消極見識」來稱呼卡謬的思想，並直指卡謬的保守補釘主義「低估了人的惰性」，以及「高估了現實的完美性」，從而落為帝國主義的幫凶。

　　而在這一系列批判卡謬思想的文章後，郭松棻由於先前大陸行對左翼世界的幻滅，因此也逐漸轉移原先堅守捍衛馬克思主義的立場，而對馬克思主義展開更深入的研究，在1982年李怡的訪談中，他提出幾年來對馬克思主義的歸納：

馬克思主義的弊病：

第一，馬克思主義對人性作單面性的了解，只看到人受壓迫
後要求翻身的進取心，而低估了人受壓迫以後更屈從
更卑微的一面，他對無產階級的神聖化帶有濃厚的烏
托邦色彩。

第二，馬克思主義重視整體性，而忽視構成整體的每個
個體。

第三，關於國家理論貧乏而多謬誤。

第四，經濟理論的過時，加上過份強調平均主義，結果在經
濟上實行往下拉的齊頭主義，而不能往上提昇。

馬克思主義的優點：

其一，馬克思主義是西方智慧到目前為止所能設想出來的較
完備的社會思想體系。

其次，馬克思主義交織其他社會思想體系所呈現的最大特點
就是他指出了人類的未來，而且把未來置於歷史發展
的線索上去預想。

其三，馬克思主義對人類前景的樂觀，對生活於現在苦難中
的人們一直是一個解脫的指標。[註45]

從沙特、卡謬到馬克思的研究，郭松棻多少因本身左翼思想的變化，
而在立場上有所調整，直到後來脫離了政治的運動與激進的左翼意
識型態，回到較為純學術的知識份子立場，郭松棻不再將馬克思主義

奉為唯一歸臬，而針對諸位學說提倡人的思想理論都有未能盡善盡
美的缺點，並分別提出了其質疑而批判的論點。回到文學的領域之
後，郭松棻再重新審視沙特與卡謬，已擺脫當年「左翼」行動激進
的意識型態框架，反而重新給予卡謬「異鄉人」極高的評價，其提
到卡謬的文學：

> 卡謬的小說絕對表達了作者的思想，但是他也絕對不在小說
> 中光談思想，這是他高明的地方」，我很欣賞他這部分的感
> 性，和他也能契合。註46

至於郭松棻過去在思想層面較為支持的沙特，則在後來的審視裡落到
較低的位置：

> 像沙特這種，現在一想起來，就是二流的，怎麼算都是二
> 流，小說二流、哲學也是二流，哲學也是從馬丁・海德格
> （Martin Heidegger）來的嘛，所以現在他是最吃癟的時候。但
> 是，等到有一天左派在起來的時候，他又會起來了。註47

從此可以看出，後來的郭松棻對於這兩位思想家兼文學家的評價，已
經不再以「左翼或右翼」的思想立場去評判，而是回到文學藝術欣賞
的角度去作評判。

在卡謬與沙特系列的討論文章外，郭松棻在投入保釣運動的期
間，也曾陸續發表幾篇激進批判台灣「文化界」與「政治界」的文

章，在這些文章裡，郭松棻極力的批判自居自由主義陣營的「美日帝國主義式的經濟、文化侵略」，造成了台灣民族工業的胎死，而當時期台灣國內，被指為是從清末開辦洋務以來，即形成的一種有組織或無形的各種買辦集團，國民黨政府更僅僅只是充當加速其買辦事業，只圖自我家族的壯大，而在國際上則淪為美國在台的政、軍、經各方面的總代理商。

在譴責美日自由主義面具下的新帝國主義，以及國民黨政府對知識份子的壓迫與對美日的苟且退讓，郭松棻更把批判的觸角延伸到台灣的知識份子與文學圈。首先在面對保釣運動的議題上，郭松棻認為那些怕事的留美學生，患了「政治陽痿症」與「政治冷感」，對於一個標榜自己是「自由民主」陣營的台灣，對一些不合理的事情卻一聲氣都不敢吭。

而在台灣文學場的問題，郭松棻亦指出台灣文壇一廂情願的接受西方文化，盲目吸收現代主義、存在主義、自由主義等西方思潮，結果反而拋棄了最根本的民族主義的情操。在1974年1月發表的〈談談台灣的文學〉，郭細究台灣文學史，提出台灣文學的意義在1945年可算為一個重要斷代，在那之前，台灣文學意在衝破殖民控制，透放民族意義的空氣，而在那之後，文學主流卻開始慢慢的遺忘民族形象。而這與當時期的政治環境有關，台灣原籍的作家，經歷中日政權的轉換，而有語言上的障礙需要克服，並且知識分子經歷二二八事件而轉向對本土沈默，而大陸來台的右派作家也因長期內戰的精神煎熬，紛紛轉向學院，與現實告別，因此郭松棻以為四○年代末到五○年代初台灣社會處於一種思想真空期。

在兩岸對立、國際冷戰的時局，台灣因「自由陣營」的身份，知識份子開始紛紛轉向西方求取養分，對此，郭松棻批評「《文學雜誌》、《現代文學》成為一群失落知識份子吐納其西方思潮的場所。在各種文學類型之中，被漂白得最徹底的要算是詩。註48」更直言批判學院出身的現代主義作家、作品與批評：「今天在台灣得勢的現代主義者崇拜形式美，把文句、譬喻精雕細琢，打點得花枝招展，玲瓏精巧，而他們對待形式不夠精細，以民族主義的感性為基調的作品，有如城裡有鞋穿的孩子們不屑於鄉下沒鞋穿的孩子跑不快一樣。」郭松棻在此點出當時代台灣文學場對於現代主義的無限提高，以及由民族主義下發展出來的鄉土文學卻被貶低，如此完全崇洋的心態對台灣的文學並非好事。至於由形式主義所生發出來影響台灣文壇一時的「新批評」，郭則以為「新批評」當中，不能作價值判斷、不掌握歷史脈絡、文化變遷的原則，根本背離一個好批評家的本分。而在批判西方文學、為鄉土文學喊冤之餘，他也提到終戰以後台灣強調「文學根植本土」的鄉土作家的確仍有技巧上稍嫌生澀的地方，直至黃春明（1939～）與陳映真（1937～）的出現，才開始看得到鄉土題材技巧方面的進境。綜合這篇文章的論點，顯然郭松棻所希望見到的是台灣文學場對現代主義與民族主義兼顧的中立立場。這與他自身後來作品中現代主義技巧與民族主義題材的媒合，成了其日前文學觀最佳的例證。

而關於這篇文章，陳映真在日後的《春雷之後》的序中也曾提到：

發表在一九七四年香港釣運刊物《抖擻》上的羅隆邁（現經《抖擻》創辦人證實為最近過世的小說家也是釣運的健將郭松棻）的〈談談台灣文學〉，直接影響了一九七七年當時尚未轉向於"台獨"的王拓所寫的鄉土文學論戰文章〈是"現實主義"文學，不是"鄉土文學"〉。註49

郭松棻雖然並未參與七○年代末的鄉土文學論戰，然而七○年代鄉土文學論戰的重要人物——王拓（1944～），其文學理論在陳映真的比對之下，才發現事實上大量的或沿用、或影響來自於郭松棻的這篇文學論。因此可見郭松棻保釣時期的文學觀，並未因保釣運動的結束而消跡，反而間接的在其後展開的台灣鄉土文學論戰裡，產生了後續的效應。

第二節　河流過的溫州街：李渝生平與藝術觀概述

一、李渝生平概述

　　李渝（1944～），原籍安徽，一九四四年二月出生於四川重慶的南溫泉。關於李渝的出生地，其奶奶曾對李渝提過對南溫泉的印象：

> 草木蔥茸，水澗晶瑩，人情純樸和善的南溫泉，正是屬於金絲猿的鄉域。註50

連結了出生地的地緣，以及金絲猿的傳說，後來這個李渝出生的故鄉，甚至成了《金絲猿的故事》主角尋訪父祖歷史的舞台。

李渝出生於二次世界大戰終止的前一年，戰後馬上又面臨國共的內戰，隨著國民黨在大陸的潰敗遷台，李渝五歲時便跟著父母一起遷移到台灣。其父親來台之後在台灣大學的地理系當教授，與當時台灣教育界或是文化界的人士都有來往，像是攝影藝術界的郎靜山（1903～1995），或是在台灣學界赫赫有名的臺靜農（1902～1990）等等，都是李渝父親交往的朋友圈之一。李渝的父親雖然屬於戰後遷台的外省族群，但對於台灣這塊土地卻仍寄予一份深厚的情感，李渝曾在回憶裡提道：

> 父親很喜歡帶學生到鄉下去，住在簡陋的小旅社裡，白天探完樹林土地河流以後，回到客棧，飲幾杯酒，跟學生講他抗日時的故事。這些故事從來都沒有在家裡聽他跟我說過，我才明白父親對他的學生有著怎樣的情感，建立了怎樣的關係。
>
> 這樣旅行回來，略事休息以後，走進窄暗的書房，瑩白色的日光檯燈底下，父親就會拿起筆，用他特別工整的線條，畫出台灣各地的形狀。
>
> 帶領了年輕的子弟們前去認識自己的土地，我後來才明白，在樹立對台灣鄉土的關愛上，安徽籍的父親竟屬於光復後的拓始者的第一輩。註51

溫州街裡包含有許多台灣大學與師範大學教授的宿舍

簡短的幾句話，李渝刻畫出父親過去在台大任教期間對學生的關愛，以及對台灣這塊土地的情感，並非像當時許多遷移來台的外省人士所抱著的「過渡時期」心態（當時政府的口號，讓許多外省人士都相信反攻大陸只是時程的問題），此心態也使得這些外省人士與台灣這塊土地產生精神的疏離。而李渝父親對台灣地理鄉土的關注與勾勒，或許也間接的影響了李渝日後對溫州街的空間書寫。

　　從中學時期開始，李渝便已經有公開發表自己文章的經驗，當時她會將一些學校裡寫的作文，拿去給父親編的「中國一周」發表。不過說到真正成熟的小說創作，還是要等到台大外文系時期才算開始嶄露頭角。而相較於寫作，青少年時期的李渝，顯然對於在課堂中當個乖乖念教科書的好學生並不大感興趣，其在文章中便曾提過「我是個不念學校書又時常逃課的學生」註52，然其高中時所念的仍舊是當時台灣的第一女中——北一女：

> 我們孝班當時在北一女是有名的調皮搗蛋班，人人皆被記
> 過，只是過的大小和次數不同而已，全校老師看了就怕，後
> 來只好由江學珠校長的祕書，好心腸的老先生駱為良先生接
> 下了導師的職位，以無為而治的方法總算把大家平安送出了
> 校門。註53

在這段記憶裡，李渝也側寫了自己青少年時期叛逆的一面，而這幅情
景彷彿是一種巧合似的，竟也與郭松棻中學時期那股騷動而叛逆的形
象相類似。

　　大學的時候，李渝參加了聶華苓（1925～）在台大中文系所開的
創作班，班上只有寥寥可數的四、五個學生，而李渝便是其中之一。
這門課的作業與考試都得寫小說，寫完便交給老師鑑定。因此這段時
間可說是帶領李渝進入寫作殿堂的契機，在這堂課裡，李渝的第一篇
小說〈夏日　一街的木棉花〉得到聶華苓的讚賞，並在其鼓勵之下投
給《文星》刊出，而在這之後，李渝也陸續在《現代文學》雜誌，以
及《中華日報》發表她的作品，從那時起，李渝開始了她的寫作之
路。註54

　　寫文章以外，年輕時的李渝亦有一段學畫的經驗，「當年，我每
個禮拜到孫老師那邊畫畫，師生關係非常近。註55」這位李渝口中的孫
老師，即是在師大藝術系任教的孫多慈註56（1913～1975）老師。關於當
時學生們在孫多慈老師的畫室學畫的經過，亦曾在孫老師門下學畫過
的謝里法（1938～）在回憶裡提到：

當時畫室還設在師大校園過街的第六宿舍，孫先生從校方配得這個房間充作畫室，每逢星期六下午都有校外學生到這裡來學畫。畫室對門是蘇雪林教授的房間，因她應聘到成大去了，暫由孫先生代管，學生一多也把它開放成畫室，平常則是她自己作畫時用的。來學畫的多數是女生，已經做事的和臺大的學生很多。註57

而李渝也是這些來自台大學畫的學生之一，並且在孫老師的學生裡面，甚得老師關注：

> 從大學二年級起，我就在孫多慈教授畫室裡幫忙，協助她私人畫班之教學，來學的絕大多數是女生，其中一位就讀台大外文系的女孩子叫李渝，甚得老師疼愛，畢業後嫁給系裡的助教郭松棻，也就是郭楨祥的大弟，成了郭家的媳婦。註58

至於謝里法與郭松棻的初識則是在李渝的引介下促成。由於李渝與謝里法都曾在孫多慈畫室學畫，在先前便已經認識，而因緣際會之下，謝與郭兩人又經由李渝介紹而認識。其時郭松棻已經在台大外文系當助教，而李渝正值台大外文系三年級，兩人身份既是學長、學妹，應該亦已是男女朋友：

> 記得當完兵回台北那一年，我獨自在國光戲院看「王爾德傳」電影出來，走到中華路口偶然碰見孫多慈畫室學畫的李渝，她

向我介紹身傍的小男生叫郭松棻，那天他十分禮貌向我行了個大禮的模樣，直到今天還印象深刻。此時他是台大外文系助教，李渝還在念三年級，看樣子兩人已經談戀愛了。註59

在孫多慈的畫室裡學畫的時光對李渝來說，是很重要的一段經歷。後來李渝回憶大學那段時光曾說道：

溫州街路標

大學的時候，畫畫的興趣比寫作大，以為將來可能會在前一方面發展。註60

這段話道出了過去李渝對畫畫的熱忱，甚至不比寫作低，而這股熱忱，雖然在後來投入寫作之後，漸漸的與畫畫越離越遠。但若將其聯想到李渝大學畢業之後選擇藝術史作研究的方向，應該多少還是因為對畫畫的這股熱忱延續所致。

大學畢業後，李渝赴美國加大柏克萊校區攻讀藝術史碩士，也正式結束生

活於溫州街的日子，對此，李渝曾提到「在溫州街我渡過了中學和大學這一段生活中最敏感的時光[註61]。」溫州街對李渝的意義自是不言而喻。在柏克萊的日子裡，李渝跟她的先生郭松棻都在柏克萊的中國研究中心受教於陳世驤門下，也與劉大任、唐文標、楊牧等人成為談文學的團體。由於當年李渝與楊牧對張愛玲（1920～1995）作品的意見相左，因此兩人在柏克萊激辯的情景，也成了當時柏克萊中國研究中心成員的一個印象深刻的記憶：

> 中國研究中心的學生們經常聚集在陳世驤家裡，各自發表文學意見。例如李渝特別喜愛張愛玲的作品，每與楊牧激辯。碰到這樣的情形，陳世驤往往場邊觀戰，最後才發言，作出類似「李渝對，靖獻不對」或「靖獻對，李渝不對」之類，簡單的裁決。[註62]

　　七〇年代中國留學生的保釣運動興起，與先前在美國校園裡如火如荼展開的反越戰、婦女解放、少數民族爭民權等運動不無關係，而李渝與郭松棻一樣，亦捲進這場政治運動當中。在保釣狂瀾的這段期間，李渝一度擱下了文學創作的筆，甚至連美術史的研究也都拋到一旁，這時寫的東西大多是政治性的文章：

> 期間只在一些非正式的國外刊物，例如保釣的《戰報》、《東風》上寫些論文和散文，無非是自抄自印自看，再自扔到垃圾桶裡去而已。[註63]

而關於這些文章，李渝後來重新審視，也提到它們皆不能算是
「文學」。除了寫文章聲援保釣之外，李渝也以實際行動去宣揚
保釣運動。

　　一九七一年二、三月間，北美洲中國留學生的保釣運動暫時進入
低潮。由於第一次相關系列的示威活動過後效果不彰，所有的行動基
本上對於根深柢固的繼承體制，仍然不能撼動分毫。於是在這種氛圍
下，柏克萊幾個積極參與保釣的人，談著談著，想起來三、四十年代
抗戰前後蓬勃的話劇運動，初步結論，在「五四」五十二週年那天，
推出一齣舞台劇。這就是日出劇社的原始胎動，而李渝擔任了這個劇
團的重要核心之一：

> 《日出》的導演團由三個人組成，戈武、傅運籌和李渝，工
> 作由李渝執行，戈武和運籌擔任主要角色演出，運籌還是舞
> 台布景設計人。第一次嘗試在美國這樣一個環境裡上演大型
> 舞台劇，對我們這些不自量力的學生而言，焦頭爛額，在所
> 難免，然而，真正的困難還不是經驗與知識。註64

這齣充滿著「對台北繼承體制對內強橫霸道對外顢頇無能的批判註65」
的改編舞台劇，自然也受到了國民黨海外人士的暗中阻擾，在一度面
臨重重難題而可能宣告活動破局的困境中，最後由於李渝這些核心人
士的努力，意外的在演出當天得到熱烈的迴響。而排演的期間，李渝
也展現了她導演的能力，幫助了其中一個需扮演重要角色的演員，克
服自己個性的難題：

小方是個沈默寡言連跟女孩子說句話都免不老臉紅耳赤的靦靦男生，叫他粉墨登場在白熱的燈光下演戲，簡直等於較一個害羞的小女生當眾跳脫衣舞。這個任務，我們交給了導演李渝，而李渝居然做到了。註66

這場戲不止造就了演出的成功，後來甚至影響到往後這位小方的一生，從一位謹小慎微的生物科學家，變成了一位柏克萊保釣行動委員會裡最精通理論的煽動家。

這場保釣運動使得郭松棻與劉大任等重要保釣人士，失去了他們的博士學位資格，而李渝在當中是少數堅持到最後，把柏克萊加州大學中國藝術史博士學位拿到的人：

楊牧的朋友當中，最熱心參與保釣的便是劉大任、郭松棻等。劉大任那時已經獲得博士課程學分，應當在撰寫論文的階段。但他全心投入保釣運動，以致於在次年被指導教授開除了學籍。失去了學籍，也失去了在中國研究中心的兼職工作，劉大任從柏克萊搬到紐約，到聯合國的翻譯部門任職。郭松棻也同樣放棄了學業，只有李渝仍將學業完成。註67

由於博士學位的取得，也使得李渝後來在保釣結束之後，仍能繼續朝學術研究的工作發展。

保釣狂潮剛褪去時，李渝曾一度在寫作上面臨迷惘，在民族主義所強調的社會意識，以及現代主義較為注重的個人心靈，兩者之間的

糾結，讓李渝曾有一段時間深陷當中而無法下筆創作，於是那段時間李渝便專注於發表藝術史方面的研究文章。而經過了中國大陸的開放以及文革實情的暴露後，李渝體認到過去意識型態上奉為圭臬的社會主義，事實上是「既不把社會也不把現實放在眼裡」，因此李渝開始檢討自己當年寫藝術史的史觀問題，例如對1979年自己出版的《任伯年》一書，他稱自己當年書寫這篇文章時的態度為：「籠統而專橫」。註68

而謝里法對於李渝這段從嚴重左傾到逐漸回歸中立的過程，回憶道：

> 過去李渝常把意識型態不相吻合的作品說成「狗屎」，把新中國的畫家作品形容成「有血有肉」，諸如此類激進的尺度開始有了修正，逐漸把「狗屎」兩個字深藏起來，到畫室來看畫的眼神也變得溫和多了。畫家朋友暗地裡這麼說：「那批拿博士的才子才女非得把思想往社會主義裡繞一圈走出來，才看得出他們真正長大了。」註69

道出了作家的轉變過程，也反映了那一代知識份子所面臨的時代衝擊。李渝與郭松棻這對夫婦共同經歷這場生命的轉折與反思，反映在後來他們的作品上，可以洞見兩位作家對個人存在與國族命運皆有著深刻的反思。

1978年李渝返台，引發了歸隊文學的第一個短篇〈再見純子〉，發表於復刊的《現代文學》雜誌。在這之後，李渝又開始慢慢將文學

李渝的第一本小說著作 ──《溫州街的故事》（作者翻拍）

創作拉回到自己的生活裡。並且在擺脫過去「激進的左派思想」之後，李渝也從中逐漸找到文學的本質：

「原來那些最感動，最忘不了的許多過去的人和事，一直都在那裡，只是自己跑出去胡鬧了。」所謂文學，應該很簡單，就是經驗、生活、個人的問題等等，所以「應該寫什麼？」已不再困擾她了。註70

回到文學創作的圈子裡，李渝在1983年以〈江行初雪〉獲得了第六屆時報文學獎的小說首獎；1989年海外華文女作家協會成立，李渝為創始會員之一註71；1991年，李渝終於結集出版了她的第一本小說集《溫州街的故事》。對於文學，李渝自陳自己的小說師承沈從文（1902～1988），而魯迅是影響他第二深遠的中國當代小說家，至於西方的作家則以普魯斯特（1871～1922）為她的洋祖師，因此在其小說當中可

以看到沈從文的「小說的詩化」，也可以看到魯迅的「文字的刻意經營」，還有普魯斯特的「意識流手法」等等小說技巧的端倪，當然在現實生活當中，郭松棻更是扮演李渝的文學理想之一，以及對其小說建議的重要人物。

1997年李渝原計畫出版其個人的第二本小說集，然而該年郭松棻卻突然中風，一度病危，兩人的寫作之路皆面臨暫時停格：

> 松棻突然中風，從床翻倒在地上，救護車送入醫院，以後數度危急，進出加護病房，掙扎而幸復生。十個月以來，他努力作復健，以喚醒右邊不聽話的手和腳，努力重回生活。我從初始的強行支持應付，落入不可名狀的驚恐和躁狂，以致精神崩潰，經歷種種地獄般的所謂治療而再回人間。註72

而後的十年間，郭松棻透過醫生與李渝的協助復健，病情逐漸好轉。李渝也逐漸找回生活步調以及寫作，並且在這幾年的時間，發表作品的數量較之往年有較為可觀的傾向，對此，與郭松棻、李渝私交甚篤的學者夏志清曾說道：

> 李渝這兩年作品較多，實是因為郭松棻97年中風後，她為了治療心理的傷痛，寄情於寫作之故。註73

而就在2005年，李渝到香港浸會大學擔任「國際作家工作坊」的駐校作家期間，驚傳郭松棻在紐約二度中風昏迷，匆忙趕回紐約的李渝，

《族群意識與卓越風格》為李渝最新的美術評論集（作者翻拍）

李渝的翻譯著作——《中國繪畫史》（作者翻拍）

哀痛之餘，也於數日後對外證實了郭松棻的死訊。

李渝，目前仍任教於美國紐約大學東亞系。

二、李渝的藝術觀與相關論述

綜觀李渝已經發表的文章，主要仍是以文學創作以及藝術史評論為主。李渝在文學創作之外，關心的是中國的畫作與畫家在世界史的位置與價值，在李渝的小說裡面，我們可以看到美術史裡頭李渝所關注的人物之色彩，以及強調視覺與觀看的文字手法；而在李渝的美術史評論，我們可以看到李渝對於中國民族主義的關注，以及面臨西方現代主義浪潮的反思，因此李渝的藝術觀，基本上與其人生觀、創作觀環環相扣，亦為讀者進一步瞭解李渝創作背景的最佳資料。而本節筆者擬從李渝近期美術評論最重要的《族群意義與卓越風格》一書，以及相關發表的資料，來大略梳理李渝的藝術觀。

　　首先，在族體與個體；異類和本類
的部分，李渝針對現代中國美術在世界
藝術舞台所面臨的難題去作分析，導出
現代中國繪畫所背負的三個時代枷鎖：

　　其一為民族主義，在西方文藝思潮
大幅的傳進中國，近代中國大陸高聲提
倡的民族主義，幾乎等同於愛國主義一
般的凜然，在藝術上高揭此旗，不免有
與西方一較高下的意味，但也因過度的
強調民族的大情感，當他在強調集體意
識的共產中國當中，民族主義逐漸形成
教條、功利主義，而完全覆蓋了個人情
感的體現時，這成了李渝所說的創作的
第一道枷鎖。

李渝的翻譯著作——《現代畫是
什麼？》（作者翻拍）

　　其二為現代，中國水墨畫的美學理
論建基於長久農業社會的背景，是人與
山水或自然取得和諧以求人性的調伏，
以及人的抒解，當面臨要轉型為表現現
代人與現代心情的現代繪畫時，它的筆
墨法則、透視標準、品評標準都得變質
為都市的或者都市立場的，因此「水墨
畫」與「現代畫」兩種截然不同生成背
景的藝術風格，顯然很難達到協調和解

的局面，而水墨在中國長遠的發展歷史，到了近代似乎也到了一個窮盡的境界。另外中國的水墨畫家發展至今，也因為共產黨對知識份子的抵制，而使水墨畫淪為國家幹部意識型態的宣揚品，藝術性大減。

其三為世界，當西歐強權以文化中心自居而席捲世界各地時，遭到第三世界興起的反擊，國際藝壇開始出現了「全球」意識。包含中國在內的這些非西歐文化國家，在國際目光中被貼上中國性之類的標籤，李渝指出為了區別出各地方的畫風特性，以及受到世界的認可，中國畫的展現反而逐漸退回地方，退回過去濃厚的中國畫味道，相對的，這樣的趨勢也使中國畫作逐漸流於保守懷舊，無法力求突破。最後造成中國畫在世界舞台上無法成就任何卓越的畫作，而僅僅造就了一件件代表中國性的地方性作品而已。註74

李渝在現代的中國畫中，特別反省中國畫作注重集體性、民族性以及畫派的主流，這當中生成的原因，除了文革以來共產社會的理念框架以外，更牽涉到傳統以來的中國「中原正統」的霸權觀念。五〇年代後的中國共產社會是一個強調集體、民族的社會，這與西方提倡個人、自由的歐美文化圈截然不同，中國的畫作極度的受到民族主義的情感因素，以及政府的干涉，藝術中個體的表現被壓制到最低的位置。

雖在20世紀初期，中國的繪畫曾經歷學習西方以求現代化的風潮，當中可以徐悲鴻為代表，三、四〇年代徐悲鴻畫出一系列巨幅歷史畫，試圖以寫實主義拯救中國繪畫，但李渝批評徐悲鴻的這些畫作事實上還是有所問題：

> 時態概念化，人物典型化，不中不西，又古又今，視覺語法
> 的混淆，證實了技術的不成熟和觀點的無力；後面這點尤關
> 重要；畫家在其歷史畫中提出的，其實是中國傳統士大夫的
> 社稷意識，它是意氣昂然的愛國主義，有反對帝國主義的內
> 容……，或者說，它有強烈的漢民族情操，卻沒有足夠的人
> 類胸懷。註75

李渝點出徐悲鴻的畫作雖充滿著對帝國主義的反抗，但卻過於落入集體意識所期許的刻板中國形象，畫裡面跳過了個人層面的情感，也沒有進一步更深入對人類本質的關懷。徐悲鴻雖然仍有許多缺點，但他的確也可以稱得上中國畫「現代化」的先驅。

　　不過民族主義與現代主義的對立並沒有在之後獲得更好的調解，五〇年代以後的中國大陸反而更見激化。中國的藝術史論家強調左派那套階級理論來裁決藝術價值，用以保衛屬於中國古代畫家的歷史位置，並把講求純藝術的創作論，一種視為「虛無的形式主義」。這樣的觀念背後帶有很濃厚的政治意識，更反映出中國大陸政治長期控制藝術的結果，使得文革之後的畫家不僅不敢面對真正的社會現實，也不敢面對歷史創傷，更不用說挖掘那人性本質的現實精神，李渝提到強調寫實主義的近代中國畫作，看來事實上一點也不寫實。

　　至於在異類和本類的探究中，李渝提到中國的繪畫自從十六世紀文人畫被尊為「正脈」的主流文化後，藝術界常對不屬於主流畫派的畫家視為異端邪派，並予以打壓聲討，像是20世紀之後台灣早期的水墨畫家看不起膠彩畫家，大陸畫家看不起台灣畫家，依舊是過去那套

「中原霸權」的觀念所致,只是當中原為天下的觀念被西方的介入而瓦解時,主流與非主流、中心與邊緣的一元觀念也逐漸轉換為多元。發展了一千多年的中國主流文人畫,在現代的世界舞台上,更是應該注視這些所謂的「異類」文化,並適時的接收與轉化,否則中國的繪畫只會落進持續的自我重複的困境,而無法有所襁變。

此部分李渝對中國大陸畫界的反省,可以看出與其早年所信奉的左翼社會主義的觀點大異其趣。這些文章也多是李渝八〇年代之後所發表的評論,此時的李渝已經退出了保釣的熱潮,在藝術上的美學堅持也逐漸提升到與民族情感相持的高度,對中國的畫界有美學上的批評,也有民族情操的期許。

第二個李渝關注的藝術史焦點是台灣的畫家余承堯(1898～1993):

> 余承堯先生從事山水畫,有兩件事較特別。五十六歲的年齡才開始,在此以前不曾有過專業訓練或經驗,以後也沒有追求固定的譜系,畫風多由自己摸索成形;又喜歡再三修改舊作,一張畫可以涵蓋三、四十年創作過程而仍不能算是畫成。註76

余承堯作為一位畫家,其背景令人訝異。在其19歲到48歲最重要精彩的年華裡,他為了家國投入軍旅,參加了北伐以後一系列的戰役,卻在四十八歲擁有中將官階的身份時,自軍中退伍,在廈門、臺灣和新加坡之間經營藥材生意,可是在一九五四年事業順利之際,余承堯

又再一次在商場退出，開始過去並未接觸的繪畫。對此，李渝提到余承堯經歷了三次體制的退出，包含軍政界的退出、商界的退出，以及一九四九年之後，與家人因兩岸隔絕所造成的家庭體系的退出，除了家庭方面是出於歷史上的無奈，其餘兩次自發的退出，李渝以為余承堯必定是帶著一種頓悟般的力量，看破人生的本質，而走向真誠的藝術一途。

　　余承堯的畫作自成一格，並無師承，較之中國畫家，少掉許多中國畫傳統所傳承下來的無形限制，反而意外闖出令人驚豔的成績。余承堯的畫就像照相機鏡頭直接切出眼前景像的畫面，沒有起景或前景，景象往往顛簸地直接進入視況，其山水畫脫離了真實地方景物的連結，而直抒胸中的山水，這與當代過於泛文化性的中國畫來看，實為優點。再加上余承堯著重圖畫形體的形塑，亦是重視神韻、不重形體的中國文人畫所忽視的，因此余承堯的畫具有風格上的歷史意義和時代性。另外，余承堯習慣在畫上加畫，不斷的覆蓋改寫自己的作品，如此刻苦的錘鍊自己的作品往往長達數十年，其創作精神與李渝的先生郭松棻可說是相當程度的相似。

　　在余承堯之外，李渝也單獨發表過部分篇章，討論民國以來的幾位重要人物，有旅居法國的名畫家趙無極[註77]（1921～），有影響國共消長的重要東北將軍張學良[註78]（1901～2001），還有民國初年藝文活動的風雲人物李叔同（1880～1942）等等。這三個人從李渝的筆下，讓我們瞭解到他們與余承堯相似的地方是，在人生的最後皆投身於藝術的救贖裡。趙無極經歷了家人的被迫害以及夫人的病痛，最後卻在畫作裡重生，找到一種昇華的生命意義；張學良生命的前期是個倜儻的

紈綺公子、不可一世的少帥、叱吒風雲的軍政領袖，經歷西安事變之後的軟禁，雖然形式上是一種幽禁，李渝以為在實質生活裡，張學良終於走到一種生命悠靜的境界，張學良在最後成為了一位明史學者、基督教徒、養蘭花的雅士，前半生與後半生的對比之下，誰優誰劣反而不能像歷史評價的定位這麼簡單，而張學良脫離軍政體系之後，生命的蛻變可說是由此而開始。至於早年聞名一時的風流才子、文化名流李叔同，其一生在各類藝術領域當中無所不能，卻無真正可稱作傑作的作品，後來毅然決然放棄一切藝術創作，搖身一變為苦行僧，最後李渝稱其「藝術家李叔同到底完成了一件曠世的傑作，它的題名是『弘一』。」在這些李渝所關注的人物發展裡，李渝所探求的是一種藝術的人生觀，以及藝術對於人救贖的可能性，而這樣的一種信念，同樣的表現為李渝小說創作的一種基調與風格。

第三個李渝關注的中國藝術史焦點為古典。李渝首先將視角注意到中國繪畫中的女性形象，指出仕女畫在中國有兩次的興盛：「一在八世紀的盛唐，一在十九世紀中葉的清末[註79]」，然而這兩次的女性畫作因為歷史條件和社會背景，使得當中呈現出「豐腴」和「纖弱」兩種極為不同的典型。唐代的仕女畫主要侷限於呈現上流社會婦女，而清代的仕女畫則為一種社會中理想的女性形象，雖以女性為表現中心，卻忽視女性現實的存在處境，百種對女性規範的不合理禮教，全被理所當然的呈現於畫作中，對此，李渝以為當時的畫界始終還是缺少藝術領域內應具有的質疑意識、抗爭精神和立新力量。

再者，李渝又特別針對中國畫界「正脈」的文人畫來作審視。十七世紀文人畫正值氣焰高漲，明末的董其昌倡導南北宗論，提倡畫

家非畫山水，而山水又非師南宗不可的理論。李渝以為這個南北宗論，事實上是一種霸道的分宗論，其明顯犯了兩個錯誤，其一為把歷史畫家硬分兩派，藐視畫家間互相影響及創作風格的多面性，其二為崇古抑今，扼殺了後人的獨創精神，因此山水畫發展到十八世紀，仿古的創作心態落到官派畫家，進一步淪為一種形式上的官僚主義。而曾經在中國揚名數百年的文人山水畫，最終在十九世紀走向衰微，李渝歸納出了幾個問題：其一為玩票性的創作觀念，其二為畫家僅為自賞的心態，而無視他人的觀感，其三為文人畫家圈的自我互相吹捧，拒絕參與社會。而明末清初社會經濟結構的轉變，都市中產階層的興起，也使得市民的精神興起，相對的，開始出現了不同於文人雅士的文人畫，而是以畫為職業，將畫帶回社會的市民畫家，中國畫自此從官僚文人，轉為與社會產生一定程度聯繫的普及風格，也使得中國的人物畫再次在任熊、任伯年身上綻放光芒。註80

　　在古典的藝術畫作當中，李渝循著歷史脈絡找尋出民族的藝術發展痕跡，在這些繪畫裡，表現出了藝術風格的興衰替換，也間接呈現了民族的「藝術正統觀念」與「女性所被形塑的社會形象」，在當中我們仍可看出李渝著重的批判的是中國畫家多缺乏接觸現實、批判社會的創作精神，而這樣的精神，多少與左翼意識提倡知識份子應積極介入社會有所互通，再從李渝這幾篇探討古典美術史的文章完稿時間看來，多集中於七〇年代中至八〇年代初，是李渝剛從保釣思想狂潮逐漸退出的時期，因此仍可見李渝特別以民族主義的「寫實」與「社會」之標準，來檢討中國文人畫孤芳自賞的心態，並嘉許市民畫家作品中的社會性。而這樣的心態亦可以對比到八〇年代中到九〇年代

後，李渝開始重視藝術領域的形式實驗，是可以看出李渝的意識型態觀念，有著逐漸從左翼轉為較為中立的審視角度。

第三節　文學夫妻檔與台灣文學界的互動

一、重要的他者：文學夫妻檔的意義與影響

在傳統文學藝術場域裡，創作基本上還是歸屬於一種個人的活動，而以夫妻這樣的形式出現的文學或藝術搭檔，在過往不管東、西方男尊女卑的社會結構裡，多偏向為「以一人的犧牲，成就另一人的光環」模式，而這樣的發展結果，亦使得最後在這個創作場域當中出現這樣偏狹的模式：「男性的天才和女性的缺席。[註81]」或者是社會上大家習以為常的這樣一句話：「一個成功的男人背後都有一個偉大的女人。」夫妻或伴侶這樣的關係，在社會結構下的一些場域，女性成為了「次要的」，甚至被塑造成一個較為不重要的「他者」形象，而像文學夫妻這樣的關係，在文學場的位置當中更是容易落於「主與從」的結構安排裡。

然而，晚近女性主義的興起，文學藝術夫妻搭檔的關係越來越多這類破除「個人神話」的案例，而以齊頭並進的方式在文壇亮相。劉亮雅以《愛人，同志》一書的二十三對文藝搭檔為引，提出文學夫妻檔的關係產生逆反，女性不再僅是附屬的「他者」，而是以「重要的他者」之身分出現：

> 法國心理分析派女性主義者伊希葛黑（Luce Irigaray）批判西方
> 的男性中心文化將女人矮化為映照男人鏡像的「他者」，一
> 語道破沙文意識之為烈。然而《愛人，同志》的角度不同，
> 它處理文藝情侶而非個人；英文書名《Significant Others》直
> 譯為「重要的他者」，更隱涵打破個人本位、著重人我互動
> 的理念。註82

在近代中文的文學創作場上，不管是早期的張愛玲、胡蘭成（1905～1981），還是林海音（1918～2001）與何凡（1910～2002），或者是較為年輕一輩的陳大為（1969～）與鍾怡雯（1969～），「文學夫妻檔」的共同嶄露頭角已成為逐漸破除過往「單人神話」的模式。而本篇論文的主要討論對象：郭松棻與李渝，不但在文學場上各自交出亮眼的成績，在生活中又是彼此討論文學、攜手過渡生活的心靈伴侶，亦可稱為「文學夫妻檔」的典範之一。

郭松棻與李渝，兩人從台大時代的結識開始，往後長達四十幾年的時間，幾乎都是相伴著對方，在七〇年代一同經歷了左傾的壯年時代與保釣的民族運動，八〇年代兩人也相同的逐漸將重心拉回到文學場域，不管是就郭松棻或者是李渝來說，另一方無疑對他們都是生命中「重要的他者」。

郭松棻與李渝以文學相許，郭松棻做為李渝的先生，長期在創作上給予李渝建議，對此，中國時報記者張文翊在時報文學獎李渝得獎的專訪曾提到：

可是，通常一個創作的人不是看不到自己作品的缺點嗎？「唉呀！」她開心的笑了：「妳知道，我家裡有個評論家的。」那是他的丈夫郭松棻了。註83

郭松棻雖然自身亦是一名將寫作視為人生重要價值的作家，然其非但沒有使李渝為了社會與家庭的結構而退出藝文圈，並且還在創作上給了李渝莫大的鼓舞：

> 寫這些論評的時候，已經從學校畢業了，包括了家業事業的真實生活接著到來。同時作家庭婦女和職業女性的人，大約都有每天裡外奔馳，腳忙手亂，數不清的繁瑣事物，從白天做到晚上睡夢裡的經驗，一樣身兼數職的這裡的作者自然也不例外；大部分篇頁都是在廚房飯桌上，等著接送的汽車的方向盤上，火車上地鐵中，而更多於在書桌上構思和成稿的。好在松棻是裡外一致的開明派，女性主義的真實同情者，要是身邊沒有實際的體諒，不動搖的、持續的支援和鼓勵，未必有這些文字。註84

而李渝作為郭松棻的妻子，則是充分的為郭松棻提供創作的最佳環境：

> 李渝對郭松棻的細心，從家中瑣細可以看得出來。郭松棻有自己的書房，但為了讓他有更好的讀書寫作環境，李渝在餐廳

的大窗旁，為郭松棻布置了一張半月型的書桌，郭松棻讀寫累了，抬眼便可望見窗外花園中李渝精心種植的花草。[註85]

而在人前，相較於對郭松棻創作的孺慕與誇讚，李渝對自身的創作反而十分低調，甚至連同事都沒有幾個人知道她是一名小說家。

郭松棻與李渝對文學的熱情，不僅只於自我的創作，兩人也時常針對共同讀過的一些文學作品或是文學意見，在自我的住所內討論，甚至為自己的意見辯護：

> 去年2月赴美探訪郭松棻、李渝的成大台文所講師簡義明，對郭松棻和李渝的閱讀寫作生活印象十分深刻，他記得兩人會同時讀一本書，會互相討論，所以家中常見兩本同樣的書。簡義明到訪時，兩人正在讀柯慈，但看法不太一樣。[註86]
>
> 舞鶴說，他到訪的前一天晚上，李渝和郭松棻還在爭辯為什麼還要寫作，後來和舞鶴提起這件事，兩個人都笑了，充滿了文學熱情，讓舞鶴分外感動。[註87]

對於文學創作經驗，兩人在欣賞彼此的作品時，亦能夠提出一些具體的建議與批評給彼此，郭松棻曾在採訪中給李渝作品的評價：

> 有自己的風格這個是很重要的，如果作家自己沒有獨特的風格出來的話，那就是……這一點，李渝很不錯。[註88]

在李渝的回憶也提到，郭松棻曾提醒李渝作品裡原先的純摯，是其小說最珍貴的地方：

> 松棻說我寫到現在，寫不過第一篇〈夏日‧一街的木棉花〉，一種純摯的小說氣質再難自動流露，就以這篇記誌和松棻同度過的少年時光。註89

至於李渝看待郭松棻的作品，雖然以孺慕的成分居多，但亦曾在採訪中提到兩人作品的比較，以及對郭部分作品的意見：

> 老實說，他當然寫我好，這沒辦法嘛！他的文字比我精緻，他的思路比較深入；我比他好的一點就是我沒有那麼沈重。有的時候，不沈重不見得是不好，不沈重不見得是膚淺。當然，文字上我比不過他，他的文字比我精練，我的文字有時候是瞎扯的，胡扯一氣，而且是越來越胡扯。註90
> 〈月印〉我覺得有些地方比較鬆一點。註91

文學對於這對夫妻檔來說，是一種生活，也是一種信仰，更是串連兩人心靈的重要媒介。而郭松棻、李渝、文學三者細密的交集，雖在兩人作品裡分別可以撞擊出不一樣的火花，但以這樣一對關係密切的文學夫妻來作為一個完整的文本研究，筆者以為可以將之視為一組「小型文學討論團體」來看待他們表現的文本。

　　郭松棻與李渝兩人感情深厚，不過不管在背景或個性，兩人事實上有著相當的差異。郭松棻是台灣大稻埕世家成長的本省人後代，而李渝是隨戰亂輾轉從大陸各地遷移到台北溫州街的外省人後代；郭松棻個性沈靜壓抑，李渝則敏感率直；郭松棻偏向抽象、情感的談話，李渝則較注重實際面[註92]；文學之外，郭松棻對哲學比較有興趣，李渝則是對美術特別有熱忱。但也許兩人就像是一種互補的關係，這些看似差異的地方，反而是造就了兩人夫妻生活完整性的每個部分。

　　相較於兩人背景部分的差異，在文學面表現出的成果以及創作背景後面，卻有更多相似，而值得作為統一文本研究的地方。作為台灣名畫家郭雪湖之子的郭松棻，生長於畫家世家，而李渝則有跟孫多慈老師學畫的少年經驗，以及後來研究中國美術史的專業學歷，兩人對美學的基本涵養都有一定的水準，其表現在後來他們的創作上面，亦可以洞見。柏克萊時期兩人逐漸左傾，並投入保釣運動，中間一度共同經歷了學業與文學創作的停擺，然而七〇年代到八〇年代初期兩人發表的作品，還是都可以從中看出其左傾的意識型態：

　　〈秋雨〉因此記錄了兩代知識份子的心事，殷海光求仁得仁，死而後已。但郭松棻一輩的學生卻在老師以身殉道的堅持中，看出存在主義式的兩難。「知其不可為而為之」究竟是道德的承擔，還是荒謬的耽溺？而在這兩種可能後面，郭松棻試圖捕捉的不只是殷海光的臨終面貌，也是一脈五四批判傳統的迴光反照。〈秋雨〉寫來沈鬱凝練，字裡行間飄盪的盡是魯迅的身影，不，鬼影，豈僅偶然？[註93]

〈朵雲〉裡是有魯迅的書，不過挑的是《故鄉》。因為《故鄉》寫得真好，尤其是最後一段利用生活和生活，不斷重複生活兩個音，造成一種語言的滾動，讓我印象深刻。不過，我當時寫的時候還是左派，就是「保釣」，我就覺得的確人是為著一個新的生活，很誠懇地相信著這段話裡面的底下的意思。我特意為這段話，把它擴大擴大，然後跟這個故事連起來，其他就不重要了，然後就閉門造車、瞎扯一氣。註94

在顯現文學應該介入境遇、介入社會的左傾思想外，兩人也不約而同的以魯迅為近代中國文學的宗師，即使在左傾的意識型態逐漸消退之後，魯迅的文學造詣依然在兩人心中保有相當高的文學地位，不管其小說詩化的手法與略為晦澀的小說隱喻，都成了兩人作品中的一種基調，而魯迅的作品更分別在兩人小說當中出現，形成小說世界裡的一種「重要意涵」或「精神指標」。註95

郭、李二人生長於二次世界大戰的前後，在「中國」與「日本」、「共產中國」與「自由中國」前後兩組不同的對立關係之中，1945年前後的台灣正處於一個認同混亂的時期，早期於日本是被殖民者，後期於對岸龐大的共產中國是最後的一批國民黨「孤軍」，在台灣以「亞細亞的孤兒」之稱號的歷史背景下長大，也逐漸讓兩人對於「民族」的課題有所考慮。至於兩人的求學時期，由於正值六〇年代西風東漸的現代主義風潮，即使郭在左傾時期曾以〈談談台灣的文學〉一篇大力批判台灣「過度崇洋媚外」、「捨棄民族與現實」，但郭與李後來亦承認兩人在閱讀上基本上是非常洋

派的，許多的西洋近代小說名著都是他們平日討論、切磋的依據，普魯斯特更成了李渝創作上的洋祖師，而郭松棻則格外鍾情於卡謬的小說。

民族主義、現實主義，強調現實的描寫，強調作品與社會的連結性；現代主義、形式主義，強調文學的美感，強調作品直逼個人內心的深度書寫，兩者看似對立的東西，亦是郭松棻與李渝曾經在思想與創作上面臨的文學辯證處，而在兩人的幾篇經典小說創作當中，無疑可以看出作家如何表現「民族情懷與鄉土現實」，以巧妙而唯美的「現代主義手法」去為作品加分，並且提煉出描寫現實之外，其更高一層的精神內涵。

兩人於八○年代初期重回文壇，皆選擇了以最貼近童年的故鄉台灣作為書寫空間，像是郭松棻的〈奔跑的母親〉、〈月印〉、〈月嗥〉諸篇，李渝的《溫州街的故事》一書，記憶與鄉土成了他們兩人共同的文學出發點，而異鄉人的身份則有利他們「較為超然」[註96]的客觀寫作視角。檢視兩人的文學發展脈絡，亦可以發現兩人的寫作，逐漸由童年的書寫繼續往時間的脈絡上推，甚至到書寫「自身不存在或未親身經歷過」的歷史空間，像是郭松棻1997年之後寫陳儀的〈今夜星光燦爛〉，以及2007年發表以民初施劍翹為背景的〈落九花〉，至於李渝則在〈江行初雪〉、〈豪傑們〉、《金絲猿的故事》尋訪父母、祖國的歷史，而在歷史的取用與再造上，李渝終究比郭松棻走得更徹底，最新的《賢明時代》一書，改寫了中國有名的三篇歷史故事，頗有民初魯迅提倡的「故事新編」的意味，在這些歷史素材與已然固定的歷史文本裡，郭松棻與李渝或以歷史空白為發揮，或以文學

引發為重點，共同創造出這些「探訪歷史」，甚至是「逆反歷史」的文學文本。

二、作家與文學界的互動

　　檢視郭松棻與李渝的寫作年表可以發現，兩人早在五〇年代末到六〇年代初，便分別發表他們的第一篇小說〈王懷和他的女人〉與〈夏日，一街的木棉花〉，其時兩位作家的年齡皆為大學就學時期。郭松棻的第一篇小說可以算是他的試作，發表於台大校園內的刊物《大學時代》，此後長達十年的時間，皆無文學創作的作品出現（到了1970年才又有〈秋雨〉一篇出現），反倒是介紹並評述沙特的哲學論述，分別於1961年在《現代文學》與1964年在《文星》陸續發表，關於這兩個提供郭松棻發表哲學文章的刊物，一個為六〇年代引進西方現代主義與思潮的文學雜誌，另一個為五、六〇年代台灣自由主義的重要代表刊物之一。而關於郭松棻二十幾歲時在存在主義研究的成果，白先勇後來在回憶中也給予其極高的評價：

> 郭松棻取了一個俄國名字伊凡（Ivan），屠格涅夫也叫伊凡，郭松棻那個時候的行徑倒有點向屠格涅夫的羅亭，虛無得很，事實上郭松棻是我們中間把「存在主義」真正搞通了的，他在「現文」上發表了一篇批判沙特的文章，很有水準。[註97]

　　雖然郭松棻大二便轉到外文系，後來出國到加大柏克萊念得也是比較文學所，但顯然在文學方面，其時的郭松棻主要還是以閱讀與私

底下師生或朋友的討論為主，創作跟評論的論述並不多（文學的論述僅在1974年在香港《抖擻》發表過一篇〈談談台灣的文學〉），1978年以前，郭松棻除了一度全力投入於保釣運動之外，幾乎將心力全部放在沙特、卡謬與馬克思（1918～1983）等幾個重要的近代思想家身上，從前後洋洋灑灑且鏗鏘有力的十篇論述看來，郭松棻哲學的見識頗有自己的一番見地，在當時台灣的哲學論述當中達到極高的水準。而兩個郭松棻以筆名發表哲學文章的刊物《夏潮》與《抖擻》：《夏潮》是80年代黨外雜誌的先驅，影響日後黨外民主運動甚鉅；《夏潮》更是50年代白色恐怖時期後，在台灣介紹左翼思想的第一份刊物，對於左傾時期的郭松棻自是第一選擇，而《抖擻》則是七〇、八〇年代在香港所辦的半學術性刊物，創刊主要是為了向海外中國知識份子提供出版園地、交流知識與觀點，而這樣的一個發表園地，無疑對於當時仍被台灣列為黑名單的郭松棻來說，是一個供其闡發理念的場域。

相較於年輕時的郭松棻，李渝則較早專注於文學創作的方向上，而這多半也因李渝的作品在大二便受到台大的老師聶華苓讚賞的原因，之後陸續在《文星》與《現代文學》等台灣當時著名的文學雜誌發表小說創作，也算是一位極早綻放光芒的新人，不過留美之後與丈夫一起經歷的那場保釣運動，李渝也隨之中斷了她的創作之路。在這場政治的運動當中，郭松棻與李渝因為激進的左傾思想與對台灣當局犀利的批判，使得郭松棻與李渝長期被拒絕於台灣之外，而1974年的大陸之旅後，郭松棻與李渝完全退出「政治運動」的領域，而回到學術與文學的領域來，在那段期間，郭松棻獨自投入於馬克思主義的專研，李渝則是重回到學術體制內的美術史博士論文撰寫。李渝後來回

憶過去與郭松棻在政治與文學之間擺盪的歲月，提到：

> 政治是行業的一種，自然也有它與生俱來、必須具備的特質，常得捨誠實就偽詐，手段重於原則。種種操捏得妥當有效，帶惠利於人民，是良好的政治家。然而於我，則在情性上不合不能，是在這段時間，從積極地參與釣運，到逐漸回來幾以丟失的藝術史。註98

經歷這場學生時代的民族主義愛國風潮，兩人在當中不斷妥協於政治的現實與利益面，也使得他們逐漸發現政治場上所運作的權力，並非僅僅只是知識、理想與行動性這麼單純的一種理念實踐，因此後來也才有了八〇年代兩位作家先後回到較為單純化的文學創作裡。

郭松棻與李渝在台灣的文學界獲得注目，嚴格來說，應該要到八〇年代才算是真正在台灣文學界獲得一個較

標榜思想的，生活的，藝術的文星雜誌，為郭松棻早期發表沙特思想介紹的平台（作者翻拍）

為肯定的位置。雖然從年齡上看來，與郭松棻同期的王文興、白先勇
等人，早在六、七〇年代，便以若干標榜「現代主義」理念的文學作
品，在台灣文學界獲得一定的地位，而郭與李則因為保釣運動、哲學
專研，以及學院的學術工作，遲了將近二十年，兩人才在台灣的文學
界獲得進一步的肯定。先是1983年李渝的〈江行初雪〉獲得時報文學
獎的小說首獎，1984年郭松棻的〈月印〉也被唐文標選進1984年的台
灣小說選裡，在該書的序中唐文標說道：

> 值得再說的是，今年小說最大的收穫是郭松棻重出江湖，在
> 「月印」一文中，用極其平靜的敘事風格，故意的減輕故事
> 的結構、情節、以至高潮的安排與出現，這一種類似福樓拜
> 的寫實手法，確實在台灣小說上，對「敘事風格」和寫實主
> 義上，作了一次偉大的實驗，台灣小說一直未分別「暢銷書」
> 和「嚴肅文學」，也未理會「小說」和「故事」的差別，希望
> 這篇小說的出現，讀者能在其中找到他的文學了。註99

郭松棻此篇小說曾在1984年造成轟動，誠如唐文標所說，〈月印〉一
篇達到了「形式主義」與「寫實主義」融合的極高標的，也讓我們再
次看到台灣文學界中「嚴肅文學」的發展潛力。

郭松棻與李渝的作品實驗性極高，在作家殫精竭慮的雕琢完自己
的作品後，轉達到大眾讀者的面前，有時仍免不了有嚴肅文學晦澀難
懂的現象出現，像是郭松棻同樣的題材〈含羞草〉與〈草〉兩篇，經
由敘述主人公的轉換，小說旨趣產生完全不同的質變註100；〈那噠噠

的腳步〉極為壓縮的時間，被大量的母子三人對話所填滿，在〈落九花〉一篇又將對話全部省略為一種故事描述者的旁白，每一篇作品的個人風格皆極為強烈而有突破性。至於李渝的作品在時空的處置上，意識流的手法用得十分頻繁，一個完整的故事往往經由李渝所說過的「多重渡引」手法，使得在耙梳所有紛雜的線索後，主體亦猶如清楚的骨幹一般慢慢浮現。

關於兩位作家小說的實驗性，可以上溯到他們寫作的態度與目的。郭與李皆曾提過他們的作品不為誰而寫，更非為了在文學市場上獲得一個位置：

> 我常覺得寫了東西去出版沒什麼道理，出書幹什麼呢？這個行為本身我就質疑，我不排斥別人出書，可是出不出版實在不重要。註101
>
> 對我來說，論述、翻譯等是公眾性的，是寫給大家看的。小說是隱私性的，是寫給自己的。訴之於小說，與其說是要尋找聽眾或讀者，不如說是與誠實的自己對話，面對自己。
>
> 既是這麼看小說，自然沒有把它們公之於文學市場的慾望。註102

出版對於郭松棻與李渝來說並非他們寫作的目的，因此小說的「大眾性」與「暢銷程度」都不是他們創作的首要考量，反倒是對於作品美學意義的堅持，成了他們創作的初衷，要求塑造出個人風格的作品也是他們具備文學場中先鋒派特質的要素之一。而對於作品的刻苦自

勵，使得兩人的作品量在二十多年的時間裡，產量極為有限，郭松棻僅僅有《郭松棻集》、《雙月記》、《奔跑的母親》三本專書，而李渝則有《溫州街的故事》、《應答的鄉岸》、《夏日踟躕》、《金絲猿的故事》、《賢明時代》五本專書，然其中郭松棻的三本書中多有重複，加起來實際上僅有十幾篇的中篇與短篇小說，李渝的《應答的鄉岸》與《夏日踟躕》亦多有重複的小說篇章，這些情況大概出於不同出版社收取文章的關係，但也反映二人的文學創作觀之謹慎，像郭松棻曾提到1984年的〈月印〉僅能算是一篇習作，李渝亦謙虛的說到自己得獎的〈江行初雪〉問題實際上還是很多，而在這當中，郭松棻對文字似乎又比李渝來得更加堅持，一篇小說前後改寫過數遍，而且改寫的時間跨度往往超過數年，而遲遲不肯發稿，以致郭松棻的作品量顯得非常稀少。

　　作品量的稀少，加上旅居海外與台灣「文學圈」、「大眾圈」的隔離，

李渝的第二本小說著作——《應答的鄉岸》（作者翻拍）

郭松棻與李渝的作品雖在學界受到部分專家學者的讚揚，卻始終沒有在台灣文學界中獲得廣泛討論其「高度價值」的位置，以及形成一種受大眾矚目的名聲。這顯然與作家們和台灣文化生產界的交集有關，長期旅居海外，而不得回台灣的結果，使得郭松棻與李渝在台灣文學界除了經由那些少數出版的作品，來增加他們於文學場的知名度，除此之外，很難從其他管道與這兩位作家獲得互動或是更進一步的認識（當然，少數的作家採訪是瞭解兩位作家的方式之一）。而郭與李也都曾提到他們作品的上市，很大的原因皆出於文學界的朋友極力的促成，才陸續有幾本書的問世，但從他們的自述中也可以瞭解到，亦有更多的作品稿件仍是塵封於作家的住處。而這些稿件或是作家認為仍未完全的完成，或是暫時找不到適合發表的管道。

另外，在學術界關於二人的研究論文亦為有限，郭松棻作品的評述先後有吳達芸、王德威、黃錦樹等人著筆撰寫，累積將近二十幾篇的論述；而李渝作品則更少，僅僅只有黃碧端、王德威、楊佳嫻等人寫了將近十篇左右的論述，雖在文學界的代表性來說，郭松棻的作品評價似乎比李渝又來得高一些，不過就兩人受文壇期待的程度，這些有限的論述數量，顯然不能與二人的作品價值作一個對等的比照。而這其中可能免不了與文學圈的「讀者反應決定作品價值」，以及「學院派小說的讀者群侷限性」有關，也牽扯到作家本身對出版市場的消極態度，因此在文學場中的商業圈（大眾市場取向）看來，郭與李的作品得到極少的迴響，但作為文學場中的先鋒派，在文學史的藝術性與文學性的創造當中，郭松棻與李渝的作品隨著越來越多的評論家的重視，他們的作品亦逐漸獲得了更多的文學意義與價值，並且經由這些

少數學院中的專家學者的認可，郭與李的作品在往後的時間，都將有機會進入台灣文學經典（經典可視為一種超越時間跨度的長期暢銷書）的殿堂之中。

第四節　結語

　　郭松棻與李渝這對文學夫妻檔成長於台灣1949年後兩岸對立，左翼文學被阻絕的年代（台灣僅1945年~1949年曾有中國左翼新文學的進入），也是五、六〇年代西方現代主義思潮大幅引進的時期，在文學閱讀與創作的養成方面，現代主義內的各類思潮：包括法國新小說、意識流、存在主義、荒謬主義等等都與他們的文學創作與文學觀有極大的因緣。然而也因為身處華人圈的華人身份，郭與李在受西方文化的不斷洗禮之中，也從民族主義的觀點不斷去反思文學中現代主義與民族主義之間的適當融合，而非僅僅只是文學創作形式或題材上的「意念宣傳文章」而已。

　　在郭松棻的小說當中，月亮成了他的重要象徵意涵，當中尤以《雙月記》的〈月印〉、〈月嗥〉為代表，「月亮」成為呼應郭松棻「以女性為敘述觀點」、「以母親為重要的人物指標」的符碼線索，在其創作當中，透過月光，異鄉的作者回想家鄉的過去，回想台灣許多歷史中的母性；而在李渝的小說創作中，「河流」則是李渝運用的重要象徵意涵，無論是〈無岸之河〉、〈江行初雪〉，或是〈關河蕭索〉，都有著一條河的存在，雖然這條河流的面貌不一，或以台大溫州街的「瑠公圳」，或以大陸的「湘江」，或僅是美國紐約的一條

河，然這些河流無疑形成了一種李渝追尋記憶、上溯歷史的憑藉物。

郭松棻與李渝兩人形成的小型文學圈，從兩人小說題材內容與文學理念的相似性，可以看出當中彼此的影響性。在夫妻檔這樣一個既有別又有統一內涵的文本，兩人的生平與作品的仔細爬梳，自然成了驗證夫妻檔破除文學圈的「單一神話」，而以「文學夥伴」的身份齊頭並進的重要依據。雖在台灣文學場域當中，兩人的名氣始終不如部分專家學者的預期，但這應該還是可以追溯到作家與「文化生產場域」之間的互動關係。在文本之外，作家的生長地理環境、學習與經歷過程，甚至是學院的學習背景、滯居海外的流離身份等等，這些無疑都是進一步瞭解郭松棻與李渝小說作品的一種中介物，也只有從真正的歷史脈絡當中去尋找兩位作家的文學理念，才能在文本與現實之間，找到一種屬於台灣經驗的文化價值。

郭松棻的「雙月記」收錄「月印」與「月嚎」兩篇中篇小說（作者翻拍）

【注釋】

註1：郭松棻，原名為郭松芬，八〇年代後始見其固定以「郭松棻」為筆名發
表作品。

由2001年郭松棻寫給張復先生的一封私人書信手稿，可見其仍以「郭松
芬」為名，故筆者推測「郭松棻」一名應非如魏偉莉論文所提為作者改
名，而僅僅是作者後來發表作品固定採用的一個筆名。

註2：郭雪湖，本名郭金火，1908年生於台北大稻埕。1925年進「雪溪畫
館」，拜蔡雪溪為師，並由蔡雪溪幫他取了「雪湖」這個名字。1927
年以「松壑飛泉」這部作品入選第一屆「臺展」（簡稱）台灣美術展覽
會，因東洋畫部其時入選的畫家二十三人中只有三位是台灣籍畫家，並
且此三人在畫壇都是資歷尚淺的新銳畫家，因此郭雪湖與林玉山和陳進
在當時被為「臺展三少年」，建立了郭雪湖進入畫業的信心。「圓山附
近」這幅作品使他首度獲「臺展」特選，是建立畫壇地位的成名作。
1929在「臺展」會場認識日籍畫家鄉原古統，從此開始求教於鄉原古
統，而鄉原古統也成了影響郭雪湖日後畫業的恩師。在這之後，郭雪湖
的作品也多次受到「臺展」的肯定，成為台灣畫壇的重要人物。1963年
起長期旅居日本，1978年移至美國加州定居至今。

資料參考整理自《四季、彩妍、郭雪湖》、《台灣出土人物誌：被埋沒
的台灣文藝作家》、《巫永福全集評論2》等書。

其中《巫永福全集評論2》一書中對郭雪湖事蹟的紀錄，在時間上與廖
瑾媛的年表略有出入，廖瑾媛記錄郭雪湖1978年移居美國，而巫永福則
寫到郭雪湖1975年移居美國，在參照郭雪湖的生平傳記可知，1975年
郭雪湖應該還在日本創作「中國名勝五十景」，故巫永福所記錄的時間
應該是因記憶久遠而產生的誤差，筆者以為應以1978年為正確紀年。

註3：林阿琴，因與郭雪湖一同受教於鄉原古統門下而結識，在古統的牽線之
下而結下姻緣。其作品分別入選過1933、1934年的第七、第八屆台展
東洋畫部。被稱為台灣近代畫壇裡傑出的女性畫家。

資料參考自廖瑾媛：《四季、彩妍、郭雪湖》，台北：雄獅，2001，頁62。

註4： 郭松棻的姊姊郭禎祥，亦為一名膠彩畫家，留美歸國後，回台灣創辦彰
師大美術所。而下面的三個妹妹分別為郭惠美、郭香美、郭珠美，弟弟
為郭松年，六個兄弟姊妹都有出國留學的經歷。
資料參考自廖瑾媛：《四季、彩妍、郭雪湖》，台北：雄獅，2001。

註5： 此處的二次世界大戰斷代，以美國正式加入戰局的1941年為起點，至
1945年日本投降為止。

註6： 謝里法：《台灣出土人物誌：被埋沒的台灣文藝作家》，台北：前衛，
1988，頁293。

註7： 舞鶴訪談，李渝整理：〈不為何為誰而寫：在紐約訪談郭松棻〉《印刻
文學生活誌二〇〇五年七月號》，台北：印刻，2005，頁39。

註8： 舞鶴訪談，李渝整理：〈不為何為誰而寫：在紐約訪談郭松棻〉《印刻
文學生活誌二〇〇五年七月號》，台北：印刻，2005，頁39。

註9： 李怡：〈昨日之路：七位留美左翼知識份子的人生歷程〉《春雷聲聲：
保釣運動三十週年文獻選輯》，台北：人間，2001，頁753。

註10： 舞鶴訪談，李渝整理：〈不為何為誰而寫：在紐約訪談郭松棻〉《印
刻文學生活誌二〇〇五年七月號》，台北：印刻，2005，頁40。

註11： 舞鶴訪談，李渝整理：〈不為何為誰而寫：在紐約訪談郭松棻〉《印
刻文學生活誌二〇〇五年七月號》，台北：印刻，2005，頁39。

註12： 五〇年代，殷海光任教台大哲學系，是當時反抗黨國威權的少數知識
份子之一。對於當時在台大就讀的青年學者而言，除了是一位民主自
由的鬥士外，也是自由精神的啟蒙者。其人格與精神為當時在台大就
讀的知識青年如陳鼓應、趙天儀、葉新雲、李日章、楊樹同等提供了
「獨立思考、不盲從於既定秩序與主流價值一個大丈夫威武不屈的精
神典範。」
資料參考自鄭鴻生：《青春之歌：追憶1970年代台灣左翼青年的一段
如火年華》，台北：聯經，2001，頁10-13、59-61。

註13： 一九五〇年，三十六歲的夏濟安來台，任教於台灣大學外文系。他是
個中西文學涵養俱佳的學人……一九五六年他創刊了「文學雜誌」，

發行人為劉守宜，他負責主編……五〇年代末期的「文學雜誌」的出現，的確扭轉了五〇年代閉鎖的文學風氣，提供了另一扇門，讓跟官方文學意見不同的作家發抒較不被束縛、自由、異質的文學理論和主張。它刺激了六〇年代「橫的移植」的浪潮的洶湧起伏。
葉石濤：《台灣文學史綱》，高雄：春暉，1998，頁106-107。

註14：謝里法：〈二〇〇五年，飄的聯想：追念陳其茂、蔡瑞月、郭松棻〉《文學台灣》57，2006年1月，頁89。

註15：舞鶴訪談，李渝整理：〈不為何為誰而寫：在紐約訪談郭松棻〉《印刻文學生活誌二〇〇五年七月號》，台北：印刻，2005，頁54。

註16：據當時代亦在史丹福大學唸書的張誦聖老師指出，《楊牧》一書中「莊因就讀史丹福」部分應有錯誤，就其所知，莊因當時並未在史丹福唸書，故特此標示註明。在此感謝張誦聖老師的指正。

註17：張惠菁：《楊牧》，台北：聯合文學，2002，頁115。

註18：陳先生是柏克萊加大中國語文教育和比較文學方案的奠基人之一。加大的現代中國研究所也是他的腦產兒。一九四九年前後，中國大陸烽火連天，兵燹千里，陳先生絞盡腦汁，動用了一切手段籌集資金，派遣可靠人員往北京、上海、廣州等大城市去蒐購典籍文物和書報雜誌，為加大東方圖書館建館以來的最大手筆，使之成為僅次於哈佛燕京的海外一大收藏。
劉大任：《我的中國》，台北：皇冠，2000，頁37-38。

註19：舞鶴訪談，李渝整理：〈不為何為誰而寫：在紐約訪談郭松棻〉《印刻文學生活誌二〇〇五年七月號》，台北：印刻，2005，頁47。

註20：張惠菁：《楊牧》，台北：聯合文學，2002，頁114。

註21：海外保衛釣魚台運動的星火首先於一九七〇年九、十月點燃於香港，十一月下旬火種飛越太平洋，傳至美國威斯康辛和普林斯頓兩個大學校園，然後而成燎原之勢。
一九七二年五月十五日美國將釣魚台列嶼的行政權隨同琉球群島一起正式交還日本後，釣運正式告一段落，其後轉為積極開展與中國統一

運動有關的各種活動。七十年代末，隨著大陸推行改革開放政策而最終走向衰微，但餘波盪漾，至今未已。

林國炯等編：《春雷聲聲：保釣運動三十週年文獻選輯》，台北：人間，2001，頁3。

註22：舞鶴訪談，李渝整理：〈不為何為誰而寫：在紐約訪談郭松棻〉《印刻文學生活誌二○○五年七月號》，台北：印刻，2005，頁48。

註23：劉大任：《我的中國》，台北：皇冠，2000，頁48。

註24：這些不滿主要包含台灣政府對外於美日釣魚台私下利益交換的軟弱妥協，以及對內實行白色恐怖對知識份子的迫害。

註25：由於《戰報》激進批判台灣當局的言論，開始出現一些特務的宣傳品抹紅郭松棻等人。在劉大任的回憶裡提到：「該刊物中一封以『西部愛國聯盟』名義發表的信，後來居然刊出於中央日報第一版，其中除盡情扭曲學生運動外，還點了我、郭松棻和董敘霖三個人的名，將我們姓名的第二個字以X號代替，這是一般未經法律的證明的搶劫強姦嫌犯的手法，從此在海外『造就』了一個『好學生』一見就怕的『三X黨』，被人視為洪水猛獸。

劉大任：《我的中國》，台北：皇冠，2000，頁78。

註26：謝里法：〈永樂町的畫師：郭雪湖〉《我所看到的上一代》，台北：望春風文化，1999，頁279。

註27：李怡：〈昨日之路：七位留美左翼知識份子的人生歷程〉《春雷聲聲：保釣運動三十週年文獻選輯》，台北：人間，2001，頁754。

註28：李怡：〈昨日之路：七位留美左翼知識份子的人生歷程〉《春雷聲聲：保釣運動三十週年文獻選輯》，台北：人間，2001，頁755。

註29：顏元叔：《離台百日》，台北：洪範，1977，頁56。

註30：劉大任：《紐約眼》，印刻：台北，2002，頁62。

註31：李怡：〈昨日之路：七位留美左翼知識份子的人生歷程〉《春雷聲聲：保釣運動三十週年文獻選輯》，台北：人間，2001，頁752。

註32： 舞鶴訪談，李渝整理：〈不為何為誰而寫：在紐約訪談郭松棻〉《印刻文學生活誌二○○五年七月號》，台北：印刻，2005，頁49。

註33： 劉大任：《紐約眼》，印刻：台北，2002，頁63。

註34： 〈青石的守望〉包括後來〈向陽〉、〈成名〉與〈論寫作〉初稿；〈三個小短篇〉則包括〈含羞草〉初稿、〈第一課〉、〈姑媽〉。

註35： 李怡：〈昨日之路：七位留美左翼知識份子的人生歷程〉《春雷聲聲：保釣運動三十週年文獻選輯》，台北：人間，2001，頁753-754。

註36： 舞鶴訪談，李渝整理：〈不為何為誰而寫：在紐約訪談郭松棻〉《印刻文學生活誌二○○五年七月號》，台北：印刻，2005，頁46。

註37： 廖玉蕙：〈郭松棻、李渝：生命裡的暫時停格〉《打開作家的瓶中稿：再訪捕蝶人》，台北：九歌，2004，頁179。

註38： 哲學上的存在主義（Existentialism）是一種非理性主義思潮，以強調個人、獨立自主和主觀經驗為基點。在現代最先提出存在問題的是尼采。克爾凱郭爾、叔本華、亞斯貝爾斯和海德格爾可以視作存在主義哲學的先驅。崛起於德國、卻在法國人手裡發揚光大的存在主義，成為了20世紀上半葉最具代表性的哲學思潮。
樓成宏主編：《歐美現代主義文學簡編》，上海：百家，2006，頁102。

註39： 郭松芬，〈這一代法國的聲音─沙特〉，《文星》第76期，1964年，頁16。

註40： 郭松芬：〈這一代法國的聲音─沙特〉，《文星》第76期，1964年，頁17。

註41： 郭松芬：〈這一代法國的聲音─沙特〉，《文星》第76期，1964年，頁18。

註42： 舞鶴訪談，李渝整理：〈不為何為誰而寫：在紐約訪談郭松棻〉《印刻文學生活誌二○○五年七月號》，台北：印刻，2005，頁49。

註43： 羅安達（郭松棻筆名）：〈戰後西方自由主義的分化─談卡謬和沙特的思想論戰〉初篇，香港《抖擻》第2期，1974年3月，頁1。

註44： 以上要點整理自李寬木（郭松棻筆名）：〈自由主義的解體—談卡謬的思想概念（二）〉，《夏潮》2：6，1977年6月1日，頁18-19。

註45： 資料整理自李怡：〈昨日之路：七位留美左翼知識份子的人生歷程〉《春雷聲聲：保釣運動三十週年文獻選輯》，台北：人間，2001，頁757-759。

註46： 舞鶴訪談，李渝整理：〈不為何為誰而寫：在紐約訪談郭松棻〉《印刻文學生活誌二〇〇五年七月號》，台北：印刻，2005，頁46。

註47： 廖玉蕙：〈郭松棻、李渝：生命裡的暫時停格〉《打開作家的瓶中稿：再訪捕蝶人》，台北：九歌，2004，頁168。

註48： 羅隆邁（郭松棻筆名）：〈談談台灣的文學〉，香港《抖擻》創刊號，1974年1月，頁50。

註49： 陳映真：〈前言二：突破兩岸分斷的構造，開創統一的新時代〉《春雷之後——保釣運動三十五週年文獻選輯》第一卷，台北：人間，2006，頁9。

註50： 李渝：《金絲猿的故事》，台北：聯合文學，2000，頁6。

註51： 李渝：〈郎靜山先生・父親・和文化財〉《溫州街的故事》，台北：洪範，1991，頁223。

註52： 李渝：〈禮物〉《聯合報》25，（1992.10.26）。

註53： 李渝：〈禮物〉《聯合報》25，（1992.10.26）。

註54： 資料參考自張文翊：〈回到廣闊的文學天地裡——訪李渝〉《中國時報》（1983.10.02）。

註55： 廖玉蕙：〈郭松棻、李渝：生命裡的暫時停格〉《打開作家的瓶中稿：再訪捕蝶人》，台北：九歌，2004，頁170。

註56： 孫多慈老師早年在大陸時期，曾跟隨民初有名的畫家徐悲鴻（1895～1953）學畫，後來遊學歐美受到印象派作品的影響，其畫作風格從濃厚的中原文化色彩，轉為西方各類新起的主義畫風，在藝術之路上經歷了辛苦的歷程，在藝術界也有一定的成就。另外，她最常在學畫時跟學生強調的一點便是「感覺」，要每個人保有自己的感覺來作畫

資料參考自謝里法：〈沒有寄出去的賀年卡〉《我的畫家朋友們》，台北：自立晚報，1988，頁225-240。

註57：謝里法：〈沒有寄出去的賀年卡〉《我的畫家朋友們》，台北：自立晚報，1988，頁226。

註58：謝里法〈永樂町的畫師：郭雪湖〉《我所看到的上一代》，台北：望春風文化，1999，頁275。

註59：謝里法：〈二〇〇五年，飄的聯想：追念陳其茂、蔡瑞月、郭松棻〉《文學台灣》57，2006年1月，頁88-89。

註60：李渝：〈作者序〉《應答的鄉岸》，台北：洪範，1999，頁1。

註61：李渝：〈集前〉《溫州街的故事》，台北：洪範，1991，頁3。

註62：張惠菁：《楊牧》，台北：聯合文學，2002，頁117。

註63：李渝：〈作者序〉《應答的鄉岸》，台北：洪範，1999，頁1。

註64：劉大任：《紐約眼》，印刻：台北，2002，頁27。

註65：劉大任：《紐約眼》，印刻：台北，2002，頁27。

註66：劉大任：《空望》，印刻：台北，2003，頁133。

註67：張惠菁：《楊牧》，台北：聯合文學，2002，頁126。

註68：張文翊：〈回到廣闊的文學天地裡——訪李渝〉《中國時報》（1983.10.02）。

註69：謝里法：〈永樂町的畫師：郭雪湖〉《我所看到的上一代》，台北：望春風文化，1999，頁280。

註70：張文翊：〈回到廣闊的文學天地裡——訪李渝〉《中國時報》（1983.10.02）。

註71：女作協的創始，遠在一九八七年，由居住於加州柏克萊的一群女作家陳若曦、於梨華、聶華苓、喻麗清、叢甦、李渝、王渝共同的號召下，以聯絡感情，促進文學交流為主旨，成立一非牟利非政治的文學團體，並邀請居住於中國大陸及台灣的海外華文女作家參加，會員資格必須至少有一本書出版（在第七屆大會中更通過兩年以上未交會費也無出席大會者，即為自動放棄會員資格）。經過一年多的籌備工作，

終於在一九八九年的七月一日，在加州柏克萊召開第一次會議。

資料來源網站：http://ocl.shu.edu.tw/org_news/db/data/female.htm

註72： 李渝：〈作者序〉《應答的鄉岸》，台北：洪範，1999，頁3。

註73： 丁文玲：〈郭松棻和李渝、李銳和蔣韻以文學相許〉《中國時報》
（2005.7.17）。

註74： 此部分參考李渝：〈民族主義・集體活動・心靈意志〉《族群意識和
卓越風格》，台北：雄獅，2001，頁6-12。

註75： 李渝：〈從俄國到中國：中國現代繪畫裡的民族主義和先進風格〉
《族群意識和卓越風格》，台北：雄獅，2001。

註76： 李渝：〈繪畫是種不休止的介入〉《族群意識和卓越風格》，台北：
雄獅，2001，頁100。

註77： 李渝：〈光陰憂鬱：趙無極作品一九六〇至一九七二〉《藝術家》
57：1，2003，頁332-339。

註78： 李渝：〈美人和野獸：張學良的幽禁／悠靜生活〉《明報月刊》39：
6，2004，頁103-105。

註79： 李渝：〈豐腴和纖弱：中國古代繪畫中的女性形象〉《族群意識和卓
越風格》，台北：雄獅，2001，頁128。

註80： 此段資料參考李渝：〈從山水到人物：清初繪畫中的正統和歧邪〉
《族群意識和卓越風格》，台北：雄獅，2001，頁134-149。

註81： 惠妮特・契德威克、伊莎貝兒・顧爾帝夫隆著，許邏灣譯：〈「一起
當天才」的喜樂和恐懼〉《愛人，同志：情欲與創作的激盪》，台
北：允晨，1997，頁25。

註82： 劉亮雅：〈導讀二：揭開創作世界的真貌〉《愛人，同志：情欲與創
作的激盪》，台北：允晨，1997，頁15。

註83： 張文翊：〈回到廣闊的文學天地裡——訪李渝〉《中國時報》
（1983.10.02）。

註84： 李渝：〈作者序：藝術的共和國〉《族群意識和卓越風格》，台北：
雄獅，2001，頁6。

註85： 丁文玲：〈郭松棻和李渝、李銳和蔣韻以文學相許〉《中國時報》
（2005.7.17）。

註86： 丁文玲：〈郭松棻和李渝、李銳和蔣韻以文學相許〉《中國時報》
（2005.7.17）。

註87： 丁文玲：〈郭松棻和李渝、李銳和蔣韻以文學相許〉《中國時報》
（2005.7.17）。

註88： 廖玉蕙：〈郭松棻、李渝：生命裡的暫時停格〉《打開作家的瓶中
稿：再訪捕蝶人》，台北：九歌，2004，頁176。

註89： 李渝：〈作者序〉《應答的鄉岸》，台北：洪範，1999，頁2。

註90： 廖玉蕙：〈郭松棻、李渝：生命裡的暫時停格〉《打開作家的瓶中
稿：再訪捕蝶人》，台北：九歌，2004，頁177。

註91： 廖玉蕙：〈郭松棻、李渝：生命裡的暫時停格〉《打開作家的瓶中
稿：再訪捕蝶人》，台北：九歌，2004，頁178。

註92： 丁文玲：〈郭松棻和李渝、李銳和蔣韻以文學相許〉《中國時報》
（2005.7.17）。

註93： 王德威編選‧導讀：〈第二十四章：知識份子的抉擇〉《台灣：從文
學看歷史》，台北：麥田，2005，頁333。

註94： 廖玉蕙：〈郭松棻、李渝：生命裡的暫時停格〉《打開作家的瓶中
稿：再訪捕蝶人》，台北：九歌，2004，頁174。

註95： 像是郭松棻的〈雪盲〉或是李渝的〈朵雲〉，作者都以一種被壓抑住
的中國文學精神，來指稱魯迅的作品。

註96： 此處的「較為超然」主要指的是兩人身處於台灣之外，從外在的角度
與位置回過來重新看台灣的歷史與記憶。

註97： 白先勇：《第六隻手指》，台北：爾雅，1995，頁294。

註98： 李渝：〈作者序：藝術的共和國〉《族群意識和卓越風格》，台北：
雄獅，2001，頁8-9。

註99： 唐文標：〈一九八四年的台灣經驗：「一九八四年台灣小說選」代
序〉《一九八四台灣小說選》，台北：前衛，1985，頁11。

註100：吳達芸：〈齎恨含羞的異鄉人〉《郭松棻集》，台北：前衛，
　　　　1993，頁525。

註101：舞鶴訪談，李渝整理：〈不為何為誰而寫：在紐約訪談郭松棻〉《印
　　　　刻文學生活誌二〇〇五年七月號》，台北：印刻，2005，頁52-53。

註102：李渝：〈集前〉《溫州街的故事》，台北：洪範，1991，頁1。

郭松棻與李渝的小說創作，其鋪寫的空間有相當的成分與兩位作者離居多年的故鄉──台灣有關，不管是郭松棻所生長的台北大稻埕，還是李渝所生長的台北溫州街，它們都分別成了這對文學夫妻檔家鄉書寫的重要題材。在一篇郭的專訪中便提到「保釣遺事，郭松棻說對他影響當然很大，不過如今只剩回憶，反而是一九四九年左右，他幼時生長的台灣歷史時空，不斷重回他筆下……[註1]」，至於李渝也在書中的前言中提過他的小說題材：「於我，溫州街的故事說不完；若有其他不標明『溫州街的故事』，也都是溫州街故事的延續[註2]」兩人不約而同在訪談中都提到家鄉對自身寫作的影響深遠。也因為兩位作家共同留在美國的經歷，使得作者在與家鄉空間、童年時間兩者距離的拉長後，能以更置身事外的觀點重探回憶，而這些讓作家們印象深刻的回憶場景，則自然成了其筆下展演小說情節的最佳舞台。

大稻埕舊圓環小吃區，今已變為一個較為現代化的大型美食館

今台北延平北路街景

第一節　城市地景的重構

一、大稻埕之於郭松棻

　　郭松棻的創作雖然幾乎都在美國完成，但不管是發表文學創作的園地，或者是小說的素材背景，主要卻聚焦於「台北」這座城市。郭松棻亦曾自陳其創作有幾篇的素材與背景，其實都來自於童年至出國前的台灣記憶，因此四〇年代到六〇年代的台北地景，可說是作者召喚家鄉記憶的幾個基點。

　　作者郭松棻本身的生長地為台北市的大稻埕區域，是十八世紀中葉以來至日據時期極為發達的商圈。而郭松棻對於台北的描寫，也自然的以自己的家鄉——大稻埕的幾個地標，來作為小說空間的真實背景推演，至於時間軸線則以終戰[註3]前後的一二十年為基本時空範疇。

　　以大稻埕這個書寫的區域來說，由於它是一個民間沿用的舊地名[註4]，因此已與今日官方劃分的區域有著相當的差異。但若要釐清郭松棻成長的空間方位

與背景，勢必需要先行瞭解大稻埕及其
附近區域在當時期的風貌。大稻埕，變
換成戰後初期所涵蓋的台北市區域，其
包含「建成區、延平區之全部，大同區
之西南角一部份及城中區之北門里。即
在忠孝西路以北、淡水線鐵路以西、民
權西路以南、淡水河以東之區域。註5」
即舊台北市的中西部，而在擴張行政區
域之後的今台北市偏西南角，是一塊近
淡水河沿岸的長方形地域，循此空間繼
續往南探索，則為過去極為繁華的台北
發展地——艋舺（今萬華）。

　　由於台北在日據時期是以艋舺、
大稻埕、台北城為三個主要發展聚落。
大稻埕過去憑藉交通便利，「以其地勢
濱河，輪船通於滬尾（註：淡水），火
車達於基隆，各洋行均蝟集焉。註6」，
在日據時期富庶的程度，甚至高過台北
城與艋舺，成為台北市當時的文化、
經濟重鎮。當時台北市幾條有名的街
道都在大稻埕的範圍之內，包括「延
平北路、迪化街、西寧北路、貴德街、
重慶北路、承德路、忠孝西路、南京西

日治時期遺留下來的「太平」地名，取
自「太平町」

大稻埕過去的文化人士聚會重地天馬茶
房原址，現已變成一片空地

大稻埕上的波麗露西餐廳於1934年由廖水來開設，至今已逾半世紀

戰後的迪化街逐漸凋零老舊

路、民生西路、鄭州路、民權西路、涼州街、保安街、天水路、寧夏路、太原路的整條街或部分路段都在此中[註7]」，而這個區域的街道名稱裡，亦可見太平町、永樂町、港町等過去流傳下來的日本式著名路名。也出現了幾家著名的茶館與咖啡館，是終戰前後台北大宗藝文人士交流的地方，像是詹天馬的「天馬茶坊」，廖水來的「波麗露咖啡館」等等，至於蘊育出來的名畫家則有郭雪湖、謝里法等人。[註8]

迪化街在過去稱為永樂町，當時擁有不少「大正時期」富於巴洛克裝飾的商店，也是南北貨、茶葉、中藥、布匹的批發貨集散地；延平北路在戰前和戰後初期還叫「太平通」，由於成立的年代較迪化街遲，建築以「昭和期」的建築為多，也較單調，多是「火柴型」的房子。至於大稻埕以外擴散的台北地標，像西門町即是日據時期日本人的娛樂場所，整個地貌是東洋式的情調，同時也是台灣電影娛樂事業的中心，電影院在此林立不絕；劍潭、圓山則為臺北

市難能可貴的休閒地區與遊樂園地，算
是過去大龍峒聚落的延伸地；而淡北鐵
路的雙連站，是大稻埕南北貨的轉運
站，當年不管是從廈門、上海、福州等
地來台的船隻，大船在淡水卸貨，利用
火車載運至雙連站，再由手拉車轉運大
稻埕批發市場，因此雙連也是現今「中
山區」的商業發源地；另外處於現今萬
華區的馬場町，則是1950年代「白色
恐怖」執行槍決的主要地點 。

二、溫州街之於李渝

　　李渝，是一位出生於四川，生長於
台灣，又移居至美國的作家，如此多重
遷徙的背景因緣，使得她關於故鄉溫州
街描寫的作品，呈現著一種對於地理空
間多重變遷的氛圍，但其中仍以溫州街
為展演主軸。關於書寫溫州街的這些小
說，作家實際撰寫的時間多在八〇年代
之後[註9]，故事外作家所置身的地點則在
海外的美國，可是小說中進行的時間與
地點，則是回到了四〇、五〇年代附近
的時空，至於場景更是以台北與中國各

日治時期遺留下來的「永樂」地名，取
自「永樂町」

延平北路上的昭和期建築多為單調的火
柴盒造型

地為鋪敘重點。憑著過去遺留於記憶的家鄉印象，已經不在場的時間與空間，成了李渝打造鄉愁與記憶的重要據點，循著紛亂的脈絡，我們彷彿可以探視到戰後那個年代部分族群的身影以及溫州街的地景，並且飄散著作者濃厚的鄉愁。

相較於郭松棻的大稻埕，李渝生長的溫州街呈現的是完全不同的歷史背景與風貌。對於溫州街的位置，王德威曾做了下列的考察：「溫州街位於臺北市南區、新生南路與和平東路兩條幹道之間。這條街幅面不大，巷道蜿蜒，首尾遙通師範及台灣大學。兩校的教職員宿舍羅列期間，歷來極富文教氣息。早年的溫州街猶存有大量日式建築，花樹掩映，曲巷幽幽。雖然建築物本身日益敗落，卻自有一份寧謐寂寥的氣息。註[10]」而其行政區域在日據時代當歸屬水道町，現代則為大安區的一部份，周圍主要的地標除了台大與師大兩校，還有瑠公圳以及各式的教堂，另外過去作為台灣自由主義標竿——殷海光的故居也

一再出現在李渝小說裡的瑠公圳，如今大部分已遭填平

座落於此。至於往外再擴展出去的水源路、古亭市場，則成了溫州街以外的相關書寫地標。

不管是溫州街附近的羅斯福路與瑠公圳，或是再往東邊一些的舊古亭區註11，這些地標所烘托出來的是一種充滿文化涵養的地方氛圍，也是臺北市文教方面的重要區塊。另外李渝多所著墨的教堂，則在陳若曦的一篇回憶中得到地景的印證：「新生南路多教堂，中段有清真寺，南段在台灣大學對面是懷恩堂。懷恩堂是台大學生都熟悉的，它開了許多免費課程，學生趨之若鶩。註12」這些宗教式的地景，也使得溫州街在瀰漫文化與書卷的氣息之外，又帶了一點基督宗教所帶來的教會色彩。

四〇、五〇年代的溫州街對當時代別具意義，這個地方集合了李渝少年時所認為的那些中國近代的失意官僚、過氣文人、打敗了的將軍、半調子新女性的窩聚地註13，實質上更是聚集了政治界、教育界、文化界等菁英的地方，

瑠公圳僅存仍未加蓋的一段

溫州街附近多教堂

因著時局的大變化，溫州街承載起了社會主義中國以外的自由中國思想之集聚地，也可說是當時代外省族群中菁英份子的重要聚集地之一，這與以本地族群為主的郭之大稻埕成了鮮明的對比。

三、文學地理書寫

在文學地理的書寫上，特別是城市的空間，克蘭（Mike Crang）提出：「城市長久以來便是許多小說的場景。然而，比起僅用來當作都市生活的「資料」（不管有多少召喚作用），我們還可以有更深刻的認識。城市不只是行動或故事的布景；對都市地景的描繪，也表達了社會與生活的信仰。[註14]」這對應到郭松棻特別顯著的地景描寫，亦多少可察覺到其契合處。若將郭之作品相較其妻子李渝的小說作品，城市記憶的重塑用來召喚歷史記憶的成分顯然少了許多，而作者本身對於這座城市的觀感，則相對的渲染上一層作者本身所信仰的史觀，使得經歷歷史傷痕之後的城市風貌顯得更加深刻。

這些溫州街低矮的日式建築，過去曾是聚集外省族群菁英份子的地方

地景書寫雖然可能如克蘭所說，有著進一步社會信仰的表達，但無可否認的是，郭在創作上第一層所呈現的地景，還是以作為適合角色展演的舞台背景為主，其背景必需附和於若干歷史與地方城市的真實脈絡當中。以〈月印〉來說，鐵敏與文惠在台北活動的地方主要為大稻埕及其附近，往南亦到達臺北市的南部區塊公館地帶，而不管是太平町的第一劇場或是在碧潭釣魚，也都呼應了當時這些地景背後所蘊含的地方特色。另外還有〈奔跑的母親〉裡陸續出現的太原路（下奎府町）；新舞台、後車站、雙連，以及〈雪盲〉中的迪化街、水門與淡水線火車等等，皆為與昔日大稻埕環環相扣的地景。

二次大戰後期的台北，陷在一種戰爭轟炸的惶恐當中，這是郭松棻的小說文本裡清楚展現的小說氣圍，如郭松棻〈月印〉裡頭一次鐵敏與文惠婚禮的場景：

迪化街路標

秋天一過，她匆匆嫁給了他。

婚禮沒有鋪張，實際上也不可能鋪張。

親友們多半還留在疏散的鄉下，還沒有回來，連通知都無法通知。

轟炸後的大稻埕，大白天都顯得很荒涼。

走在亭仔腳，好像走進了一個大防空壕，家家店面都上了排門，豔陽當空，可是街上冷冷落落，只有幾雙木屐的腳步聲，遠遠還響起回音。註15

再參照與郭松棻年紀相仿的大稻埕畫家謝里法（1936～）的戰時回憶：

> 不久，台北的天空有美國飛機來轟炸，每天都在拉警報，我們全家為此疏開到近郊的枋寮小鎮。空襲的時候，從後菜園空地上可清楚看見俯衝朝地面掃射投彈的機群，台北冒出來的濃煙好幾個星期都沒有停過，阿公說：「大稻埕快變成廢墟了，不知要死去多少人！」註16

可以發現此段戰爭中的大稻埕描述，與另一位大稻埕生長的畫家回憶是不謀而合的，可見這幅情景與氛圍已成為當時大稻埕人的集體記憶。然而戰爭威脅下所產生的空間記憶，也連帶的使得各個地景與戰爭、恐懼劃上等號，像是由別人口中渡引過來的各種傳言：

> 「少佐提到誓死保衛台北橋註17」

「聽說敵人就要在八里鄉登陸
了[18]」

「台北發生事變了，聽說市街
戰已發生了[19]」

「戰爭最後一年，從林口飛機
場起飛的隊伍裡，聽說已經有
台灣人的志願兵充當神風隊。
那個時候，有些家屬全家做惡
夢，半夜鬧鬼的事突然多了起
來。[20]」

今永樂市場可見清領、日治與戰後三個
時期的符號，「迪化街」為戰後「中國
圖像的打造」

這些傳言透過間接而不可靠的消息而
來，但因為消息裡夾雜的都是真實的
地景，連帶也使得小說當中繪聲繪影
的營造出一種當時代民眾對於戰爭恐
慌的氛圍。

〈奔跑的母親〉一篇中較為頻繁出
現的地景為路與橋，另外也有當時大稻
埕的後車站跟雙連，甚至是更遠的淡水
線火車，這些地景營造的是一種流動性
高的場所，因而也成為了夢中奔跑的母
親的最佳背景，而實際上的母親並沒有

大稻埕貴德街的洋房在郭松棻
《奔跑的母親》一書成了重要地
景與意象

離開主角過，整個場景因著主角的心理恐懼，而不斷處於一種既安靜又時有流動的氣氛。

至於〈雪盲〉裡作者對於戰後發展的台北，則可見空間的抽象化比喻：

> 母親在越洋電話說，台北已經變成了一個巨大的城。
>
> 阿幸仔，你回來都認不得了。
>
> 仿如蕨類的抽芽，一夜之間肥大了起來。^{註21}

台北的成長使得空間上好像變得巨大，但事實上呈現的主要應該是台北經濟的發展。至於作者重複幾次複誦的「狂犬病流行的台北」，則呈現出了當時台北病體的一面。

最後是分別在〈月印〉與〈今夜星光燦爛〉用來槍決鐵敏等人與陳儀的馬場町，這個呈現白色恐怖氛圍的場景，也因為作者統一營造此一地景的特色性，而成了一貫我們所感受到的「馬場町即是一個充滿肅殺之氣的刑場」。然事實上，馬場町雖然是當年一個有名的刑場，卻並非代表此地景與刑場在現實是完全的畫上等號。像郭松棻曾經透露寫陳儀的那段故事雖取材歷史，但很多仍是虛構，包括那個槍斃的地方，便是從原先新店公墓旁邊，轉換到人盡皆知的馬場町 。^{註22}相較於郭小說場景時常瀰漫的狂暴肅殺之氣，李渝的場景雖仍不能完全脫離戰爭殺戮的題材，但其小說的敘事明顯和緩得多^{註23}，並且常在結尾的地方安排角色得到類似「救贖」的橋段。關於「救贖」這類獨特的氛圍，對照到溫州街充斥教堂的地方風貌，不免令我們聯想到，

此種地方色彩相當成分的佔據了李渝童
年的回憶，更成了後來李渝小說創作基
調的元素之一。教堂、神父與修士的角
色，以及懷恩堂等教會的地標，這些構
成溫州街地方色彩的宗教素材，在李渝
〈夜琴〉、〈無岸之河〉以及〈八傑公
司〉等篇章中都可以洞見。

台大附近的教堂-懷恩堂，是台大學生都
熟悉的

　　此外，由於空間的快速置換是李渝
小說的特點之一，其小說就像繁雜的記
憶進行一般，讀者在依循故事進行閱讀
時，時常會發現大量空間的錯落，加上
小說時間亦非以傳統的線性方式進行，
使得讀者無法一氣呵成的進入讀者的故
事脈絡當中。而這些斷裂空間是這些人
物所經歷存在場景的移動結果，並且在
一個已經逐漸穩定下來的「台北」這個
地域，繼續想像，以追尋家鄉的文化與
過去的時間。戰後的台北「溫州街」，
在此成了一個瀰漫濃厚中國鄉愁的「地
方」[註24]。

　　以前後不同時間軸的空間對照，
李渝的小說人物出現一種停留於想像的
地方，而忘身自我實質上存在空間的情

形。那群成天躲在樓房裡打牌的各家太太們，慢慢失去了時間進行的意義，戰爭轟炸場景的不斷重複，則是她們共同經歷過的集體記憶。在戰爭結束之後，過去的光榮頭銜與場面，除了在一個樓房裡面進行的「麻將聚會」可以讓這些人重溫自己的顯貴與身份之外，一旦從牌局裡解散，這些人又回到了現實已經不復光榮的窘境。

> 一百零八張牌傾倒在水中，看不見水花，只聽見哺哺的聲音
> 及打著前進的船身。他獨自坐在後座聽著不間斷的水聲，偶
> 然出來透透空氣吃點東西。屬於過去的隨水聲而屬於過去，
> 你正駛向不可測的某地，無論你有多少頭銜房產古董姨太太
> 都要放棄都要重新開始。你終於能夠重新開始。突然他記起
> 來，再過幾天就是他五十歲的生日了[註25]。
> 十年過去，二十年過去，三十年過去，洗牌洗牌洗牌，骨脊
> 在桌面排擠撞擊散開又合起，（口粲）（口粲）割刮著你的耳
> 膜，你是這麼熟悉轟炸，以致於到了溫州街以後聽到了演習
> 警報還以為是真的呢，你的履歷表畢業證書結婚照值錢的首
> 飾都還留在小皮箱裡呢[註26]。

小說裡貴夫人們的牌局不斷在進行，這些人在麻將桌上已經將時間凝結，即使大量的時間過去，所具有的都仍是相同的意義，因為「溫州街」對這些外省族群的權貴人士來說，原本應該只是一個暫時停留的居留地，她們並不想接受，自己現在存在著的是一個並非「真正家鄉」的空間。

　　空間的變動也使得原先含蘊的地方精神產生了衝擊，如〈朵雲〉裡的夏教授拿出了魯迅與泰戈爾（1861～1941）的書給阿玉看，並且感嘆的說：「中國的東西更好，可惜這裡看不到。^{註27}」這句話充滿了對於「中國文化」的憧憬，空間的區隔（其背後代表的意義則是兩岸的對立），間接也切斷了兩岸現實文化的交流，即使因著自由主義一系的文學宣揚，但實質上也只是近代部分中國知識份子的傳承（缺少民初五四運動以後大批的左翼作家）。在台灣，中國圖像的延續，基本上是圍繞著國民黨政府所建構的一種想像國家體系，文學與文化亦是經過了記憶與歷史被刻意的挑選再建構而成。

　　最後在溫州街這條街道的描寫上，李渝還特別安置了一位專門收集故事的旁觀者角色──阿玉。

　　在多篇小說皆曾露臉的「阿玉」，是李渝作為小說視角「渡引」^{註28}的主要人物，她出現在溫州街的街道當中，常常看似無意的帶領讀者作著「觀看」的動作，溫州街的那些老知識份子、老達官貴人的體態與言行，就在阿玉那凝視的剎那，更加傳神的呈現他們在這座城市所給予人的印象。在渡引的手法背後，這些人物的形象不再只是一種作者刻意而絕對的情節塑造，而是在一個有限視角底下純粹呈現的畫面，並保留了讀者對畫面應有的想像空間。例如阿玉在〈她穿了一件水紅色的衣服〉，最後她轉頭觀看著依靠在陽台欄杆上，好似經歷多少風霜的那位水紅色長衣老婦人；〈傷癒的手，飛起來〉中，在離開溫州街的一陣時間之後，阿玉的腦海，浮現那無意間瞥見的父親繪畫時冥思的背影；〈菩提樹〉裡阿玉經歷著陳森陽因白色恐怖被抓走的經過；〈朵雲〉中，阿玉在牆角碰巧

看到夏教授與下女的曖昧，蒼老的儀態中現出一個久需親人安撫的疲貌。

　　李渝曾經在採訪中承認，阿玉有著自己自傳的性質在裡頭[註29]，不過也如她一再強調的，小說所呈現的是最初素材的轉化與扭曲之後的結果，因此人物也不必然是完整如實的一個自傳體對照，更非讀者觀照的重點。反而在吸收了李渝本身的少年成長經驗之後，阿玉這個角色的視角與感受在小說中被內在化了。讀者經由阿玉的視覺、聽覺與遭遇的導引，經由聽與看之間的多重引渡，得到的不是聆聽一個故事，而是像親身走在溫州街一般的體驗小說人物與故事的氛圍。

四、擬象化的地方

　　台北這座城市，由於近百年來外來統治政權幾次的轉換，而在地景上有著不同文化的色彩，台北的地景也因著各時期統治階層的需要，而產生大相逕庭的地景產物與地方命名，這不管在歷史久遠的聚落──大稻埕，或者是晚期才興起的文教重地──溫州街，都可見到其痕跡。

　　與自身的出生時代背景一般，記憶中族群的遷徙經驗，城市空間的快速置換，李渝小說中的鄉愁來自中國，也來自台北[註30]。中國是文化上的、上一輩遺留下來的記憶，而台北則是李渝親身渡過的童年記憶。

　　在〈她穿了一件水紅色的衣服〉以及〈夜琴〉等篇章，都訴及了角色經歷流離的中國經驗，以及最後以暫居心態卻久留於當地的台北。像那位穿著水紅色衣服的她與她的情人，他們記憶中的中國城市並不完整分明，而是片斷式的逃難鏡頭：

城市在重圍中被陷落被佔領，敵人投入空前的兵力從鐵路和江岸湖岸夾攻進入。飛機擦過屋脊，震跳起玻璃杯，濺得面前筆記本上的字都洇成一團團的藍印子。我可能被彈擊中被彈片流彈劃傷妳也可能，房樑會塌會壓在身上，屋會起火車會翻倒船會沈沒，我突然覺得一刻不能再容忍再遲疑，城市就要陷落江水就要被封鎖沒有希望沒有希望沒有一處能抵擋攻勢的局勢 。註31

很多年以後我們再回想城市的陷落都已不再記得確實的日期時間和地點。南京的淪陷和北平的淪陷和廣州的淪陷和海南島的淪陷，或者等等不同的城市在不同的戰爭中的淪陷在記憶中都混成了一片 。註32

這樣子的逃難經驗，以及每座城市記憶的雷同模糊化，使得整個大中國的空間記憶漸漸由具體變為虛構，由多元變為單一。由於官方機構強調正統中國的完整國家圖像，台北城儼然成了一座中國大陸地圖的縮影，人們在大陸所失落的土地，在台灣又重新的建構起地景。因此像「溫州」這樣一個深處中國東方浙江省內的城市，也變成台北市東南方位的「溫州街」，完全不同的空間在這裡卻有意的照著方位與名稱，樹立起一個個打造的虛構地標。

　　而在溫州街不乏出現的日式建築，也透露了這裡被經由打造再打造的痕跡：

河流裡的月印

學校的建築都不高，日據時代的紅磚樓，肅穆的青灰瓦。從窗口的左邊順著正路，能看到進底的木柵門。[註33]

灰舊的日式木房，屋簷低低覆蓋在防盜木條上。矮冬青長得很密，一棵棵連成了圍牆。沒有大門，碎石和水泥壓成的門椿分立在中間，算是到了進口。[註34]

溫州街裡的日式建築老房子

經歷了日據時代帝國大學的宿舍時代，雖然隨著對日抗戰的勝利，日本的殖民被終結，而之後的國府撤退來台，更是執意的將大台北打造成中國文化與國土的延續。正如原先的「水道町」變為日後的「溫州街」[註35]，國族的打造經由日本形象轉為中國形象，國民黨來台第一件所做的事情便是「刮除重寫[註36]」台灣人的記憶，並且極力的撲滅日本留下的地誌痕跡。然而最後呈現的是一個重寫之後的複合地景，從日本，到中國，再加上當

地的色彩，溫州街的地景反映出了過去時代變遷並且一再被重寫的痕跡。

國民黨在四〇年代末失去中國大陸之後，仍以完整的中國秋海棠版圖自居，或許可說是一種擬象（simulation）的現象。自由中國所指涉的「地方」事實上只存在於神話空間的刻意創造之中。從現象學的角度來說，這種空間是「不真實的」，是外加的發明，而非地域文化的表現。這些空間的象徵意涵是由外人創造，並以外人為目標，因此可說是「他人導向的」（other- directed）[註37]。

而諸如此類「地方的擬像化」，在郭松棻以終戰前後的台北為背景的〈月印〉與〈奔跑的母親〉也可以發現許多的線索。早年西式引進的洋房是貴族名望世家具身份地位的標誌，但在〈奔跑的母親〉一篇中，廖醫生家中的那棟洋房卻反成為了一種「榮景不再」的對比，這棟大樓隨著時代變遷與家道中落，屋主廖醫生與這棟建築經歷人世的盛衰。

> 洋房那一層堅厚的泥牆，曾經使學生時代的他感到安適。牆的中央是兩扇鐵門，這大門都由一個遠親在照料。我們來的時候，這世家的親戚就一瘸一拐慢慢走出來，雙手用力打開了門。兩半鐵門的滑輪就沿著地上兩條拋物線的鐵溝徐徐滑開，退到兩邊。於是前院三代培育的林木就顯出了幽深的鬱氣。
> 現在，門邊刻著「廖醫院」的合金扁牌已經失去光澤。這裡最旺時曾經容納過十五名住院病人的所在，如今已呈修業狀態。

他經常和這棟頹敗的樓房一起毫無生趣地望著鐵軌。人一動不動，好似他就是這無生命的房子本身。漠然穿越了時間，上一代的陰影盤據在他的周圍。他永遠顯得倦怠，即使現在他正與你雄辯。註38

這棟西洋式的建築註39，對於台北來說，當時可說是一種「外來文化複製」的產物，最初其意義在於顯現當時代世家的品味與財力，但在郭松棻的筆下，它最後彷彿產生了與屋主廖醫生結合的生命力一般，一起漠然，一起老去，一起死守家族過往榮景的地景象徵。

至於小說中最大量的地方擬像現象，則來自於街道的命名，〈月印〉中出現過的太平町、馬場町，〈奔跑的母親〉的下奎府町，〈向陽〉的西門町，此類日據時代建構的日式街道命名，對照到〈奔跑的母親〉的太原路，〈雪盲〉的迪化街，中國圖像式的街道命名，以及原先台灣早期台北市淡水河濱的中間部落自行流傳的名稱——大稻埕，使得當地的街道有著十分混雜性的來源，也間接透露出台灣這塊土地過去的多元文化存在。

地理學家段義孚對於命名一事有過這樣的定義：「命名是權力——稱謂某物使之成形、使隱形事物鮮明可見、賦予事物某種特性的創造性力量（Tuan, 1991a：688）。註40」這讓我們聯想到郭的文本中透露出的街道的多元文化性，也意味著各統治政權利用街道命名的權力，來對當地地方的人民起到對統治祖國文化上的認同。命名的內容往往與當地風貌並無關係，而僅是為了強加籠罩上那相隔遙遠的祖國特色。

　　命名的權力事實上並不僅止於郭松棻文本中所透露的局部區域，當時整個臺北市街道，便成為國民黨有系統打造出來的中國圖像。

> 大稻埕西向的部分幹道，被「濃縮」成了中國西北地區；臺北市的路街命名，多數引用大陸省分或大都市名稱，是「由於臺北市區的形狀仿如一葉秋海棠，與大陸形狀略似，是以道路名稱乃首就其地理位置，則大陸上相當地區之省分或城市命名之。」《臺北市路街史》當然，此路街取義的目的，不外是讓人追隨國府遷台的人要記得「家在山的那一邊」。註41

這在當時，將大稻埕所處的台北經濟中心位置，轉換成中國大陸西北偏僻的名稱，實質上對於瞭解臺灣歷史地理文化的民眾來說，應是一大疑惑。但以黨國體制優先的權力關係下，地景的被打造，民眾也只能默默的承受。當然除了國民黨的地景打造策略之外，日本殖民時期，亦曾在當時稱帝大的台大校園，種植象徵南洋樹種的大王椰子樹，用來時時提醒國家是將台灣作為向南洋進攻的跳板，最終為完成大東亞共榮圈的終極目標。註42

　　這種不斷「刮除重寫」的擬像現象，我們還可以將焦點聚焦到郭松棻的出生地上：

> 郭雪湖出生時這條街叫南街，我出生時以改名叫永樂町。註43
> 戰爭結束後，以新疆省會迪化為街名。註44

從南街到永樂町，再到迪化街，地方的命名意味著不同時代的意識型態與標誌。而這些被官方刻意打造的地景留存至今，不但成為見證歷史的遺跡，同時擬象化的地景也逐漸融入當地地方，成為後來台北地方的色彩之一。

如此混雜的多元文化特色，除了表現在郭松棻文本裡的空間書寫之外，亦可從郭松棻小說中的人物特質（對日治時期以來女性乖順形象的觀念），或是小說對近代中國歷史的關注（以中國，而不以台灣作為國家概念）等等得知，此種空間的擬象現象，已經深深烙印在作者的身上，並且緊密的與其文本的背景與氛圍作一結合，其甚而還可以擴充為一種小說人物互動的權力關係，來進一步與歷史文化作一個參照。

第二節　夢境、記憶與空間的交會

一、夢境的意象表現

夢境的表現，是郭松棻與李渝鋪設小說情節所運用的一種手法。由於夢境在現實生活是置身於意識活動以外的一種潛意識，因此當小說家在描寫這類偏屬潛在特質的夢境時，也只能做到一種盡量模擬夢境的可能性。而在作家描寫夢境的背景與動機面來看，我們可以順勢推敲出下列兩種可能：一為純粹幫忙雕塑小說人物性格，而由作家自由編造的潛意識運作情節；另一為作者親身經歷的生活與夢境經驗之再現。然此兩種可能基本上仍不脫作家的意識經驗，即仍在「心理學式」（psychological）的文學作品範圍之內，除此之外，楊格（C.G.

Jung，也有人譯作榮格）也提到還有一種「幻覺式的」（visionary）文學作品是作家意識所無法控制 。註45

李渝小說中出現的夢，因為通常對小說人物給的線索較少，並且情節跳脫的程度與留下空白的部分也較多，以致讀者能夠抓到夢境所呈現的意圖極為有限，也因此這些夢不但沒有提供更多角色的訊息給我們，反而使得故事陷入更深一層的神秘地帶。

李渝〈當海洋接觸城市〉在主角夢境出現的是一個綁雙鬠的女子與他的對話，這個夢呼應著主角日常所注視的雙鬠髮型的女子，這類女子的形象在小說裡成了帶給主角脫離煩惱與無趣城市生活的一股希望。而〈無岸之河〉的年輕男主人公那場「夢見一條紅色的河水在兩條街的中間流過去註46」的夢，則是召喚過去在瑠公圳成長的童年記憶之引介，也重新喚起關於那位與男主人公有相同特質的修士之回憶。不過在男主人公的追尋過程，我們也發現男子所欲追尋的瑠公圳，其實已經被歷史碾平了：

> 但是男子顯然忘記了一件歷史，瑠公圳早就不見了。
> 新生南路現在已是一條東西六條車道往來對開的寬平大道，上面穿梭著各種族群人類飛馳著國際性車輛，景象多麼歡騰飛耀。男子若不是忘記了歷史，就是歷史忘記了男子 。註47

當小說帶領著主人公逐漸召喚記憶，同時也在告訴著我們，記憶與現實即使處在相同的空間，經過時間的流動，記憶終究與變遷中的地景漸行漸遠。消失的地景正在間接削弱地方過去的集體記憶。

至於〈八傑公司〉中老闆娘在夢中咄咄逼人，以及其女兒夢裡始終無法與男子接觸的詭異情況，皆進一步的雕塑出這些角色的個性特質。〈夏日，一街的木棉花〉一篇，由於整篇的敘事並無鮮明的角色互動，而像是一位人物獨自的喃喃自語，主角聲稱做了一個黯淡的夢，夢中有黑牆以及一個接著一個不斷在牆上走過的黑衣女人，藉由視覺上的色調，作者突顯出主角對於平凡愛情的倦怠，並且嚮往著充滿黑暗與死亡的愛情。

最後，〈四個連續的夢〉則是一篇專門處理夢境的作品，雖然題為四個連續的夢，但從小說情節之中，除了敘事者同是我之外，每一段的敘事幾乎呈現了不相干而片斷化的情境，第一個夢是「我在找尋一隻石膏駱駝」，第二個夢是「我被黑影子追趕」，第三個夢是「我被灰白頭髮的人質問做了一件似乎是不應該的事」，第四個夢則消失了。從這些片斷的夢裡頭，卻可以找出相同的特質，即為夢中的「我」不斷接續著「憂懼」的氣氛，並且在「追尋」與「逃跑」的兩種情況中變換。這四個連續的夢伴隨著「憂懼」，若以佛洛依德的解釋：「這些夢乃是試圖藉憂懼的滋長來恢復對刺激的控制能力[註48]」，因此這些夢努力的重新架構惡劣的情境，好使作夢者現實情境的失敗，能夠藉夢再度遭逢並重新獲得控制。這篇小說由於小說的斷裂性與夢境內容的模糊性，因此作者留給讀者獨自闡釋的空間也相對變得很大。

在上述李渝幾個夢境的營造當中，連結著溫州街的場景或故事脈絡的〈當海洋接觸城市〉、〈無岸之河〉、〈八傑公司〉幾篇，都仍可清楚看見夢境與小說脈絡之間清晰的意圖，因此將其列在「心理學

式」的文學作品應無問題。但像是〈夏日，一街的木棉花〉、〈四個連續的夢〉，夢的意圖性變得極為隱晦不明，作者留下了部分意象給讀者，但通篇的小説人物與背景反而顯得相當薄弱，這些夢或許可以説是帶有部分「幻覺式」文學作品的色彩，夢境的意象反成了故事的軸心。

至於郭松棻，其小説的空間複雜化雖然較之李渝有較為清晰的脈絡，但記憶、夢境與現實的並置，也是郭松棻小説不易釐清的因素之一。夢通常所展現的是意識中的素材，同時也喚醒了片斷化的意象，而這些意象有時可能就是主角內心層面最為隱藏的憂慮，這在郭松棻〈奔跑的母親〉一篇中，作者將其表現的最為淋漓盡致。自小失去父親的主角，就是在長年持續的夢境中，與母親展開密切的互動。在一場主角的回想與好友廖醫師的精神分析裡頭，作者試圖經由將夢裡意象置放於社會語言的框架之中，去解釋各個孤立的情節與不連續的要素。

第一個夢的場景便是主角母親在夜裡的馬路裡，突然與主角玩起躲藏，最後並漸漸奔離作者，終致消失，而留下主角驚慌的哭喊情景，這是主角幼時常出現的夢。等到青年的時候，主角開始夜裡夢到跟母親的爭吵，兩方爭吵過後，母親最後又是決絕地奔跑而去，後來主角更提到母親在夢中越發跑得勤快了。而在此時所對應的現實，則是母親正遭受到祖父的逼婚，並且日期已經越來越近，相對的男主角的恐懼也愈發激烈。

夢境中的恐懼，後來更擴及到現實，主角一直到母親六十幾歲要一圓環遊世界的夢想，仍一意阻止，因那內心底層母親跑走的恐懼始

終存在，即使主角自己早已經離開台灣，而且已經是有兩個孩子的父親了。這跟佛洛依德所提到的：「夢的分析工作越深入，我們就越會相信在夢的隱意裡頭，兒時的經驗的確構成甚多夢的來源。[註49]」是相符合的。事實上佛洛依德的說法在此可以引伸來解釋這段兒子對母親的依戀情節。小說中這些不斷奔跑的母親場景，多少有著一些男童對母親之間的「伊底帕斯[註50]」情結，這可以解釋為原先在拉康所提到的兒童情慾發展的第二階段[註51]，是父親開始介入母子的二元關係，並進而產生制約男童「將母親視為慾望對象」的效應，但這在小說主角身上，卻因為極為年幼時父親的消失，而沒有發生[註52]。

因此，我們可以發現，主角的潛意識事實上蘊含的仍是伊底帕斯情結的第一階段，即是兒童與母親之間是交融未分的統一體，兒童希望自己是母親的一切，對於母親，更有著一種想像的佔有。在故事的最後，主角也提到了母親有時奔跑離開，有時又奔跑過來，並且夢中的樣子始終是年輕的母親，而非現實中佝僂的母親，這透露著廖醫生所點出的訊息：「事實上奔跑的不是母親，而是主角自身」，主角終究不能接受童年時期母親的離開。可以說母親的意象，僅只是童年時自身所依賴的年輕容貌時期的母親，因此即使是逐漸老去的母親，亦與主角內心最原始的依靠產生差距，而使主角內心產生逃離的因子。

從此篇小說如此細密的心理表現之描寫，再對照作者生平可知，其部分內容自是與作者童年時相似的生長經驗有關。因此關於這段夢境的分析，我們除了將之視為一種文本的單純解讀外，更不可忽視的是，作者在創作意圖以外的作品外緣因素。夢境的場景在此不但表現

了小說主人公的人物特質，同時也可能指涉的是作者自身非理性控制的潛意識，這在作家與文本之間原是無法完全切割的環節。

關於這對母子的互動，黃錦樹還曾經提出超過表面母子關係的探究，再更高一層的國族隱喻之假設，即為台灣的孤兒歷史之隱喻[註53]。如若直接在國族這層隱喻作推敲，我們可做出這樣的假設排列，即我之於依賴的母親，之於消失的父親，對應於台灣人民之於台灣的認同，之於逐漸分裂的中國之認同。對照郭松棻自小缺乏父愛的生平以及其創作背景[註54]，第一層心理分析的母子探討，本是作者生長經驗的發揮想像，應是書寫的主要動因，而通篇小說所附帶的焦慮感，筆者相信這恐怕與作者自身經驗的感發有關，因此在小說中主人公雖然被安排與廖醫師用心理學分析長年自身內心的焦慮，但在文末卻始終得不到明確的答案，這種焦慮既深刻又隱晦，或者將其視為「幻覺式」的文本來閱讀會較為適當。至於小說中第二層所引伸的國族隱喻，如將其與郭氏七〇年代之後的左翼運動以及對國族的關注連結參照，此篇所透露的國族意識之色彩，的確有其可能性。

二、現實景物對記憶的召喚

一般來說，郭松棻的小說並不採取敘述時間軸以單一線性發展的方式，而是以意識流手法呈現各片斷化的場景，任由讀者閱讀時獨自拼貼，並將其銜接的空白處留予讀者自由想像。

由於作者大量的穿插回憶，這使得讀者往往容易陷入過去回憶與現在時空的時間錯落，而逐漸感受到情節的紛雜。另外在情節鋪演上，郭松棻的小說亦不以情節的豐富引人入勝，而是著重在主角內心

與意識的發展，試圖達到一種比白描更貼近寫實的內在描寫。因此記憶的回溯不但重現了過去的時間、空間與事件，在這回溯的經過，也加進了作者自我對歷史空間的價值觀與判斷。

在小說以外，作者藉由對照現實的地景，來說服讀者小說趨往真實的可能，而在小說內部，被刻意突顯的地景，則成了小說人物召喚特定意象的標記物。諸如各篇小說中所對應的現實地名與地景，皆是小說著力而進一步發揮的空間處，像是〈月印〉的大稻埕，〈奔跑的母親〉的太原路，〈雪盲〉的迪化街，〈月嗥〉的台北，〈那噠噠的腳步〉的水門汀，基本上可以看得出來，這些地景仍是環繞著郭松棻本人最熟悉的台北大稻埕為主。而這些大稻埕的地景對照當今的現實狀況已有相當的出入，因此這些文本中的地景，事實上仍是以五、六〇年代時間的大稻埕為藍本。這當中所間接表現的是長期不得回台灣的海外作家，其對台灣的地景記憶，仍主要集中在作家出國前的台北印象。

地景的被提起，除了對照現實的功用以外，更深刻化的是在小說氛圍裡形成一種特別的意涵。以橋對〈奔跑的母親〉的意義來說，它成了一座連結主角與母親的中介物，母親為了拒絕再嫁，便開始實行「走完七座橋」這項傳說中的乞願，而主角每次只能在橋的一端等待母親的回來，又害怕母親真的就像走過橋的另一端一般（一種再嫁的隱喻），成了繼父親之後的另一次出走[註55]。至於當中廖醫生那棟遺留下來已然頹敗的洋房，則成了指涉廖醫生的一道事物隱喻，他們皆充滿著灰塵、陰影、病體，由時間的經歷造成此家族的滄桑感，更使得洋房與廖醫生的氣質疊合成共同衰敗的一體。

至於〈雪盲〉的迪化街，作者所營造的是一種今昔對照的時間感：

> 迪化街已經變成一條長滿青草的田道。戰後，街的荒涼。那
> 時校長還沒當校長呢。他是市政府的督學。噢，但願生命如
> 日影，日復一日地縮短。他低下頭，痴痴望著從豆腐店的瓦
> 楞投下的一片秋陽。[註56]
> 太太則記得戰前迪化街的熱鬧。亭仔腳水貨堆積如山。唐山
> 來的。金鉤蝦，江瑤柱混著麻油香。在五花八門的招牌下，
> 她，一個台中林家的家庭教師，坐在手車上像一陣風穿過了
> 街心。吃了真珠粉長大的。一身細皮水滑的千金。準備下嫁
> 當時的師範高材生。[註57]

經由校長太太對於過往迪化街的回憶，充滿著驕傲之情，再對照戰後
的迪化街與校長心境的並置，校長表面雖看似事業順利，卻在心境上
對生命充滿著消極的心態，從此處亦可見人物與空間形象表現上的巧
妙結合。而關於迪化街的描述，到了主角幸戀的視角時，除了蕭條之
外，還加上了一層不搭嘎的過氣與可笑：

> 草藤爬滿了泥灰牆，在那裡等待你的也是屎與尿。而最可笑
> 的莫過於迪化街那些破敗的洋行。還裝著十八世紀歐洲洛可
> 可的雕飾。纖巧如歌曲般的浮雕，被雜貨店的淡菜、金鉤、
> 筒衣、江瑤柱……醞成老嫗般的醜陋。[註58]

迪化街在一位出國留學生的眼中，就像已然過了青春時期的老婦人一般，散發著過期的流行與俚俗的市場文化，而這條街彷彿就像是留存下來「台灣過去的空間記憶」，它與附近那逐漸肥大的臺北市中心成了極大的對比。

最後，〈月嗥〉的基隆海港則代表著男女主人公之間轉折的重要場景，這在小說進行當中，作者不斷重複的「而他們的夫妻生活早該結束在那海港……」這句話可以察覺。漁港在象徵上代表一個出去與進來的埠口，而男主人公就是在那次出海赴日留學之後，開始精神上的出走，然而這對照女主人公一度以為的「幸福從海港離別的那一天開始了」[註59]， 極為諷刺。那原先認為是打破沈默，幸福從此開始的福地，卻在最後發現竟是丈夫背叛的開端，而女主人公最後就是藉著出海前後的片段回憶與書信，一點一點的拼湊出丈夫生前的秘密。

至於李渝召喚記憶的事物，除了溫州街一帶的地景以外，視覺性的照片與圖畫也是她召喚記憶的重要媒介。故事中的角色通過視覺和對象產生了距離，利用這樣的視覺及觀點，也就形成了一種知識與觀賞位置，而在這當中隱藏了一種作者本身對他者再現的方式[註60]。隨著照片的出現，人們慢慢順著線索回溯過去並且重新建構記憶，在這個歷程當中，發現，召喚，填補，觸發，成了視覺性事物對於人物情感的影響過程。尤其是一個在生活中已經消失或者死亡的人，對於記憶來說，由於時間的沖淡，過去的可靠性變得不真實起來，因此可靠存在的事物成了維繫過去的重要依據。

〈夜琴〉的第三人稱主角因著一張並肩坐著父親、母親、妹妹和丈夫的合照，來召喚自己對這些已經死亡或者離散的親人的記憶；

〈她穿了一件水紅色的衣服〉亦透過照片來回憶在戰爭犧牲的年輕軍官。而〈夜煦〉的第一人稱主角與〈傷癒的手，飛起來〉中阿玉的父母一般，都藉著照片重新拼湊並建構記憶，只是〈夜煦〉的主角是藉由簡報、新聞、照片慢慢的抓出了女伶與胡琴師的愛情故事，而阿玉的父母則因為時間與空間的拉長，對於照片的空間背景也不確定了起來，會堂與中山陵，玄武湖、莫愁湖與西湖，父親與母親的記憶在這個追溯的過程產生了歧異，然而每次爭論的結果，母親提出的論點從「中山陵的台階多一點」、「西湖的柳岸密一點」來作為判斷依據，所有推測的動作都是彼此對記憶的空白處所作的填補，當然在完成記憶的追尋之後，感情的觸發反倒才是視覺性事物出現的主要目的。

另外饒負趣味的是〈傷癒的手，飛起來〉中，阿玉的父親無意發現年輕時代自己所畫的畫像：

> 那是一張約兩尺寬長的油畫像，湖水般的綠底襯托出穿白衫的半身青年。梳得很整齊的頭側過去那邊，隱約的笑容底下似又藏著不安，在斜看過來這邊的眼裡。筆觸有意用得荒疎，參差出恍惚的質地，透露了瀟脫卻也有些羞澀拘謹的性情 。[註61]

這樣一張畫像所造成的效果已非僅止於召喚記憶，其畫像背後隱隱浮現著的是父親因為戰爭的開始，這雙手從創造變為殺戮，而戰爭的結束、圖畫的重現，也讓父親重拾畫筆，並且擺脫了那一段創傷記憶的陰霾。

照片與圖畫這般視覺性的呈現，除了作為觸發的引子，另外對於小說節奏也起了微妙的作用。楊佳嫻曾在一篇單篇論文提到李渝的筆法：「他的寫法注重細節，將視線放慢，營造氣氛，對於光和色彩多所描述，即使故事本身說的是驚心動魄的逃難，逮捕，也時常插入內心獨白的成分，刻意放慢了情節播轉的速度和連續性，在時空虛實之間躍動，增加了小說的節奏，也沖淡了悚怖感。[註62]」在此，楊佳嫻提到了李渝使讀者視線放慢的此一重點，李渝介紹照片，並不僅只於告訴你這張照片有何意義？而是帶著讀者在照片前緩緩移動，從前頭到背景，到人物的細緻動作與表情，甚至進入到裡頭人物的處境，讀者在此被延宕於一種觀看與凝視當中。從前面這些視覺性素材的使用，也可以說是呼應了李渝本身的藝術史專業，並在其影響下因而特別強調的小說筆法。

然到了李渝的《夏日踟躇》一書時，圖畫與人物的互動已超出純粹的召喚記憶之功能，而更多成分的呈現出一種藝術家的關懷。王德威以為李渝在〈無岸之河〉一篇中的「鶴的意志」一段，李渝藉由圖畫事實上是在召喚一種關於鶴的風範。[註63]在〈無岸之河〉裡，李渝先後提到了漢、唐時鶴留下的蹤跡，宋徽宗的「瑞鶴圖」，以及分別出現於蘇軾遊赤壁以及紅樓夢大觀園裡的鶴，那是中國從古代流傳下來的一種聖潔的鳥，我們亦可揣測李渝試著以鶴來類比於中國古典藝術留下來的華美，而如今雖然物換星移，作者處於台灣，或者是美國，已然見不到此種原生於亞洲大陸的「神秘之鳥」，李渝在此將鶴的姿態化為一種風範。小說最後鶴的消失，並出現了各種其它地方性的水鳥，彷彿告示著鶴的蹤跡已化成一種意象，那是從中國古典藝術當中

流傳下來的風範，而小說家則試圖追尋並雕塑出像鶴一般「挺立、柔美、典雅、細膩、尊貴」的傳統風範，並在異地將鶴的精神繼續傳承下去。

　　至於在〈踟躕之谷〉與〈尋找新娘〉裡，李渝將焦點從過去圖畫的觀看，轉移到畫家與畫作之間的關懷。〈踟躕之谷〉的將軍晚年藉畫作來自我救贖，〈尋找新娘〉的魏虛藉由畫作來表達其圖畫逼視內心的深度。在這兩人的創作理念中，不乏透露作者對視覺藝術欣賞的專業觀點：

> 有誰說過，畫人像在於神交，畫家的視覺和畫筆的觸覺要進得去對方的軀體，眼比真正的手摸索過去還要深入細密，筆描出的又要比眼還要周全體貼，畫者和被畫者之間進行的，其實是一種最親密的肉體活動，建立的是最親密的身體關係。註64
>
> 別人畫花草風景美女，魏虛畫人；別人畫外在，魏虛經營層次；別人畫政治社會，魏虛畫人性心理；別人力求美觀合適，魏虛有意黯淡彆扭，晦澀；別人避免直露，旁敲側擊，魏虛挖掘潎陳，反思和訴求，沈重極了。註65

在這些繪畫觀點的轉述當中，反應了李渝對視覺藝術的關懷，是一種不僅只於景物的重現，而是追求表達形象以上的感受，這樣的創作理念也與李渝自身創作所具有的「現代主義」風格不謀而合。另外藉著〈尋找新娘〉一篇，魏虛對於現代主義畫作的堅持，以及對

於民族主義的中國情懷之揚棄，也表達出多年來李渝徘徊於兩者之間的矛盾心情。

除了視覺性的藝術運用之外，聽覺性藝術的描述則較常被李渝用來作為救贖的工具。王德威對此提出一番見地：

> 「李渝有意以文字（文學）作為滌清歷史混沌的另一種
> 藝術媒介。他敬謹的寫作方式因此不只出於小說家的我
> 執，也更代表一種回應、批判與超脫亂世的方式。這
> 種對藝術的烏托邦式寄託，亦可見於〈傷癒的手，飛起
> 來〉中對繪畫、〈菩提樹〉中對口琴、〈煙花〉中對鋼
> 琴的描述。註66」

在〈夜煦〉之中，女伶經由舞台前的紅角，到投奔共產中國，被套上匪諜二字，再到在文化大革命時被批鬥而失去記憶，最後與胡琴師一起被流放，傳奇色彩極其濃厚的這段故事，在這篇小說進行的後面胡琴師靠著連續十年每夜的歌聲喚醒了女伶。這個歌聲將結局拉回到了圓滿，不過那終究只是一個主角朋友所轉述的故事，名伶與胡琴師的人生並不因故事的結束而消失。小說其後登場表演的兩人，經過了四十年的時間，又再度同台演出，蒼老的姿態，卻仍不減表演的感染力，作者對這段表演有著這樣的描述：

> 奇異的氣氛瀰漫在劇場裡，連我也感染到了。似乎是每個
> 人，至少在我能看見的周圍都顯出了福賜的笑容。很蒼白的

> 我的朋友的臉上出現孩子一樣的快活的神情，眼裡閃爍著舞
> 台的光。註67

在這場表演之後，觀眾因女伶的歌聲而在心靈有所解脫，然真正達到
救贖的效果，則是在表演結束之後，糕餅店前的三個印地安人所吹奏
的民歌曲子，召喚了主角的記憶與鄉愁，而鄉愁也在經歷時間的流逝
之後，待重新聽到召喚記憶的曲子時，鄉愁已經轉化成一種釋然的超
脫與救贖。

> 原以為早丟棄了的句子，竟是這樣燦煥地走過眼前。
> 少年唱完最後一行詞，高興地笑起來，重新吹起了笛子打起了
> 鼓。我隨幾人走前兩步，把口袋裡的零錢都扔進地上的舊帽
> 子裡。大鐘敲打十二時，沈重地迴響在神話的四壁；水晶燈顫
> 晃，星斗轉移，光芒紛紛散落，天使合攏雙翼下降，一霎時，
> 已經逝去的少年的苦澀和甜蜜齊聲歡唱如聖堂的頌鳴。註68

〈夜晚〉之外，〈夜琴〉裡頭的暗夜琴聲亦象徵著自我苦痛的解脫，
還有〈菩提樹〉最後的口琴聲，以及〈煙花〉裡垃圾車所響起的「給
愛麗絲」的琴聲，這些角色原先面臨的是遙遠的鄉愁、現實的苦痛、
時間的流失，但也在最後祥和音樂的演奏聲音或歌聲當中，被撫平了
心靈，不過除此之外，作者也常在此中隱隱透露時間的訊息，事實上
時間並沒有放過從這些人身上留下的痕跡，時間是他們作為換取精神
救贖的籌碼。

相較於李渝嘗試使用救贖的方式來看待歷史的創傷，郭松棻亦曾在對家庭結構下產生變異的〈奔跑的母親〉與〈那噠噠的腳步聲〉兩篇中，在文末呈現一種溫暖而平靜的氛圍，似乎亦有與李渝小說具異曲同工之妙的救贖意味：

> 在最後一封越洋信上，妹妹說妳這樣無端耗損心力，使她非常難過。連她都無法入眠了。她又說，在床上輾轉想了一夜，覺得母親知道了也會感到欣慰的。於是第二天她將你的信重新摺好，點了一根晨香，一起供在母親的靈前。註69

> 其實那是燭光。
> 床邊的那截蠟燭就要燒盡。
> 提醒她動身的時刻。
> 最後一朵藍焰照亮了這個大人已經搬走的空房。
> 光從地上飄浮。
> 沿著佛桌斑駁的漆腳照上來。
> 照在佛龕上。
> 照在佛龕背後的白牆上。
> 也照在那張洗了又蒙塵的母親的遺像上。註70

藉由母親的遺像，死亡訊息的結果不但未令小說中的創傷達到高潮，反而沖淡了前段小說主人公的偏執與創傷（〈奔跑的母親〉裡「我」對母親晚年不得出國的堅持；〈那噠噠的腳步聲〉裡一對兄妹對家庭破碎的憎

恨與失望），雖然不管是〈奔跑的母親〉或是〈那噠噠的腳步聲〉，作者皆未在文中清楚透露兩段故事的主人公未來發展為何，卻選擇統一呈現「母親的遺像」來做為故事的收尾，故事看似乍然而斷，實則利用類似祭祖這樣的畫面，來逆反傳統我們對「死亡訊息」的負面印象，而相對也使「小說主人公」與「去世的母親」皆從暴烈的情緒中尋回寧靜的氛圍，並雙雙得到救贖。

三、從家庭到國族的集體記憶

審視郭松棻的小說文本，所有記憶主要環繞的空間結構，便是家庭[註71]。而這在先前黃錦樹的論述中便曾指出：「郭松棻所有的小說都有著類似的母題——家變。[註72]」家庭的變異在小說中形成了一種固化的記憶，呈現家庭的一種破碎與悲傷。在郭松棻文本的家庭空間結構，可以統合出幾篇小說間大致的共同母題，父親的消失（通常是死亡）是小說中的第一個母題，而承擔家庭責任的母親是小說中的第二個母題，病體的男主人公則是小說的第三個母題。而這三個母題我們可以對照到郭松棻的現實背景發現，其與作家本身的經歷有著深厚的連結關係。而這個連結也可以從〈論寫作〉的主角林之雄身上看到一個總結的歸納：

> 他要堅持簡單的生活。他重新思索了一下，把自己的一生歸結成三點：一、父親在二次大戰死於南洋。二、母親一輩子成為勤勉的洗衣婦。三、他為了把生命剔出白脂，苦心尋找著一種文體。[註73]

關於第三點自我寫作心態的勤苦費心，也導致了後來主角經歷又瘸又瘋的歷程。因此某種程度來說，作家郭松棻亦嘗試將病體與寫作放在一起看待。

而相對於家庭的維持，「出走」成了家庭集體記憶的恐懼與陰影，這在〈月印〉、〈雪盲〉、〈月嗥〉、〈那噠噠的腳步〉、〈奔跑的母親〉幾篇皆可見其端倪。〈月印〉、〈月嗥〉環繞的共同主題即是妻子面對丈夫「精神的出走」（〈月印〉的鐵敏是為了政治，〈月嗥〉的丈夫是為了日本的家庭），至於「實質上的出走」則是〈那噠噠的腳步〉裡的父親，而「始終深受出走陰霾，卻並未出走」的小說則有〈雪盲〉的校長，〈那噠噠的腳步〉的哥哥，以及〈奔跑的母親〉中的母親。

這些「出走」所隱含的意義，基本上仍是以家變的母題為主，而小說中的家變，對應到當時台北的時代氛圍來看，的確是有著呼應族群分離與文化割裂的情況。此外，關於苦難時期家庭的和諧，以及苦難過後家庭的變化這類同質性的情況，亦是〈月印〉、〈月嗥〉兩篇所呈現的強烈對比，家庭的變異最後發生的時刻，反而集中在看似最平靜而安穩的時期，而在這兩場變異的背後，也都各自隱含著夫妻之間一方的背叛。

家庭的集體記憶所留存下來的意象，亦對後來接觸這個家庭的人產生影響。以〈那噠噠的腳步〉來說，父親對母親施暴的畫面，便深遠的影響家庭中哥哥對「父親」角色的痛恨，而母親最後的失神出走，則致使妹妹無形中扮演起母親的角色，以照顧病體的哥哥；〈雪盲〉的那本魯迅文集，則因為校長兄長的自殺，輾轉從校長的家庭轉

到主角幸蠻身上，而那本書成了幸蠻承繼校長的家庭記憶的開始，致使小說最後，幸蠻總是唸著：「太遲了。太遲了」，在當時被國內官方禁止的左翼書籍底下，幸蠻彷彿意識被喚醒一般，看破所有被安排妥當的未來，而一心嚮往著那位狂烈自殺的校長亡兄。

關於郭松棻對於家族史的關注與構思，也在其好友劉大任後來的回憶紀錄中有跡可尋：

> 在那段「玩物喪志」尋魚的日子裡，松棻略略談過一個長篇巨製的構想。時代背景設在四十年代的台北、基隆一帶。他說台語裡有一個說法，叫做「四大條」。一個家族如果有四個有出息的兒子，一定興旺發達。當然，我知道他不可能單純地寫個發家史，他內心的福克納，肯定還是會浮顯。這個大計劃，可惜因為他英年中風，迄今難以實現，但從他已經發表的幾個短、中篇（如〈月印〉、〈昨夜星光燦爛〉[註74]）裡，可以想像〈四大條〉如果成書，其廣幅縱深、經耕細作，必然更有所超越（63）。[註75]

以郭松棻對作品「苦心經營、百般錘鍊」的創作原則，以及後來中風對他身體的影響，以致郭松棻當初的巨製構想，各方期待的批評家與讀者們終究未能見到。

從郭松棻的文本出發，再將視角轉移到李渝的小說來審視，可以發現兩人小說的關懷基本上還是以個人的內心感受為小說的基準出發，然郭松棻所擴充書寫的場域是家庭，而李渝則將焦點座落於溫州

街的這塊社區，更進一步說，李渝小說中直接碰觸到的集體記憶，有很大成分是關於整個四〇年代以降的國族探討。而國族記憶，從一個能代表當時高階層文化區塊的族群聚居地 —— 溫州街察看，有其價值性。晚近學界開始有學者強調民間的歷史、人民的歷史，這幫助我們對於歷史向度的探索有著多元的可能，並能解放官方大歷史敘述的權威。然這並不代表這些在歷史上身居要角的人物應該完全鄙棄，在這些人當中，他們充當的是連結中國近代歷史集體記憶的延續者，經由他們顯赫的家族與生平，也暴露了國族政局幾十年來的主軸線：

> 你要回去追索四〇、三〇年代，他們都是有聲有色的人物。我的父親是台大教授，我來到美國以後，重新開始接觸中國近代史，突然發現這裡、那裡的名字根本就是我家飯桌上常常被提到的。原來我家飯桌上進行的就是中國近代史！不只是這些，有時候父親回來就說：「唉呀！今天胡適又在找牌搭子！」因為胡適的太太要打麻將，他們家裡我們家很近。媽媽買菜回來又說：「啊！黑轎車又停在哪兒！」就是張道藩來看蔣碧薇 。註76

　　從現實人物到小說角色，我們可以約略洞見李渝創作素材的轉化。小說中由蔣碧薇所延伸出來的水紅色衣服的婦人，胡適太太找牌搭子而轉換成為一群不停在轟炸的樓房底下打牌的夫人們，英千里老師轉化而成的夏教授，或者更多因白色恐怖而犧牲的高知識份子，與陷入等待與驚慌的被害者之妻子等人物原型所鋪演出來的故

事。這些故事的人物形象，與李渝所生長的溫州街背景可說是環環相扣。

在溫州街發生的這些故事，充斥著中國近代史的政治事件，但李渝以每個人物的感官去陳述這些歷史（歷史在人們的記憶中，往往就是如此容易被人們完全歸屬於幾個重要的人物身上），再去作追憶的動作。從抗戰到內戰，二二八事件到台共整肅，白色恐怖到文化大革命，李渝批判戰爭與政治的意圖歷歷可見註77，但意圖僅僅是被暴露，實質上這些故事被李渝以詩性的文字緩和，並且不時轉移了家國之痛的焦點，而走向個人之憂愁。捨棄以線性陳述的說故事方式，李渝藉著每個故事當中的人物，因著他們的意識與記憶遊走，使得歷史的空白處變大，而局勢的氛圍則顯得更加內斂化。在這裡，重大的政治事件逐漸在小說被弱化，而個人的情感則反倒被大力宣揚。

雖然由於生長背景的關係，李渝的記憶明顯更多的碰觸到歷史上重要的官方人物與國族歷史，中國近代史就在這條小小的溫州街裡每天上演，而郭松棻則以台灣本省族群的視角去看終戰前後台灣人民的生活。這兩條截然不同的記憶軸線，卻意外的分別成為四〇到六〇年代本省族群與外省族群的集體記憶之代言人，而這兩個台灣歷史背景下造就的不同族群，並未因此截然二分，他們共同的融合成當時台北甚或台灣的地方歷史，就像郭松棻與李渝的組合一般，在極為不同的生長背景與社區之下，卻也在日後可以爬梳出許多兩者共同關注的焦點與寫作特色，如戰後歷史創傷下的台灣、國族的命運以及現代主義式的內心書寫等等。

第三節　特定空間的權力結構

一、家園書寫的性別與空間

　　針對郭松棻文本當中所指涉的空間重點——家庭（家園），男性總是不在場，而女性總是在此空間結構扮演創造家園角色[註78]的特色，如此的地理書寫與性別結構的分配，顯現出郭在小說文本的書寫上，應該多少隱含有對性別意識在空間運作的傳統既有觀念與經驗。而將此種性別意識對應到文學地理在此方面的探討，學者克蘭曾提出以下的歸納：

> 我們確實看到了性別意識型態透過文學而映繪在空間上，將女人侷限於「創造家園」，求取安全與養兒育女，而將男人驅逐至道路上，「逃」向自由，並證明他們的能力。在兩種情況中，男人與女人不僅被安置於空間關係中，這些關係還支持了地方經驗的內涵，以及這對男人和女人的意義——他們都是透過地理而被分派了性別化的慾望。這顯示了空間經驗與個人認同的緊密關聯[註79]。

像此般性別分配的書寫策略，當然並非郭松棻有意的壓抑女性，而是來自於作者認知以來的空間經驗所致。當我們嘗試藉由過去百年來台灣的社會經驗（尤其是日治時代以來的性別觀念），而將空間予以性別化後，家庭，成為了既往社會女性應該在場的地方，而男性則名正言順的應該得到自由，以及外出的權力。

　　不過此類的關係，在文本裡也有例外的時刻，那就是當男性主人公面臨病體的威脅。此時原本對等的男女關係，則轉化成上與下的母子關係結構，像是〈月印〉的文惠對鐵敏的照顧，以及〈那噠噠的腳步〉妹妹對哥哥的照顧一般，病體限制了男性主人公的行動能力，卻也同時改變了權力結構的關係。像〈月印〉中的鐵敏便在病體的威脅消除後，家庭中的性別結構即又逐漸恢復成傳統的性別空間分配模式，也終至小說最後鐵敏的精神出走。

　　郭松棻台北書寫底下的女性，由於是採取台灣終戰前後女性的普遍性描寫註80，因此活躍且自主化的女性角色很少在台北書寫系列的文本中出現，除了〈月印〉中的外省女子楊大姊為例外。楊大姊為郭松棻小說文本中少數具備自主化，以及握有與男性相等發言權力的女性角色。而這在後來一場由廖玉蕙對郭松棻所作的訪談裡，作者談及關於台灣日治時期典型女性人物的塑造原型時，使我們更加可以確定作者對台灣女性角色形象的塑造，是來自空間經驗的長久印象所致：

> 也沒有啦，我自己覺得文惠是當時的台灣女性。像我母親就是這樣，他沒有自己，一定是以丈夫為重，日本教育出來的女孩子就是順從，當時的女性是這個樣子的。註81
>
> 她不是戰鬥性的那種人，我曉得像文惠這種人是當時受日本教育的女子，比較有代表性。我當然不認識謝雪紅，那種女性到底兇悍到什麼程度，我不知道，所以一般來講，那時候女人是這樣的。註82

在這特定空間當中的性別意識分配，筆者以為不該僅是如張恆豪所指[註83]，將其歸咎於於作者的「意識先行」，而應該先行瞭解一下當時的時代氛圍與歷史脈絡。誠如作者郭松棻所說，其所謂普遍性的人物性格描寫，自有其時代背景下所產生的人物原型，而在過往性別意識仍不明顯的年代，男性與女性角色在空間權力上的鮮明對比，自是普遍性現象的一種體現。姑且撇開後來省籍意識型態的糾葛不談，郭的文本事實上間接透露的是台灣歷史的文化軌跡。

在觀察郭松棻擅於描寫的「安居於室」的女性典型外，〈月印〉的楊大姊、〈落九花〉的主角施劍翹（1906～1979），以及同篇中曾提到的民初革命烈士──秋瑾（1875～1907）形象，這些人物都是迥異於郭松棻台北書寫的典型女性形象。或許張恆豪以楊大姊與文惠做比較，點出楊大姊外省女子與本省女子差別的身份，雖有過多「中國意識」與「本土意識」之間的價值判斷，卻也幫助我們發現郭松棻在營造台灣日據時期女子形象之外，也試圖描繪出另一條民初以降中國現代化女性知識份子的典型形象。而這三位女子，相同的特質是皆帶有知識份子的文化水平，以及暴裂的革命色彩，她們在近代兩岸的歷史上，比例上雖屬少數，但卻成為郭松棻打造理想現代化女性形象之典範。

關於「施劍翹」的案子，林郁沁考察了當時的傳播媒體資料與流傳的大眾文化故事，而指出：

> 我考察小說連載中施劍翹案的理想化的道德主義，證明是一種理想的途徑來確立現代中國人的個體主體性。實際上，像

貫穿整個中國古代歷史的《烈女傳》中的婦女楷模一樣，施
劍翹成為一個典範，甚至是一個現代婦女美德的化身。[註84]

由秋瑾到施劍翹，她們的形象逐漸超脫了「家庭」給予她們的限制
與束縛，並且以血腥的方式來達到她們的理想目標，這種超脫中
國傳統禮制給予女性限制的行為，不但沒有受到世俗的譴責，反而
因五四以來中國極思改革的民風，而被以「女中豪傑」的稱號大力
稱揚。換到了「台灣」白色恐怖背景的場域，楊大姊左翼的革命色
彩，儼然有著承接「秋瑾、施劍翹」一系的烈女形象，然而她在最
後意外的一場東窗事發，而使其被國民黨以槍決作為結尾。不管是
以秋瑾的壯烈犧牲，或是以施劍翹的復仇美談來作為對照，楊大姊
的結局顯然落寞不少。其犧牲換來的下場僅僅使其成為一堆屍體中
的其中一名，民眾未對其反抗國民黨的行為予以褒揚讚賞，而是一
片噤聲不語的冷漠視之。相較其他文本，我們可以發現烈女形象在
楊大姊身上，並沒有像前兩者一樣，受到當時代民眾的褒揚與小說
作者的大力誇讚[註85]，從這點更加凸顯了在不同時代脈絡上，烈女形
象與政府、社會互動間的價值評判，造成了這些不同「中國文化場
域」、「家國場域」的知識份子身份之女子，有著如此差異的結果
與待遇。

二、文本空間的權力宰制關係

　　郭松棻的文本空間，有極大部分都是處於一個父權體制的社會背
景，然其焦點卻常集中在描寫被歸屬於「女性應該在場」的家庭（家

園）。在這些家庭空間的文本當中牽涉到許多權力宰制的關係網絡，這在郭松棻的小説裡可以細分歸類為三個層面。

第一層為個人身體層面，即男性對女性的身體暴力壓迫：

> 父親回家。一進門就摑她。過一回他又砰地甩門走了。
>
> 那一次，好像專為了把母親摑聾才特地回家跑一趟。為他燒的一桌的飯菜都還沒有動。[註86]
>
> 她總是哭成一個小淚人。他則不斷摔盤碗，後來還去揪她的頭髮。吵完之後，他們又在濕濕霉霉的角落裡做愛。[註87]

在身體的權力宰制部分，以〈那噠噠的腳步〉與〈向陽〉兩篇的夫妻互動最為典型，而在篇幅的描寫上尤以〈那噠噠的腳步〉為最。暴力壓迫幾乎成了〈那噠噠的腳步〉篇中家庭記憶的主要陰影所在，至於受壓迫的女性在身體的暴力承受之後，卻仍然在隱忍這樣專斷的父權結構，並在與兒子的對話中，仍然繼續在袒護父親的權力位置，這些身體暴力的情節，在兩篇小説當中，極盡展演了父權對家庭中的母親絕對的宰制。

第二層為個人精神層面，即男性對女性精神上的控制，以〈奔跑的母親〉為代表：「然而祖父逼他再婚那可怕的日子還是一天天逼近[註88]」。在這一層面雖然父權對女性並無身體上的傷害，卻已經擴及到精神層面，使得這位母親連為自己丈夫守寡的自主權亦被剝奪，雖然母親曾經試圖抗拒，但最終仍是不得不向父權體制下公公的權威低頭。而最後祖父的過世，改嫁一事雖因此無疾而終，但「母親可能消

失」的訊息也造成後來身為兒子的恐懼起因，其嚴重的程度深達主人公潛意識運作的夢境。

第三層為國家國族層面，即國家統治單位對人民的意識箝制。這在〈月印〉中，最後在馬場町被槍斃的鐵敏、楊大姊、蔡醫生，表現出接觸禁忌的左翼意識資訊，而反抗國家統治階層的下場，即是死亡。當時代官方大規模的思想箝制動作，也致使了〈雪盲〉裡日本教授對幸戀的嘲諷是如此的鮮明：「回到你的國家，你也教不了你的魯迅。註89」至於〈向陽〉則以較為抽象的方式反諷：「他們還太年輕。他們要活得像一場暴政。他們都有一顆滾燙的心。他們對自己，就像對對方，都亮出了法西斯蒂。現在你在台北很難找到這樣燙手的心了。」雖然這表面上描寫的是一對情侶的喧騰吵鬧，但也暗中的表達出當時代的台北氛圍是如此的安靜，而這股被壓抑的安靜，是因為人民思想受制於官方的控制。更有趣的是郭松棻將狂犬病氾濫的台北城，對比於當時代知識份子的狂熱心志：

> 狂犬病流行的台北。每隻狗都帶上了口罩。再也不吠了。安靜的午後，狂熱的夏日，混亂的心。眼前一片扎眼的碎光。河上照上來的。多熱啊。喃喃不休的沈靜，煩人的髮的氣息，拂擦著拂擦著。

雖然此段句子郭松棻主要前後所描述的事物是校長對於米娘的心意，而穿插著這樣一個背景描述，乍看似乎完全跳脫了陳述，然而卻完全的呼應了校長狂熱愛意的壓抑，更是文本之外對時代的深層指涉：知

識份子在當時代受到國民黨政府的壓制。在政府眼中，知識份子的多言就像狂犬病的狗令政府趕到厭煩。

另外，〈向陽〉一篇所顯露出的政治寓言，可在最後拯救這對夫妻和睦的勢力——兒子誕生之後，看到更清楚的意圖：原本鬥爭的兩個勢力，因著第三勢力的出現而逐漸妥協。小說最後作者也點出了一句歷史性的評斷：

> 民國以來，各個黨派標榜的共和理想並沒有超過我們這幅冬暖圖。他們半個世紀的爭戰，更沒有為中國造就真正的共和，只白白流了老百姓的血，因為它們都那樣瞧不起第三勢力。

在最後的這段評語，更讓我們清楚洞悉，此篇小說背後的國族隱喻，極有可能是對於國共兩黨鬥爭的影射，而作者終究所在意憂心的還是那並非國家核心的第三勢力之人民。即使小說最後的冬暖圖是一個家庭圓滿的結局，然而這樣的一個理想的空間，卻成了一個與現實互相對照的差異地點註90，它以映襯的方式來表明作者對當時代兩岸政治及掌權者的不滿，也隱含了對中華民族共和大同的一種期待。

李渝小說文本在權力關係的鋪排上，較少像郭松棻從家庭與性別方面的衝擊去處理，而多著眼於過去影響整個國族的重要人物與事件。不過在〈關河蕭索〉及〈台北故鄉〉的篇章裡，仍可以看到家庭結構中，父親的威嚴，以及母親的卑微。對照郭松棻文本的家庭結構，我們可以發現郭筆下的母親是本省族群受日式教育安靜的女子，而李筆下的母親則是外省族群受父母之命成親的軍眷，相較於郭對於

如此「男尊女卑」結構的緘默，李則從小說主人公之口道出對如此反差的男女位置感到反感。

在權力關係的互動之中，〈關河蕭索〉裡以「父親為代表之家庭」，與以「蔿叔為代表之家庭」成了一個極為鮮明的對照。首先從這兩位好朋友的身份來看，父親為傳統官僚體系的官員，身上具有的是政府底下所授與的權力；蔿叔為具有高學歷卻屈居圖書館當一位館員的讀書人，身上主要擁有的是知識份子對外界的批判性。相較之下，小說的主人公曾痛斥父親只配當作一名政治人，而蔿叔才可稱得上是真正的文人。在通篇小說的比較中亦可看到，政治得勢的父親實際是映襯蔿叔典型知識份子的對照人物，包括兩者的家庭結構亦鮮明的呈現出兩種人物類型的反差。父親是「傳統而保守」的男性霸權家庭，而蔿叔則是「開明而自由」的新時代家庭。雖然蔿叔與妻子分手的情況，讓這對反傳統的夫妻走上不圓滿的結局，然而就如傳統官僚又趨炎附勢的父親卻反而得志一般，像蔿叔這類走在時代前頭的知識份子典型，似乎注定要如李渝所寫，身上背負著孤獨以及受世人冷眼相待的命運。

若從前面筆者解析郭松棻文本中權力宰制的三層面來看，李渝對於權力宰制關係的描寫，除掉少數的〈關河蕭索〉與〈台北故鄉〉兩篇，其大部分的小說在權力面來看，主要還是著眼於前述討論權力關係脈絡的第三個層次：國家國族。在其第一本小說集《溫州街的故事》裡，我們便可以看到裡面充滿著歷史創傷下國族的記憶，尤其是〈菩提樹〉一篇中體現的白色恐怖時代政府對人民的宰制。

〈菩提樹〉的陳森陽在小說中是一名已經念到研究所的高知識份子，從前面鋪敘的情節來看，他應是一位矜持而內向的鄉下青年，但

在小說進行到一半，卻與〈月印〉中的鐵敏一般，突然被便衣帶走，即使陳森陽與鐵敏比起來，究竟還是對革命的實踐沈默許多。在這段小說可以看到，從二二八到白色恐怖的那段時間，政府對民間思想控制的觸角，已不僅限於本土文化發達的大稻埕地方，在集聚不少本省外省菁英的大學校園（以溫州街為基準點），也同時受到注意，知識份子不分省內省外，幾乎清一色受到政府的箝制，有的像鐵敏、蔡醫生、楊大姊一般草草的處決，有的像陳森陽因為政治因素，被監禁了長達十五年的時間。

而關於白色恐怖對於知識份子如此專斷的制裁，基本上還是起於知識份子對民族主義的堅持，這個民族意識可說是從中國歷史以來，便一直傳承於知識份子的身上。但在阿玉父親的口中卻道出當時代知識份子的難題：如今知識份子的民族意識，已經有點不合時宜，因為隨時可能必須為了民族的理念而葬送了生命。顯然的，我們也可從小說中得知，主角阿玉並不認同父親的說法。作為具有作者影子的阿玉，間接反映了李渝自身對於民族主義的堅持，並對當時代那些噤聲並試圖將政府的宰制行為合理化的權貴人士，表達出一股無奈與鄙棄。

三、溫州街中舊勢力的權力消耗

從郭松棻所擅於描寫的家庭空間，到郭松棻與李渝皆不忘指涉的國族意識，權力的關係在此仍以一個虛構成分為主的空間來鋪演。而在這些權力關係之外，李渝筆下的溫州街由於與現實空間的互相指涉之處較多，因此在這個當時代具有多位國家重要人物出入的空間，我

們可以看到當時代此特殊空間的鋒芒之盛，也可以感受到這些勢力的逐漸凋零。

在這些凋零的權貴人士當中，主要分為三種類型，分別為軍政體系的重要幹部，高知識份子的文教人員，各達官顯要的夫人。軍政體系出身的這些人物，通常經歷了過去民國以來頻繁的戰爭經驗，他們以抗戰的勝利為他們人生中的勝仗，而國民黨在大陸全面的潰敗，則成了他們往後絕口不提的傷痛。這些人過去在大陸上大有來頭，但撤到台灣之後，由於反共神話的逐漸破滅，他們也慢慢被迫接受自己權力的式微。尤其是當年他們相當倚賴的那位幾乎掌控整個中國領土的領導人，如今管轄之地亦只剩下大陸之外的小島，這樣的歷史結果更加的加重了這些軍政人員之滄桑感。

> 我的父親是軍校早期的學生，一九四九年從海南島撤退到台灣，一直過著鬱悶的生活。這一段歷史父親從來不曾提過，至少在我在場的時候。偶然有過去的部下來訪，聊天中父親也似乎有意迴避這段往事，倒是常常講起打日本鬼子的時光，主客兩方總盡歡。我聽見他們叫父親團長。註91

在〈台北故鄉〉一篇中，我們可以看見這位逃難至台灣的軍官父親之窘境。他們過往的榮耀在往後的餘生當中，留存的只剩下「頭銜」二字。而在面臨國共戰爭敗退的現實之後，有的軍官從此陷入同袍全軍覆沒的夢魘中，像是〈金絲猿的故事〉裡的馬志堯將軍；有的軍官則淪為政府穩定民心的祭品，像是〈號手〉裡侍奉總裁半生的軍官侍衛

（這裡不免也讓我們想到了郭松棻〈今夜星光燦爛〉裡那位最終受到處刑的陳儀將軍之遭遇）。小說中，作者總是不忘將他們過往的顯赫與現今的狼狽做一殘酷的對照。

至於第二種權力消退的權貴人士為知識份子，他們具有社會所賦予精神上崇高的地位，然而身處在兩岸對立戒嚴的時代，這些知識份子要不成了政府的宣傳工具，要不低調噤口，具有較多批判意識的學者則可能身陷囹圄，甚至遭來殺身之禍。以〈朵雲〉裡頭的夏教授為典型，選擇沈默，成了小島上大部分知識份子在「生存」與「情操」之間折衷的道路。當年大家眼中的才子，也是學運的領袖，年輕時對於革命的狂熱，夏教授的後半生卻只能在島上孤伶伶的生活著，藉由下女對夏教授安慰親密的畫面，李渝凸顯了夏教授一生的寂寞感，這寂寞感不只來自於妻女的阻隔（家人仍留在對岸大陸），亦來自於精神上知識的被禁錮，這在夏教授對阿玉頻頻介紹與嘆息中國許多左翼作家的精彩時可以洞悉。

〈菩提樹〉中阿玉的父親以及父親的老師，雖然在談話中總是可以講出一套中國近代史與民族主義的論述，亦有一股高知識份子的風範，然畢竟他們在整個黨國體系優先的結構當中，始終是沒有權力的。因此即使是過去頗有勢力的「阿玉父親的老師」，亦隨著時間而逐漸失去他過去的影響力，連陳森陽這樣一個徒孫輩的學生也無法保住。因此這些知識份子只能在小說中感到無助並且徒自吶喊，而在他們的記憶當中，過往又有多少已不可考的知識份子[註92]是犧牲在這個言論不自由的國家體系。

　　最後一種權力消退的人物類型則是軍官顯要的眷屬們，主要描述的對象還是以各家太太為主，從〈她穿了一件水紅色的衣服〉一篇裡陷於麻將桌上的那八隻游動的手為鋪敘的主軸。這些夫人並不像那些軍官承受軍方直接的利害關係與戰場經驗，亦不像知識份子在思想上受到極大的壓迫。伴隨丈夫而來的權力是她們生活最重要的要素，但不可避免的，她們亦承受了輾轉逃難的戰時記憶，被半封閉式的困在溫州街低矮的房子當中，她們只有藉著聚在一起打麻將時，才能夠彼此聊著對方丈夫的頭銜以及過去風光的日子。然而事實上在溫州街這個空間裡，作者正藉由時間的流動來揭露這些貴婦的悲哀。這在小說最後，作者以蔣碧薇為原型的老婦人之情景描寫，更加重了這些貴婦的頭銜在破敗的時空當中是如此諷刺。

> 迎著七時多的陽光，匆匆跳上車，騎出巷子。車輪在身後拉出長長的影子。經過皂角花的牆沿，風掠起兩鬢的細髮，露出小小的白臉。轉彎地方抬起頭，看見陽台還是一片陰涼，那位老婦人獨自坐在欄杆後邊，描著眉，點著胭脂，盛裝在一件水紅色的長衣中。[註93]

　　從小說裡這些人物的逐漸失勢當中，溫州街，儼然成為了去掉權勢人物光環的一個代表性舞台，它就像時代特殊的標記，標示歷史的軌跡與人事的蒼涼。

第四節 由流離經驗到想像原鄉

一、知識份子的流亡特質

　　郭松棻與李渝共同經歷了海外留學的時代，也一起參與了當年柏克萊的保釣運動，在當年的局勢上，兩位作家皆因為知識份子本身對於國族的理想與革命，而被台灣官方政局予以封殺，禁止其入境。從此作家長達近二十年的時間不得回到自己的家鄉，只能在美國定居。其中郭松棻更曾多次的提到對於回來台灣的想念，這在1976年的一次郭與顏元叔的談話中，郭提到思念台灣故鄉的心情是「連作夢都夢見台灣[註94]」，可作為例證。而這種對於原鄉的阻隔與盼望，事實上可說是一種知識份子流亡的心路歷程。

　　在此，我們可先引薩依德對流亡知識份子的一番說法來幫助了解：

> 事實上，對大多數流亡者來說，難處不只是在於被迫離開家鄉，而是在當今世界中，生活裡的許多東西都在提醒：你是在流亡，你的家鄉其實並非那麼遙遠，當代生活的正常交通使你對故鄉一直可望而不可及。因此，流亡者存在於一種中間狀態，既非完全與新環境合一，也未完全與舊環境分離，而是處於若即若離的困境，一方面懷鄉而感傷，一方面又是巧妙的模仿者或秘密的流浪人。[註95]

在這對夫妻檔後來創作的文學作品裡，長期留居的美國並沒有成為他們書寫關懷的主要重心，而他們關注的焦點落到的反而是台灣的歷史

與整個的中國文化體系，這讓我們看到兩位作家作品中所透露的流亡特質。然而此處的「流亡」並非專指作家實際生活上的流離失所，而是心靈寄託上的邊緣化。以致作家對移居後的現實土地與個人情感之間的認同，因為作家特殊遷徙的背景因緣，而顯得十分薄弱。

然而心態上的流離，以及實際生活經驗與原鄉的阻隔，也使得兩位作家的寫作有別於一般本土作家的視野，而關於這樣的現象，筆者要再次借薩依德的說法來作為援引：

> 因為流亡者同時以拋在背後的事物以及此時此地的實況這兩種方式來看事情，所以有著雙重視角（double perspective），從不以孤立的方式來看事情。新國度的一情一景必然引他聯想到舊國度的一情一景。就知識上而言，這意味著一種觀念或經驗總是對照著另一種觀念或經驗，因而使得二者有時以新穎、不可預測的方式出現：從這種並置中，得到更好、甚至更普遍的有關如何思考的看法，譬如藉著比較兩個不同的情境，去思考有關人權的議題。註96

在晚近數十年的台灣小說中，因為本土意識與中國情結的爭議，以及現代主義與植根鄉土的論戰，都在在的顯示出台灣文壇中的意識型態之爭。而不管在郭或李的小說當中，都可看到對於家鄉台灣的細緻書寫，這從郭松棻的小說被收入王德威的《台灣：從文學看歷史》一書可以看見，而李渝的小說從《溫州街的故事》開始，到往後的創作，亦常常可以看見其書寫連結著台大附近校區的整個空間場域，除了對

於家鄉描寫之外，也可以看到他們對於「當代中國」與「歷史中國」的觀察，在身處美國的現實環境中，兩位作家實際上卻是成為了一個站在兩岸土地以外的客觀位置，去思考整個近代國族的出路。作家對於國家、國族如此的關心，這從兩位作家早期對於保釣的運動，到郭松棻花了將近八年研究馬克思主義的問題出在那邊，以及李渝在小說不乏透露對於兩岸人民的關心，皆可作為佐證。

雖然郭松棻與李渝因為夫妻身份的關係，兩者有極盡相似的遷移經驗，這種經歷也可以在他們的小說當中找到一些共通點，例如空間書寫中的中國經驗、台灣經驗與美國經驗的書寫，然而兩位作家畢竟還是有更為細微部分的差別。以郭來說，雖然有上述三個地方的經驗歷程，然篇幅主要還是著重在於台灣的本土，作家選擇的敘述角色身份多變，知識份子的描寫趨向於圈外人革命的爆烈與犧牲為主。[註97]而李渝書寫的廣度，顯然因為後來李渝仍有獨自與朋友去大陸調查的經驗，而有較多書寫中國大陸的文本問世，其中尤以八三年獲得時報文學獎小說首獎的〈江行初雪〉作為範例。在敘述上，李渝的小說較常出現自身的影子，對於知識份子的描寫也較為多元，可以看到唯唯諾諾的圈內人，以及獨善其身或者不惜犧牲的圈外人，這種知識份子的對照，特別可以〈關河蕭索〉一篇的父親與蔦叔作為兩種不同典型。

另外，在書寫的技巧與風格上，薩伊德還從西方同樣具有流亡者身份的阿多諾身上得到這樣的見解：

> 阿多諾曾將知識份子再現為永恆的流亡者，以同樣的靈巧來迴避新與舊，其再現的核心在於寫作風格——極端講究且精

雕細琢。最大的特色是片斷、突兀、不連貫，沒有情節或預定的秩序。代表了知識份子的意識在任何地方都不能平靜，一直防範著來自成功的奉承、誘惑，這對有悖常情的阿多諾來說，意味著有意嘗試不輕易、立即為人所了解。另一方面，也不可能撤退到完全私己的領域，因為就像阿多諾晚期所說的，知識份子的希望不是對世界有影響，而是某天、某地、某人能完全瞭解他寫作的原意。註98

上述提到的，不管是寫作風格上的精雕細琢，或者是片斷、突兀、不連貫、沒有情節或預定的秩序上面，都與郭松棻與李渝本身的創作精神及作品特色有著相當的對應，這或許是因為兩位作家身上所具備的學院體系的知識份子特質，也或者是政治局勢不得返鄉的流離身份，更或者是現代主義式的西方思潮影響，這些或許都可歸納為種種複雜的因素之一。然當中特別可以確認的是，兩位作家的作品所顯現的多重空間移置與對國族的焦慮，的確也反映出作家身上具有的流亡知識份子之特質。

二、文化祖國的重新審視

　　就郭松棻與李渝生長的經驗（李渝極小時便隨父母輾轉遷移來台，對大陸的記憶多從父母長輩的轉述而來），其早期與中國大陸這塊土地並無直接的接觸。而真正的體驗應該是從1974年以後，因「統運」而有的大陸行才開始。在這之前，由於當代政局的戒嚴時代，政府對於知識份子「政治不正確」的思想控制，更加使得兩位作家在早期對

於實行社會主義之後的對岸中國抱持著期望，在李渝的〈夜煦〉中描繪到：

在全世界正義人士的支持下，我們親愛的祖國正如旭日初昇紅光萬丈朝氣勃勃地向著新的勝利的明日奮勇前進。註99

帶著傷口從暗地裡站出來，中華人民共和國正在成長。註100

這些描述是女伶與胡琴師從台灣叛逃到中國大陸後，作者所做的一番歷史考究與兩人心態的揣測，在這些描述當中，清一色的顯現出中國正面評價的新聞事件，而再對應到前述小說中對台灣當時的官方宣傳：

米格在空中消失，臺海戰役勝利，你和同學被召集在操場，一二三到臺灣臺灣有個阿里山有樹木明年一定回大陸。校長教務主任訓導主任教官在台上同學門在台下一起高舉起雙手，萬歲萬歲萬萬歲，勝利的號角響了，在英明偉大的領袖的領導下就要反攻大陸殺豬拔毛收回失土完成光復神州重整河山再見五千年中華文化的大業了。註101

可見兩岸在劍拔弩張的對立局勢下，打著「國族大業」的宣傳旗號，各以「中國」或者是「中華」等名號自居，卻也在日後的時間裡，逐漸被知識份子，甚至是人民識破官方打造的神話。這些神話，在臺灣是人眾皆曉的「反攻大陸無望」論，而在中國大陸被打破的神話則是

文化大革命之後的民生凋蔽、經濟蕭條現象；對應到臺灣當局的白色恐怖，中國大陸的文化大革命則對知識份子展開清算，這在〈夜煞〉中的後頭名伶與胡琴師身上，我們看到當初投奔祖國的風光，卻在沒多久落得發配邊疆的下場。兩岸神話的破滅背後意涵，事實上也都指涉了近代中國知識份子受到壓制迫害的悲劇命運。

　　七〇年代郭松棻對實際中國的失望，在後來一段李怡對於郭松棻的訪談中提到可以洞見：

> 他形容從進海關開始，整個經驗像「一場惡夢」。……他看到中國的落後，看到中國基本上仍是農業社會，特別是他以在中國大陸生活的設身處地的角度去考慮，敏感地感受到人民的生存權利和自由都不被尊重。註102

而關於這段大陸行的經歷與感受，也相同的呈現在這對夫妻檔的文學作品裡。只是在關於書寫當代大陸的文本當中，兩位作者皆選擇略過直接陳述大陸背景的內幕，而是從與當地人物的互動當中，逐漸揭曉在統運宣傳面紗背後，真實的中國大陸人民生活。

　　以郭松棻的〈姑媽〉與李渝的〈豪傑們〉、〈江行初雪〉為例，作者皆在小說前頭描述當地接待人員與幹部，是如何的宣傳中國建設的成功，以及外交路線的勝利。在這個中國大陸的書寫空間中，郭松棻雕刻出姑媽矛盾的心路歷程，既要在公眾場合為國家營造一個虛構的理想環境，又在私底下忍不住告訴自己的姪子這個謊言背後的真實中國情況，藉由姑媽前後相對矛盾的「千萬別回來」與「歡迎你回

來，歡迎你回來長居，歡迎你回國服務」的話語，郭松棻僅用了幾頁俐落的敘述，將當時社會主義中國所對外公佈的謊言間接的暴露出來。而李渝小說中對於中國大陸的洞悉，其書寫策略並非像郭松棻藉由親人的坦承得知，而是透過主人公自身的觀察，在破解舊中國在中國大陸上仍未革新之外，更逐漸的從細部的生活與文化層面去感受中國大陸人民的處境。

　　或許由於李渝是戰時來自中國大陸遷移來台的外省族群後裔，因此較之郭松棻的關注，除了整個時代與國族命運的關注之外，對於中國，終究還多了一股追尋「父母原鄉」的情懷。在〈豪傑們〉、《金絲猿的故事》等篇章中，我們看見主人公皆懷著一股追尋父母歷史的初衷，回返故鄉追尋自己的根源，而〈江行初雪〉一篇對於潯縣玄江寺的探訪，亦是一種對於中國藝術文化的追尋。

　　在這文化與父母祖國的土地上，李渝在不同篇章所相同透露的是對現今中國文化與生活的失望。從〈豪傑們〉那位已經懷胎七月的慶華，卻被幹部們以「黨的聲望」、「民族的前途」、「中國目前的現代化」為理由，強迫其妥協墮胎，並在其墮胎後極力的宣揚得到的好處與獎勵有多麼優渥（同樣的故事原型，可在郭松棻〈月印〉一篇中，文惠無意的出賣了自己的丈夫而得到「大義滅親，了不起」的誇讚來相對應，這當中的反差更增添兩位亦得亦失的女性角色之悲涼）。〈江行初雪〉的「我」在渡引一連串看似無關，實則環環相扣的三段關於「玄江寺」的故事之外，則提到了對於原先抱著朝聖的心情來參觀的玄江寺，卻在親臨現場的當下，發現那尊古老的文化產物已遭受到重大的變化，後來所加之於佛像上的厚重金漆，李渝稱其：「一千三百

年累積下來的文明可以在一刻間就被玩弄得點滴不存[註103]」對於珍貴文化的被破壞，李渝的惋惜自然流露於小說的字裡行間。而到了《金絲猿的故事》，李渝直接藉由馬懷寧之口質疑現代中國人的精神：

> 很久以前中國人不是也能唱歌的嗎，不是也很有禮節的嗎，現在倒是成了什麼樣子，不要說莊嚴，就連普通的規矩都沒有了。每種聚會不是官僚商賈烏煙瘴氣，就是吵吵嚷嚷，吃得油花花的，中國人的精神層次都到哪裡去了，漢民族現在成了多麼鄙俗墮落的一種人了！[註104]

這段敘述對向來以「禮義之邦」自居的漢民族，提出了深痛的反省，當然這裡對「中國人」的指責並非「中國大陸」，而應是「台灣」的這個場域，然對於整個國族文化的反省，李渝並不以政治上的統獨意識為意，而是單純對整個漢民族文化的觀察與省思。

郭松棻與李渝關於中國大陸描寫的共通點，除了揭開統運宣傳的神話之外，在小說的結尾也都流露著一種對文化祖國的憂心：

> 火車漸漸開快了。站在月台盡頭的姑媽也變得越來越小，越來越模糊。
>
> 我收回頭，重新拉上車窗以前，我看到多姿的故鄉正進在灰灰細雨中。[註105]
>
> 我站在船尾，一直等到表姨矮胖的身影隱失在飛雪裡。
>
> 江中一片肅靜，噠噠的機器聲單調地擊在水面，雪無聲無息

地下著，我從艙窗回望，卻已看不見潯縣，只見一片溫柔的白雪下，覆蓋著三千年的辛苦和孤寂。註106

兩位作者在這兩篇的最後結局皆用上了「以景寓情」的方式，來代為表達作者對於中國現狀的憂心。而不管是姑媽或者是表姨的身份，代表著的都是一種中國與台灣的血緣聯繫，雖然主人公在最後是以看到某種事實的狀態離開，卻也在最後的視角中呈現出對於這塊文化祖國的關懷。

在探訪大陸的經驗書寫之外，郭松棻的〈第一課〉則借用了一個波蘭籍的猶太教授，來鋪演一個外來者對中國文化的癡狂，小說中諷斥的是這位教授雖然領略到中國文化的美感所在，卻也因此過份偏執的全盤接受中國文化的各種陋習與缺點，這在最後他對文化大革命評價的一段話說到：

那是一個偉大的革命時代。那樣轟轟烈烈……，簡直是排山倒海。全人類的歷史未曾有過，也沒有那個民族敢於掀開……唯獨……唯獨中國有資格搞得起……然而犧牲又那麼慘烈。它那麼神秘，那麼為外人所敬畏，那麼難以為外人所了解。註107

一段看似癡迷的誇讚，卻間接透露出中國「內部與外界資訊的封鎖與控制」以及「革命的慘烈犧牲」等中國當時代政治的缺點所在。最後更以蒐集「文化大革命」的郵票為由，這位猶太裔的教授竟然還提到就是連猶太人的夢魘——希特勒註108也阻止不了他，而在這當中所透露

的另一個訊息：中國「文化大革命」郵票的難以取得。而這個訊息所隱涵的含意不外乎是指涉當時代中國大陸對外界的封閉性，以及對於「文化大革命」內情的隱瞞。

郭與李從小說中的早年經驗，透露出對魯迅以降的左翼文學傳統的思慕，也在七〇年代以實際的政治活動去追尋那個現實的中國，然當這個想像的中國場域真正立在眼前的時候，兩位作家發現不管是文化的中國，或是建設的中國，都遠非過去所期待的樣貌，也因此開始引起了兩位作家對於整個中國國族的省思。而也因為過去對於台灣政局，以及後來對於中國環境的失望，這兩位處於美國土地上的作家，並非有意將精神就此紮根於這塊非「華人主體」的異鄉，而是以更客觀的視角去觀察思考「台灣」與「中國」間的文化與歷史。

三、從家鄉到異鄉的空間

在郭與李的小說當中，對於美國地方的色彩雖然著墨有限，然而作為一個遙想家鄉的基點，美國這塊土地，卻成了兩位作家部分小說篇章作為異鄉的最理想地方。美國土地的選擇，自然有相當大的成分是與作家後來留居在美國的親身經歷有關，並且美國在近百年的歷史，事實上也是一個集聚大量來自各國移民的複雜族群國家。

不管是郭松棻的〈論寫作〉、〈草〉、〈雪盲〉，還是李渝的〈關河蕭索〉、〈台北故鄉〉，這些篇章中在美國活動的人物，多是以大學學院的留學生或是老師的身份出現（除了〈論寫作〉的主角林之雄例外），而因為帶有著學院出來的知識份子之色彩，這些角色到異

鄉是為了尋找一些故鄉所沒有的理想，卻也在後來逐漸發覺自己不斷在陌生的城市尋找家鄉的影子。

〈論寫作〉的林之雄因為畫家朋友的慫恿，對於美國有著無限的想像，那裡充滿金錢，並且身在「世界之都」的紐約，寫作的環境也比「嘈亂」的台灣好得多。而小說裡所以提到「紐約」不嘈亂，主要的對照應是指涉台灣，這在郭松棻的妻子李渝的一次訪談中提到在台灣創作的王文興時可以看到一些線索：「是啊，王文興是很不錯的，他比較為寫而寫，他沒有別的牽掛，滿好的。你看整個台灣這麼樣的騷動，他還是很安靜，這是非常了不起的。[註109]」可見在這篇故事的外部，戰後台灣的環境，相較於與故鄉隔絕而格外安靜的美國異鄉，基本上還是一個比較不利於創作的地方，然而在寫作的精神方面，小說主人公林之雄跟現實生活的王文興或是郭松棻本人，他們都有著相當高堅持的文字潔癖。而林之雄的經歷又可說是一個寫作者為了讓「剔除白膩的脂肪，讓文章的筋骨峋立起來」的最極致表現，為了描寫過去在家鄉看到的窗口女子，林之雄反覆的構思並改寫自己創造的這個小說橋斷，幾乎到了走火入魔的境界。

另外，〈論寫作〉中曾經兩次出現美國「自由神」的形象，一次是一位青年男子裸體並當眾去勢，高舉自己的陽具，另一次是恍惚狀態的林之雄捧起了母親的臉，使得母親懸空幾乎窒息，一群人想要拉開卻陷入糾纏，在這兩個場景，作者都提到了那個畫面像極了美國高舉火把的自由神。而做為美國國家的象徵——「自由」，這個自由神可說是最為具體而明確的地方象徵。同樣的意象用到這位青年的藝術家與林之雄身上，讓我們想到寫作與藝術創作者所追求的精粹，必

在做了最大的刪減之外，才能使得作品以最大的張力出現，因此青年藝術家不惜高舉去勢的陽具，而林之雄則是高捧著懸空的母親的臉，相同的將他們在藝術的追求上最在意的東西強調出來，而林之雄這個母親的臉，筆者以為應是原鄉的指涉，對於一位離開家鄉的寫作者來說，「母親」可說是最簡單明瞭的原鄉意象。

美國，作為郭與李的書寫空間，透露出一種「寓居地」的色彩，那些小說人物來到美國，可能是為了較為乾燥的沙漠環境以養病，像是〈草〉；可能是為了更安靜的環境以寫作，像是〈論寫作〉；也可能是為了更自由的園地來講授喜愛的作家，像是〈雪盲〉；或者僅僅是要逃避台灣知識的封鎖，像是〈關河蕭索〉、〈臺北故鄉〉，這些篇章中的對應皆是出自與「台灣」這塊故鄉的比照，乍看之下美國似乎成了一塊與台灣相對的人間樂土，可是卻又發現這些移居的角色始終還是以一種「寓居者」的身份看待這塊土地，於是有〈草〉的敘述者說：

> 美國整個中西部被遺忘在人間之外。你相信自己已經完全適應了這個寓居的世界。你牢牢記住了那句名言：只要能夠生活的地方，就可以好好活下去。註110

一個寓居地，敘述者並不以此地為新的鄉土，而反是以保守的心態來告訴自己要好好的活下去，更透露出主角對於土地的認同還是繫于家鄉。至於〈關河蕭索〉的主角，有一次亦曾站在紐約蕎叔的住所想著：

蔦叔必定也常來這窗前，看水流轉化為無數幻境吧。它不再
是紐約的一條河；它是淡水河，是黃河，是家鄉城外的河，
或者更確切地說，是他王國裡的一條河，在星月的夜，唱著
彼鄉的歌，安慰著流浪的心，我有點明白為何蔦叔可以數年
住在這異鄉的十五樓公寓而無所怨尤了。註111

這條紐約的河，竟在主角的眼裡變成家鄉的河，而這河對於主角來
說，可能是父母歷史中的黃河，也可能是自己生長地所熟悉的淡水
河，憑著這個熟悉而漫長的河景，作者道盡一位異鄉客對家鄉的愁
思。在這美國土地的書寫上，李渝的作品卻大力瀰漫著華人圈的色
彩，更顯著一點的應該是李渝此篇主題的1971年紐約「保衛釣魚台」
大遊行。因為它代表的是一個華人圈的國族運動，可是卻在地球的另
一端——美國進展著。因此，作為異鄉的美國，對於作家來說，終究
還是一個以「家鄉」作為出發點，而相對產生的地方。

　　郭與李小說中這些來自異鄉的人物，為何與美國始終無法完全認
同，或許可從國族與家族歷史的脈絡找到答案。空間上的地方改變
了，可是時間上所留下的個人根源與國族信仰，卻成了這群人始終
持著「異鄉人」的心態生活。郭選擇以風光的歷史背景落難到異鄉
的情境，去描述〈雪盲〉幸戀美國學校的同事，也是一位日本國籍
的教授：

醉酒的時候，他就嬰孩般嚶咽起來。他要你為他想想。祖父
曾經是四谷的武士。父親經營了江戶第一家外銷的紙傘店。

而自己好端端一個江戶兒。竟落草般陷在這沙漠裡。他跌進
了老式的皮沙發裡，曬得如太陽般的臉色。頓時惶惶然有如
失去娘一般。註112

這位日本教授斷絕了與家鄉的聯繫，就好像失去一個母親的小孩一
般，變得無助。而轉換人物與國家的角度去揣測，這不正是作者郭松
棻本身與台灣家鄉最佳的心情對比寫照。

　　至於李渝則以敘述者對過去台灣環境的厭棄，逃離到美國這個先
進國家的心態出發，才發現那些破敗、鄙俗的一切，終究就像自己家
鄉略為土氣的母親一樣，會一直緊緊跟著自己一生：

　　然而村明的心情，五年之後重回故鄉的我是明瞭的。當唸西
　　方哲學思想的長子看見老婦提著一籃籃雞蛋土氣的從鄉下來
　　探望時，必定也開始感到心酸吧，如同我再見母親，聽母親
　　單調的敘述自來水時。而這種情緒必定也開始滯留在村明的
　　心中，逐日成為他現實生活的一部份，再也無法用惟心的哲
　　學理論來掩遮，也就像我逐日明瞭父母的歷史就是我的歷
　　史，這歷史也將傳至我的子孫，而絕對不能用文藝的超階思
　　想來自我欺蒙一般的吧。其實，這歷史背景曾經不聲不響如
　　同影子一般貼黏在我們的身後，只是今天不得不承認它的存
　　在了。註113

因此，當年離開家鄉到外國求取個人學業的精進與生活的提升，可是到頭來才發現，那些昔日所厭棄而逃避的家鄉事物，在時間拉長之後，反而成為作者鄉愁的觸發點了。

　　作為一個「寓居地」的美國，郭松棻與李渝的作品始終在這塊地圖上面，不斷透露著「台灣」甚至是「中國」原鄉的意象與記憶，而關於美國這個鋪演的空間，卻在小說的行進中，被大量的國族與家族記憶淡化，最終，「美國」僅僅只是成了兩位作家文學世界中回視「家鄉」的彼岸。

第五節　結語

　　以郭松棻的作品空間主題來看，可以看出其以童年時期的台北大稻埕，以及後來所定居的美國為其兩大書寫板塊。而其中關於台北書寫的成分，又佔了主題的大部分，這之間牽涉的仍是最基本的作家書寫背景後的問題——即是作家內心所親身經歷的生活經驗。而筆者亦相信作家惟有以最為熟悉而親近的時代與地點去著手，才能使作品達到最深度的內心書寫。

　　在郭松棻的文本當中，內心意志的感受雖為其主要用力處，但外在地景空間的營造，卻也為其作品的「模擬真實」作了最大的註腳，相對的以讀者的接受角度來看，郭之作品在創作動機上雖然並無意於重現歷史，但其作品成功的時代氛圍刻畫與人物性格描寫，卻也成了後來的讀者見證台灣四○到六○年代的大稻埕歷史（或可說是本省族群記憶）之最佳佐證。

　　李渝所書寫的個人記憶來自家國的族群，空間在中國與台北之間擺盪，探視的文化亦在於傳統中國一條軸線之上，以意識流的方式切割出片斷的畫面，帶領出近代中國的歷史、台灣的歷史，戰爭、創傷、歷史與政治的敏感地帶，全都被清晰的導引出來，小說當中李渝表面上在追尋鄉愁，重構記憶，而實質上則喚起了外省第一代與第二代的集體記憶，也藉著時間之河的流逝，重新正視曾經被隱瞞的歷史傷口，並且試圖在當中給予宗教一般的救贖。

　　溫州街的故事代表著部份外省族群的集體記憶，他們涉及中國與台灣之間，土地的認同與鄉愁的歸屬。直到現在，李渝雖以移居美國數十年，然而回憶起家鄉仍是連結著中國與台灣的，因為中國是他父母的故鄉，而台灣則是自己的成長地，這樣的國族認同藉著相傳的家族記憶而維繫。不過隨著世代的交替，猶如眷村的逐漸消逝一般，溫州街那濃厚的外省高知識份子失根的鄉愁，也將隨著外省第三代、第四代的出生之後，而逐漸植根於台灣與台北這個實體的空間之上。

　　本章當中所探討的空間書寫的四個部分：地景，是這對文學夫妻的小說素材中，文本與真實最為扣合的寫實表現；記憶，則是鋪敘小說之主軸，雖然記憶有其不確定性，但它承載著歷史中的紀錄以及作者的價值判斷，使作品擺盪在真實與虛擬之間；權力，則已經到了文本背後隱含的意識層面，雖然此部分較之地景或記憶，在文本中是顯得較為虛幻的；最後回到作家的流離經驗，以及知識份子背景的探討，將空間拉到小說臺北書寫以外的場域，更可以幫助我們發現作家的書寫空間，即使轉移到美國或者是中國大陸，仍然是環繞著台灣這個「故鄉」的。將郭松棻與李渝的地理書寫做一比較與綜論，可以看

到兩個人因為出生背景的不同（外省族群與本省族群）而有所差異，卻也可以看到兩人結為夫妻後長期在文學路上相互扶持，以致文本裡許多關注的焦點與書寫特性是一致的。

【注釋】

註1：徐淑卿：〈郭松棻藉小說重回台灣故土〉《中國時報》（2001.3.10）。

註2：李渝：〈集前〉《溫州街的故事》，台北：洪範，1991，頁3。

註3：此處的「終戰」指的是第二次世界大戰的結束，亦即1945年。

註4：名目上的臺北市，嚴格說來是始自一九二〇年才出現，艋舺、大稻埕、
城內等三市街舊名，也是在一九二〇年才自行政體系消失。
引自蘇碩斌：《看不見與看得見的台北》，台北：左岸文化，2005，頁24。

註5：在今日的行政劃分區域裡，大稻埕的舊區域主要分布在台北市大同區的
南段。
臺北市文獻委員會：《臺北市志：卷一沿革志封域篇》，台北：臺北市
政府，1988，頁133。

註6：莊永明：《台北老街》，台北：時報文化，1991，頁56。

註7：莊永明：《台北老街》，台北：時報文化，1991，頁56。

註8：本段資料主要參照莊永明：《台北老街》，台北：時報文化，1991。

註9：李渝自述：「七篇小說和兩篇散文收在這兒，從一九八三年寫起延續到
一九九一年而未止，不包括我最初的作品，是我第一本小說集。
李渝：〈集前〉《溫州街的故事》，台北：洪範，1991，頁2。

註10：王德威：〈走在鄉愁的路上：評李渝溫州街的故事〉《眾聲喧嘩以
後：點評當代中文小說》，台北：麥田，2001，頁324。

註11：在林園之勝的古亭區，從前有著舊書攤這麼一個特殊景觀，更添增了
文教中心的美譽，惜乎，進舊書市集已經被遷於於光華商場，對愛書
人和古亭區來說，都有股「迷失」的感覺。
引自莊永明：《台北老街》，台北：時報文化，1991，頁206。

註12：臺北市政府新聞處編，陳若曦著：〈柳綠鵑紅瑠公圳〉《台北記
憶》，台北：臺北市政府新聞處，1997，頁31。

註13：李渝：〈台靜農先生・父親・和溫州街〉《溫州街的故事》，台北：
洪範，1991，頁232。

註14：克蘭（Mike Crang）著，王志宏、余佳玲、方淑惠譯：《文化地理學》，台北：巨流，2003，頁66。

註15：郭松棻：〈月印〉《奔跑的母親》，台北：麥田，2002，頁29。

註16：臺北市政府新聞處編，謝里法著：〈童話大稻埕〉《台北記憶》，台北：臺北市政府新聞處，1997，頁6。

註17：郭松棻：〈月印〉《奔跑的母親》，台北：麥田，2002，頁19。

註18：郭松棻：〈月印〉《奔跑的母親》，台北：麥田，2002，頁19。

註19：郭松棻：〈月印〉《奔跑的母親》，台北：麥田，2002，頁38。

註20：郭松棻：〈月印〉《奔跑的母親》，台北：麥田，2002，頁38。

註21：郭松棻：〈雪盲〉《奔跑的母親》，台北：麥田，2002，頁202。

註22：郭松棻在訪問中曾回答：「當然，因為（筆者按：此處指《今夜星光燦爛》）根本跟歷史完全不一樣，絕對是虛構的。他槍斃也不是在那個地方槍斃，他槍斃是非常隱蔽的、沒有人去的，有中央社跟中央日報的一、兩名記者。他是在新店的一個公墓旁邊被槍斃掉的，沒有人看，沒有像我寫得那麼多人。」
資料引自廖玉蕙〈郭松棻、李渝：生命裡的暫時停格〉《打開作家的瓶中稿：再訪捕蝶人》，台北：九歌，2004，頁166。

註23：王德威曾對郭松棻與李渝提出這樣的比較：「但細讀比較，我們可以看出郭松棻的世界充滿狂暴荒涼的因子，而在最非理性的時刻，一股抑鬱甚至頹廢的美感，竟然不請自來。相形之下，李渝的敘事和緩得多，無論題材如何聳動，溫靜如玉是她最終給予我們的印象。」
引自王德威：〈無岸之河的渡引者：李渝論〉《跨世紀風華：當代小說20家》，台北：麥田，2002，頁410。

註24：克蘭：「研究「地方」的取向指出了「歸屬感」對人類而言至關重要。基本的生活地理並非壓縮於一系列的地圖格網座標中，而是超越了區位（location）觀念，也超出了區位科學的範圍。極為重要的一點是，人群並不只是定出自己的位置，更藉由地方感來界定自我。被問到自己是誰時，許多人會回答「我是蘇格蘭人」、「我是布里斯托

人」、「倫敦人」、「紐約人」等等。這些地方不僅是地球上的幾個地點而已。地方代表了一系列文化特徵；地方不只說明了你的住處或家鄉，更顯示了你的身份。」

克蘭（Mike Crang）著，王志宏、余佳玲、方淑惠譯：《文化地理學》，台北：巨流，2003，頁136。

此處的「地方」強調了戰後台灣空間的特殊性。台灣作為一個實質的台灣區域（location），卻流露極為濃厚的中國文化，與對中國（中華民國，非中華人民共和國）的歸屬感。

註25：李渝：〈她穿了一件水紅色的衣服〉《溫州街的故事》，台北：洪範，1991，頁75。

註26：李渝：〈她穿了一件水紅色的衣服〉《溫州街的故事》，台北：洪範，1991，頁78。

註27：李渝：〈朵雲〉《溫州街的故事》，台北：洪範，1991，頁197。

註28：關於小說「渡引」的概念，李渝曾在〈無岸之河〉提到：「小說家佈置多重機關，設下幾道渡口，拉長視的距離，讀者的我們要由他帶領進入人物，再由人物經過構圖框格般的門或窗，看進如同進行在鏡頭內或舞台上的活動，這麼長距離的，有意地「觀看」過去，普通的變得不普通，寫實的變得不寫實。」

李渝：〈無岸之河〉《夏日踟躕》，台北：麥田，2002，頁44。

註29：廖玉蕙：〈郭松棻、李渝：生命裡的暫時停格〉《打開作家的瓶中稿：再訪捕蝶人》，台北：九歌，2004，頁173-174。

註30：「李渝小說中的探訪旅行是雙重的，一是朝向青春時代的台北，二是把目光轉向父母的家鄉，地理上的中國；不論是哪一條路線，她都試圖在重重政治面具下，挖掘一點溫暖的線索。」

楊佳嫻：〈離／返鄉旅行：以李渝、朱天文、朱天心和駱以軍描寫台北的小說為例〉《中外文學》34卷第二期，2005年7月。

註31：李渝：〈她穿了一件水紅色的衣服〉《溫州街的故事》，台北：洪範，1991，頁54。

註32：李渝：〈她穿了一件水紅色的衣服〉《溫州街的故事》，台北：洪範，1991，頁57。

註33：李渝：〈菩提樹〉《溫州街的故事》，台北：洪範，1991，頁147。

註34：李渝：〈朵雲〉《溫州街的故事》，台北：洪範，1991，頁179。

註35：李渝曾在散文裡提及：「光復初期和二二八時的溫州街，說到那時叫做水稻町的曾是日本大學宿舍，最高的地方叫做龍安坡。」
李渝：〈臺靜農先生・父親・和溫州街〉《溫州街的故事》，台北：洪範，1991，頁230。

註36：刮除重寫一詞衍生自中世紀的書寫材料。這指涉的是刮除原有的銘刻，再寫上其他文字，如此不斷反覆。先前銘寫的文字永遠無法徹底清除，隨著時間過去，所呈現的結果會是混合的，刮除重寫呈現了所有消除與覆寫的總和。因此，我們可以用這個觀念來類比銘刻於特定區域的文化，指出地景是隨著時間而抹除、增添、變異與殘餘的集合體。
克蘭（Mike Crang）著，王志宏、余佳玲、方淑惠譯：《文化地理學》，台北：巨流，2003，頁27-28。

註37：克蘭（Mike Crang）著，王志宏、余佳玲、方淑惠譯：《文化地理學》，台北：巨流，2003，頁155。

註38：郭松棻：〈奔跑的母親〉《奔跑的母親》，台北：麥田，2002，頁131。

註39：對照歷史史料，這棟大稻埕的洋樓應該是位處於當年號稱洋樓街的「貴德街」。

註40：Tim cresswell著，徐苔玲、王志弘譯：《地方：記憶、想像與認同》，台北：群學，2006，頁155。

註41：莊永明：《台北老街》，台北：時報文化，1991，頁56。

註42：七〇年代在台大哲學系唸書的鄭鴻生，其書中提到當時對於台北帝大與日本關係的一種說法：「日本殖民政權設立台北帝大時就開闢了『椰林大道』，所植的高聳的大王椰當然不是臺灣原有樹種，而是為了裝飾出一個南洋風貌。雖然大王椰也非南洋樹種，而是原產中美

洲，但卻象徵著也有很多棕櫚科植物的南洋，象徵著台北帝大一開始就是為日本帝國主義的南進服務的。」

鄭鴻生：《青春之歌》，台北：聯經，2001，頁181。

註43： 郭雪湖為郭松棻的父親，而此處的「我」則為與郭松棻年紀相仿的謝里法，此篇為謝里法為郭雪湖寫傳的一篇文章。

註44： 謝里法：〈永樂町的畫師：郭雪湖〉《我所看到的上一代》，台北：望春風文化，1999，頁274。

註45： 精神分析學家楊格將文學作品分為兩種，一種是「心理學式的」（psychological），題材多取自意識經驗，作家將日常意識生活及感覺生活中的素材在心理上經過同化、提昇、組合成詩的經驗然後表達出來，使讀者有豁然開朗、洞察人生真諦的感覺；另一種是「幻覺式的」（visionary），其來自人類的靈魂深處，來自無限；那是一種人類無法瞭解的原始經驗，它像突然拉開簾幕，讓人瞥見仍然為成形的無底深淵般令人感到陌生、著迷、光怪陸離。

資料引自王溢嘉編著：《精神分析與文學》，台北：野鵝，1989，頁63。

註46： 李渝：〈無岸之河〉《夏日踟躇》，台北：麥田，2002，頁65。

註47： 李渝：〈無岸之河〉《夏日踟躇》，台北：麥田，2002，頁70。

註48： 王溢嘉編著：《精神分析與文學》，台北：野鵝，1989，頁50。

註49： 佛洛依德著，賴其萬、符傳孝譯：《夢的解析》，台北：志文，1988，頁125。

註50： 拉康提到：「伊底帕斯情結出現於兒童性慾發展的第三階段——陽具欲期（三至四歲）和潛伏期（六至十一歲）之間，約在三至六歲之間。

杜聲鋒：《拉康結構主義精神分析學》，香港：三聯書店，1988，頁133。

註51： 拉康將伊底帕斯情結的發展過程，分成三個階段：第一階段即母－嬰二元關係，兒童認同母親的慾望，兒童與母親之間，是交融為分的統一體，直接情感關係，希望自己是母親的一切。可說是想像的佔有，屬於原發性自戀階段。第二階段為當父親介入母子的二元關係後，形

成兒童、父親、母親的三元情感關係。父親剝奪兒童所認同的母親的慾望對象。並開始接觸到「父親的法規」，對兒童起著制約作用。接受父親的法規，將父親認同為滿足母親慾望的人。第三階段為對父親的認同階段，主要透過語言的作用實現，即習得「父親的名字」、「習得父親的法規」，承認父親的象徵地位，是其學習、模仿和認同的對象，從而確立自己獨立的主體性人格。

杜聲鋒：《拉康結構主義精神分析學》，香港：三聯書店，1988，頁132-146。

註52：「伊底帕斯情結」是幼兒性慾發展的最後一站，如果它能循正常的途徑發展，得到合理的解決，順利進入成人的「性器性慾期」，則在性方面和人格方面均屬較「健全」。反之，若得不到合理的解決，則將來在性發展和人格方面可能會有神經質的傾向。

王溢嘉編著：《精神分析與文學》，台北：野鵝，1989，頁44。

註53：黃錦樹：〈詩，歷史病體與母性：論郭松棻〉《文與魂與體：論中國現代性》，台北：麥田，2006，頁268。

註54：郭松棻：「小時候對父親的記憶很模糊：四、五歲時開始有點印象，〈奔跑的母親〉中的一些描寫依靠了這些記憶。我五、六歲時，記得是還沒上小學，他就去了大陸的廣州、廈門一帶開畫展去了。二次大戰結束，一九四五年年底吧，母親以為父親可能早就死在海外了。

舞鶴訪談，李渝整理：〈不為何為誰而寫：在紐約訪談郭松棻〉《印刻文學生活誌二〇〇五年七月號》，台北：印刻，2005，頁39。

註55：主角父親在戰時離家之後就沒再回來，按照脈絡推理應是戰時死於海外。

註56：郭松棻：〈雪盲〉《奔跑的母親》，台北：麥田，2002，頁176。

註57：郭松棻：〈雪盲〉《奔跑的母親》，台北：麥田，2002，頁176。

註58：郭松棻：〈雪盲〉《奔跑的母親》，台北：麥田，2002，頁193。

註59：因為這筆獎學金提供丈夫到日本攻讀法學博士，之後他們夫妻又逐漸打破了沈默。

註60：視覺文化的觀點參照自 廖炳惠《關鍵詞200》，台北：麥田，2003。

註61： 李渝：〈傷癒的手，飛起來〉《溫州街的故事》，台北：洪範，
1991，頁94。

註62： 楊佳嫻：〈記憶‧啟蒙‧溫州街——論李渝的「台北人」書寫〉《中
國文學研究》第17期，2003年，頁209。

註63： 王德威：〈無岸之河的渡引者：李渝論〉《跨世紀風華：當代小說20
家》，台北：麥田，2002，頁399。

註64： 李渝：〈踟躕之谷〉《夏日踟躕》，台北：麥田，2002，頁96。

註65： 李渝： 〈尋找新娘〉一版《夏日踟躕》，台北：麥田，2002，頁
99-100。

註66： 王德威：〈走在鄉愁的路上：評李渝《溫州街的故事》〉《眾聲喧嘩
以後：點評當代中文小說》，台北：麥田，2001，頁326。

註67： 李渝：〈夜煦〉《溫州街的故事》，台北：洪範，1991，頁39。

註68： 李渝：〈夜煦〉《溫州街的故事》，台北：洪範，1991，頁42。

註69： 郭松棻：〈奔跑的母親〉《奔跑的母親》，台北：麥田，2002，頁
137。

註70： 郭松棻：〈那噠噠的腳步聲〉《郭松棻集》，台北：前衛，1993，頁
390。

註71： 一切真正為人棲居的地方，都有家這個觀念的本質。記憶和想像彼此
相關，相互深化，它們一起構成了記憶和意象的共同體。因此，房舍
不只是每日的經驗，是敘事裡的一條線索，或是在你訴說的自己故
事裡。透過夢想，我們生活中的寓居場所共同穿透且維繫了先前歲
月的珍寶。因此，房舍是整合人類思想記憶和夢想的最偉大力量之
一……。沒有了它，人只不過是個離散的存在（Bachelard, 1969）。
資料引自麥道威爾(Linda Mcdowell)著，徐苔玲、王志宏譯：《性別、
認同與地方：女性主義地理學概說》，台北：群學，2006，頁98-99。

註72： 黃錦樹：〈詩，歷史病體與母性：論郭松棻〉《文與魂與體：論中國
現代性》，台北：麥田，2006，頁266。

註73： 郭松棻：〈論寫作〉《郭松棻集》，台北：前衛，1993，頁426。

註74：筆者按：篇名應為作者劉大任一時的筆誤，郭松棻此篇中篇小說發表時所見的名稱為〈今夜星光燦爛〉。

註75：劉大任：《紐約眼》，印刻：台北，2002，頁63。

註76：廖玉蕙：〈郭松棻、李渝：生命裡的暫時停格〉《打開作家的瓶中稿：再訪捕蝶人》，台北：九歌，2004，頁169-170。

註77：王德威：〈走在鄉愁的路上：評李渝《溫州街的故事》〉《眾聲喧嘩以後：點評當代中文小說》，台北：麥田，2001，頁325。

註78：此小說原型在本章的第二節部分已經有做討論，故不再做贅述。

註79：克蘭（Mike Crang）著，王志宏、余佳玲、方淑惠譯：《文化地理學》，台北：巨流，2003，頁64-65。

註80：〈落九花〉一篇中的劍與曉雲因處於不同的時代社會脈絡，故筆者將於第四章另外再做探析。

註81：廖玉蕙〈郭松棻、李渝：生命裡的暫時停格〉《打開作家的瓶中稿：再訪捕蝶人》，台北：九歌，2004，頁166-167。

註82：廖玉蕙：〈郭松棻、李渝：生命裡的暫時停格〉《打開作家的瓶中稿：再訪捕蝶人》，台北：九歌，2004，頁167。

註83：張恆豪曾指出月印一篇的文惠與楊大姊形象迥異，台灣本省女子文惠的無知，對照來自中國外省女子楊大姊脫俗的人品，張恆豪以為這是郭松棻作品背後的中國意識使然，而在創作上有「意識先行」的問題。

張恆豪：〈二二八的文學詮釋——比較月印和泰姆山記〉，第二屆台灣本土文化學術研討會，1995年4月，頁75。

註84：梅家玲主編，林郁沁著：〈道德訓誡與媒體效應——施劍翹案與三〇年代中國都市大眾文化〉《文化啟蒙與知識生產：跨領域的視野》，麥田：台北，2006，頁224。

註85：楊大姊可作為政府遷台以後，台灣左翼的女性知識份子典型。

註86：郭松棻：〈那噠噠的腳步〉《郭松棻集》，台北：前衛，1993，頁289。

註87： 郭松棻：〈向陽〉《郭松棻集》，台北：前衛，1993，頁36。

註88： 郭松棻：〈奔跑的母親〉《奔跑的母親》，台北：麥田，2002，頁125。

註89： 郭松棻：〈雪盲〉《奔跑的母親》，台北：麥田，2002，頁211。

註90： 傅柯（Michel Foucault）：同時，可能在每一文化、文明中，也存在著另一種真實空間——他們確實存在，並且形成社會的真正基礎——它們是那些對立基地（countersites），是一種有效制定的虛構地點，於其中真實基地與所有可在文化中找到的不同真實基地，被同時地再現、對立與倒轉。這類地點是在所有地點之外，縱然如此，卻仍然可以指出它們在現實中的位置。由於這些地點絕對地異於所有它們的反映與討論的基地，並因它們與虛構地點的差別，我稱之為差異地點（herterotopias）。

夏鑄九、王志弘編譯：〈不同空間的正文與上下文（脈絡）〉《空間的文化形式與社會理論讀本》增訂再版4刷，台北：明文，2002，頁403。

註91： 李渝：〈台北故鄉〉《應答的鄉岸》，台北：洪範，1999，頁170。

註92： 像是〈菩提樹〉中提到的念杭州藝專的表弟之失蹤（或說被槍斃，或說已被救走）。

註93： 李渝：〈她穿了一件水紅色的衣服〉《溫州街的故事》，台北：洪範，1991，頁86。

註94： 顏元叔：《離台百日》，台北：洪範，1977，頁56。

註95： 艾德華・薩依德著，單德興譯：《知識份子論》增訂版，台北：麥田，2004，頁86-87。

註96： 艾德華・薩依德著，單德興譯：《知識份子論》增訂版，台北：麥田，2004，頁97-98。

註97： 圈內人（insiders）和圈外人（outsiders）：一邊是完全屬於那個社會的人，在其中飛黃騰達，而沒有感受到強烈的不合或異議，這些人可稱為諾諾之人（yea-sayers）；另一邊則是諤諤之人（nay-sayers），這些個人與社會不合，因此就特權、權勢、榮耀而言都是圈外人和流亡者。

艾德華・薩依德著，單德興譯：《知識份子論》增訂版，台北：麥田，2004，頁90。

註98：艾德華・薩依德著，單德興譯：《知識份子論》增訂版，台北：麥田，2004，頁94-95。

註99：李渝：〈夜煦〉《溫州街的故事》，台北：洪範，1991，頁15。

註100：李渝：〈夜煦〉《溫州街的故事》，台北：洪範，1991，頁15。

註101：李渝：〈夜煦〉《溫州街的故事》，台北：洪範，1991，頁10。

註102：李怡：〈昨日之路：七位留美左翼知識份子的人生歷程〉《春雷聲聲》，台北：人間，2001，頁754。

註103：李渝：〈江行初雪〉《應答的鄉岸》，台北：洪範，1999，頁135。

註104：李渝：《金絲猿的故事》，台北：聯合，2000，頁84。

註105：郭松棻：〈姑媽〉《郭松棻集》，台北：前衛，1993，頁255。

註106：李渝：〈江行初雪〉《應答的鄉岸》，台北：洪範，1999，頁150。

註107：郭松棻：〈第一課〉《郭松棻集》，台北：前衛，1993，頁264。

註108：希特勒為二次大戰的德國首領，其在1939年提出「猶太人問題的最終解決」，他們計畫將生活在中、西歐國家的猶太人遷移至東歐加以處決。為此，他們研擬「最終解決」的措施，包括施放瓦斯、集體槍決、餓死，與強迫工作致死等，這項大規模的屠殺計畫造成約六百萬猶太人慘死於納粹所設的集中營。

資料參考自http://culture.edu.tw/history/smenu_photomenu.php?smenuid=623

註109：廖玉蕙〈郭松棻、李渝：生命裡的暫時停格〉《打開作家的瓶中稿：再訪捕蝶人》，台北：九歌，2004，頁179。

註110：郭松棻：〈草〉《郭松棻集》，台北：前衛，1993，頁216。

註111：李渝：〈關河蕭索〉《應答的鄉岸》，台北：洪範，1999，頁164。

註112：郭松棻：〈雪盲〉《郭松棻集》，台北：前衛，1993，頁168。

註113：李渝：〈臺北故鄉〉《應答的鄉岸》，台北：洪範，1999，頁174-175。

郭松棻與李渝的小說著作，從早期「回返原鄉」的地理想像書寫，到後期兩人不約而同的開始以重要的、官方的歷史人物或歷史事件為基點去發展小說，在這些歷史素材的使用中，郭與李皆主張歷史是文學著力發揮的題材，但絕不能因歷史而阻滯了文學創作發展的面向[註1]，在揭示歷史碎片的文學面的同時，郭、李二人也藉由重寫或翻轉歷史文本的過程，產生出新的文學文本的價值。

第一節　文學文本與歷史素材

一、從國史到私史：論〈今夜星光燦爛〉

　　〈今夜星光燦爛〉是郭松棻醞釀長達十年，才於1997年的《中外文學》發表的小說。此篇小說一出，南方朔評其為：「近年來就歷史意識而言，最具宏觀性與大膽性的文學嘗試[註2]」，南方朔之所以下了這麼重的評

《奔跑的母親》為郭松棻的代表作，「今夜星光燦爛」收錄於此書（作者翻拍）

二二八事件引爆地現場的紀念碑，碑上有交代此事件的簡要始末

語，實是因為此篇小說的主人公極高程度的指涉著歷史現實中的陳儀（1883～1950）。而關於陳儀的形象，在台灣官方與歷史資料中，一貫的以其為「二二八事件」的元凶，以及國共內戰陣前叛變通敵的罪人身份，因此關於其人的評價大部分當屬負面價值，而郭在小說中卻跳脫台灣的史觀，跳脫陳儀在歷史脈絡的大事件，而從陳儀個人的形象塑造與心靈自省下手，使得歷史在文本當中，重新開啟了更多元的空間。

從史料上看來，陳儀在近代史算是相當活躍的一位人物，曾經在軍閥孫傳芳的旗下領軍，後來參與了國民政府的北伐、抗戰，歷任浙江、福建以及光復後台灣的最高地方行政首長，這也說明了陳儀在歷史中一度十分受到蔣介石的重用。不過在後來台灣的史料呈現上，由於國共對立以來兩岸的政治因素，我們習慣以「台灣觀點」來審視陳儀的定位，焦點自然落到了台灣近代史上的一個重大官民衝突事件——「二二八事件」。不管是從國民黨的官方觀點出

發，來看其「叛黨通敵」的政治不正確，或是以台灣本土意識所強調的官方鎮壓百姓的歷史傷痕來看，陳儀亦背負了這場鬥爭中「治理不當」的官方責任與罪名。當所有的歷史事件與評價似乎理所當然的成為定調之時，郭松棻作品不同面向史觀的提出，卻正面衝擊了以往大部分人觀看歷史的角度。然探究其背後的創作因素，當然可追溯至郭年輕時期作者左傾的經歷，亦接觸了不少左翼共產中國的史料，當中大陸為陳儀翻案的《陳儀的生平與被害內幕》一書，更成為郭松棻在文學文本裡開創不同歷史視野的依據之一。

從郭松棻〈今夜星光燦爛〉的歷史面與創作面來看，大有與晚近新歷史主義[註3]謀合的地方，在小說裡面，文本與歷史構成了一種互相指涉填補的互文性關係，藉由郭松棻從歷史碎片中的揀選，敘述話語的重編，歷史中的陳儀以嶄新的姿態重生，以獲得新的闡釋觀點與文學價值。而在2006年劉雪貞亦曾發表單篇論文[註4]，專以「新歷史主義」的觀點去重新梳理對照〈今夜星光燦爛〉中陳儀的文學面與歷史面，可為此篇小說的歷史面討論做出進一步的貢獻。另在此論文之前，南方朔與黃錦樹亦曾對此篇小說的歷史層面有所討論。以今日的時代氛圍來看，「二二八事件」禁忌的逐漸解禁，以及台灣蔣氏政權時代的結束，開始有部分的輿論直指當年陳儀幕後指使並下命令的人——蔣介石才是最大元兇，這樣的歷史翻案與結果，在今日重新回來審視郭松棻的〈今夜星光燦爛〉一文，可以發現文學的多元發展性在打破既往歷史成規之外，作家所虛擬的歷史現場之真實程度，亦不一定亞於強調「大歷史」、「大事件」的官方史料。

在歷史現場的虛擬當中，郭松棻並無特別指明主人公的名號，然對照其「被幽禁於勵志社的生活」、與軍閥孫傳芳（1885～1935）的關係，以及與湯恩伯（1900～1954）情同父子的爭辯等橋段，在對照真實史料之後，其相符巧合的程度，的確可以將小說主人公與陳儀作一文史的對照。在這場歷史的敘述當中，郭松棻捨棄掉了「台灣觀點」一般所重視的二二八事件，反將歷史現場直接移往1949～1950年間，陳儀因通敵叛黨而被幽禁於台北勵進社的歲月，並透過陳儀，不斷的回憶追溯民國以來的軍閥惡鬥與國共內戰場景，此時的陳儀角色雖處於台北的空間，實則被作者以記憶呈現的方式，不斷的重回歷史現場，並以一種後來者的身份，重思自己過去中國內地兵馬倥傯的人生。

在這場虛擬的歷史敘事中，郭松棻所著力描寫的已非「具歷史意義的大事件」，而是從陳儀「自身的省視」與「家庭的一面」出發，鋪寫一名將軍在引頸就戮前心靈的自我回歸。在篇首的題名：「被佔領的軀體」便點名了歷史侵佔了他的人生。在這個歷史空間（或虛擬、或真實的成分）裡，陳儀就像一顆善戰的棋子一般，前後分別幫孫傳芳、蔣氏政權立了不少軍功與治績，卻也在最後分別受到當權者的猜忌，甚至是殺害。軍旅的三十年生活，陳儀雖然看似日漸累積了他的事業，實則陷進的仍是一場又一場個人權力爭鬥的棋局，至於真正與自己最有關係的家人，則在其事業的得勢當中遭到長期的忽視。

而到了第二章「從歷史的惡夢醒來」，作者更是再次的強調主人公深陷國族大夢的泥沼當中，直至面臨死亡的倒數日子裡，主人公開始面對鏡子審視自己，並從中逐漸找回「自我」的價值與意義：

多少年的征戰和主政，他沒有一刻感到擁有自己的生命。他
捲在形勢裡，分身乏術。至於他是誰？後來就難有餘暇顧
及，就這樣輾轉南北直到置身於台北勵志社的這間客房[註5]。

而正如人生與夢相同的虛幻性，陳儀的歷史惡夢在於自身所身處的民
國以來的權力惡鬥，直到被蔣介石幽禁的一刻起，陳儀始得暫時的脫
離歷史的權力糾葛現場。而從其回憶起當日與姪兒湯生在長江決戰前
的爭辯畫面，作者也特別顯現了兩人戰與和觀點與立場的僵持對立。

　　陳儀以蒼生的觀點出發，直陳持續的戰爭為人民帶來了莫大的
傷害：

君不見民國以來，世事紛擾，人人入城進了講武堂，日後用
兵只顧各逞其詐，貪婪殘酷，鮮血習見，身上只剩了竄蕩江
湖的本事，全國遍地都是亦兵亦匪，亦軍亦官，上面是黑道
把持，流氓治國，下面則是附炎阿世之輩，你倒給我說說
看，這樣的事業有有何奔頭。[註6]

姪兒湯恩伯則以「政治正確」的意識型態為主，面對席捲而來的敵
軍，為守護自己擁護的當權者，大戰在所難免：

他一開口就有北望神州，仰天長嘆的氣勢。他追憶敵方幾年
來驅飢兵百萬之眾，寒邊絕塞，投荒萬里，首先侵吞東北，
入關後，莽莽神州戰火遍燃。如今更掠隸魯蘇皖而來。我方

黃伯韜兵團血灑碾莊，司令自戕殉國。黃維將軍失守雙堆集而被俘。邱清泉兵團轉眼間煙消雲散。而如今隔江決雌雄的局面於焉形成。[註7]

陳儀跳脫歷史當權者的迷思，不以誰得天下為重，而以百姓休養生息為要；湯生則仍處於擁戴「國民黨」的正統政權之意識型態中，唯有幫助蔣氏政權擊敗共產集團，天下才有太平。

　　事實上，這場叔姪爭辯卻是郭松棻所特意安排的小說橋段。在現實的史料當中，陳儀與湯恩伯的關係並非叔姪，反是陳儀對湯恩伯的幾度提拔，使得兩人之關係親近如父子，長江決戰前陳儀曾透過外甥丁名楠捎信給湯恩伯，策動其一起起義，將政權和平轉交與聲勢較高的江北共產黨集團，然湯恩伯遲遲予以正面回覆，只回：「他左右蔣介石的耳目很多，時機尚未成熟，並表示不日去杭州面談。[註8]」接下來的時間兩人並未見面，陳儀沒多久亦被蔣介石（1887～1975）撤掉浙江省主席的職位，並遭到軟禁。歷史現實的湯恩伯以「民族大義」為由，舉發自己的恩師陳儀；小說中的陳儀則以「天下蒼生」為念，反勸手握重兵的湯生棄甲投降，兩人在歷史當中只以簡單的字條互傳口信，到了小說則成了一場各執一方的精彩戰前論辯。而陳儀的為蒼生執念，自然亦有著作者自身意識的投射，使得陳儀的叛黨通敵之罪名變得又更深一層的愛國意圖，不過這並不代表郭松棻想為陳儀作任何翻案的歷史解釋，更恰當的說，應是作者借陳儀之歷史位置，來抒發民國以來內部權力的戰爭，最大的失敗者總是被歸結於無辜遭殃的人民百姓。

至於最後一章「今夜星光燦爛」的題名，與「以死亡大典作為主要內涵」具十足的對比性。在作者的描寫裡，是夜對主人公來說不但沒有恐懼害怕，亦沒有昏天暗地等與死亡對等的夜色，作者「藉物抒情」，以「今夜星光燦爛」來作為為行刑之夜自我重生的陪襯。

而對照在左翼的史料中臨刑前的陳儀，其風範凜然就死、毫不生畏：

> 蔣鼎文命行刑軍事捧來一盤食物，美酒一瓶，先生拂袖而起，說道：「用不著，走吧！」兩個軍士上前扶持，先生將兩臂一摔，拒絕了，昂首闊步走了出去，上了一輛指定的吉普。車抵馬場町刑場[註9]，先生安詳地下了車，回頭對執行的說：「向我頭部開槍。」便大步向前走去，口中頻頻說著：「人死，精神不死！人死，精神不死！」[註10]

此段史料描述的就死前的陳儀，表現出的僅是其不以生死為念，以死明志的氣魄，但到了郭松棻的小說文本裡頭，雖然那種不畏生死的鎮定仍保留：

> 從他步入刑場到他們目擊了他正在倒地的此刻，他始終舉止穩健坦然。沒有誇張也沒有失態，即使槍聲已經響起。[註11]

但除此之外，作者又多上了死前一刻記憶裡所浮現的家人的一幅畫面，使得這場就刑典禮稍稍偏離國族大義，而趨向了個人化觀感的意

味，並且從前面鋪陳已久，帶有些弔詭性的「醞釀新的自我」的橋段，在最後的一刻也開花結果，作者用了十分戲劇化的方式，將「陳儀從死亡中獲得重生」表現出來：

> 在最後的那瞬間，他的苦心經營畢竟沒有白費。
> 他的身軀在倒下之前，在被他聽到的一聲昂揚而悠長的雞鳴中，他強作了一次深呼吸，於是從他的胸前即時走出來他們看不見的一個人——那就是他的那個鏡中人走出了鏡子。註12

在小說當中，郭松棻還著力描寫陳儀家庭私情的一面，這與他身為國家軍人、長官，向來以國家大事放在首位的形象大相逕庭，藉由回憶與妻子的畫面與書信，暴露了主人公在身兼歷史的要角之餘，亦同時扮演著家庭中丈夫的角色。當他在戰場上經歷生死榮辱的驚險歷程，而自己的太太同時也正在「家庭」的這條軸線上生活著，藉由如此的對比，郭將男與女的關懷在此作了一個鮮明的對比：

> 他被關在司令部的一間暗室裡。唯有這時，他才對尋常人家的生活第一次有了心喜。他鎮日呆望著窗外人家的青瓦和白牆。女人在信裡問他，後院加蓋的茅房竣工以後，應否砌築一道磚牆，以防河風。註13

在主人公的回憶與夢中，妻子與家庭的畫面大量的出現，這是主人公在人生的最後一段時間的放任，也是一個新的自己的催生過程，在過

往時常被告誡不得眷戀情海夢鄉的軍人尊嚴來說，此刻國族大義的自
我正在步步走向結束，而屬於家庭私情的自我才慢慢恢復，這從小說
裡陳儀與兩位重要角色的互動可以洞悉，陳儀與湯生的爭辯與奔走是
屬於國族大義當中的自我，而與妻子那短暫的回憶畫面則是屬於家庭
私情當中的自我。小說裡妻子的回信雖然看似盡為家庭瑣事，卻也道
出了一個戰爭時期眷屬的苦楚：

> 想來好笑，這輩子與你相處的日子加起來總共不到三年。日
> 後有無機會也一時難料。註14

然這場對話妻子的每個回信話語，顯然是應對於全篇小說當中陳
儀的自省，其從家庭、女性的角度出發，道出了女性角度觀看男性所
追求一生的大業不過是這樣的評語：「戰爭，都是你們男人家玩出來
的把戲」、「大亂難定，為天下所有人家的好男兒惋惜。」相較於男
性所執著的成與敗，女性角色的妻子在此透露出來的期望僅僅只是一
種詳和的生活，這樣的視域彷彿比故事中的陳儀或湯生等軍人追逐一
生的雄心壯志比起來，更實際且貼近個人層面一些。不過從這些對話
看來，顯然這位妻子的角色被加上了許多對時局與男人的意識型態在
裡頭，對照郭所參考的資料《陳儀生平及被害內幕》一書，可以發現
裡面緊緊所附的陳儀書信僅僅是陳儀所寫給妻子與女兒的一面，並無
妻女寫給丈夫的一面，並且書信當中反倒是給女兒文瑛的部分較多，
書信的內容也以略敘近況與國家時局為主，私情的部分流露甚少，但
顯然郭松棻所虛構的妻子回信，有相當的成分是代替空缺的陳儀妻子

的回信內容，那個報告了許多家庭瑣事、親戚狀況，以及埋怨男性葬送歷史時局的口吻，與實際史料的書信當中陳儀以國家時局為主的意識，形成一種互文性，更是一種鮮明的男性與女性角度的對話。

在這場史料與文學的對話當中，〈今夜星光燦爛〉與陳儀的歷史傳記產生了對話或互相填補，郭松棻在歷史語境中塑造出了人性最精妙部分的文化力量，一種重新塑造每個自我以至整個人類思想的符號系統。

新歷史主義學者格林布拉特曾說道：

> 歷史是文學參與期間，並使文學與政治、個人與群體、社會權威與他者權力相激相蕩的 "作用力場" ，是新與舊、傳統勢力和新生思想最先交鋒的場所。在這種歷史與文學整合的 "力場" 中，讓那些伸展的自由個性、塑形的自我意識、昇華的人格精神在被壓制的歷史事件中發出新時代的聲音，並在社會控制和反控制的鬥爭中訴說他們自己的活動史和心靈史。[註15]

在這場互相作用角力的作用力場當中，文學的虛構不僅僅只是歷史的借用者，以及故事的虛構者。作者在書寫當下的意識型態，其因分別經歷過自由主義社會與左翼思想，反而能夠跳脫出歷史大事件的價值判定。小說裡的議題，不管是個人與國家的兩難，以及男性與女性的不同角度觀感，都是郭松棻在歷史題材中發揮新時代聲音的所在。此外，此篇文本的價值亦已不僅僅在於揭開陳儀在歷史的不同層面之價

值，更重要的是透過重回歷史語境的現場，郭松棻道出了陳儀由國返家的個人心境，以及女性為家而生活之價值，完全不低於「不知為何而戰」的男性們，這樣的思考可說是十分存在主義式的課題，又帶有八〇年代之後興起的女性主義色彩，因此到了其下一部歷史虛構小説「落九花」，男性、女性權力位置的互置安排，更加大力的鋪演了郭松棻所注視關心的性別權力結構關係。

2005年印刻的「郭松棻專號」，刊載了郭松棻生前發表的最後一篇小説「落九花」（作者翻拍）

二、歷史與性別：論〈落九花〉

在近幾年興起的新歷史主義理論，其對於以歷史題材作為文學作品的內涵有了這樣的評述：

> 描述一部作品如何變形而成為開放的、變異不居的、矛盾的話語，在歷史過程中看作品，意即在一個參與挪用的歷史過程中看作品，看它如何被蓄積而成為一個意義增值的文本。經過這一歷史與社會過程的積

澱後，一個互文本的空間，就在歷史意識情境中產生出新的意義。文學的歷史就是聚集複雜的文化語碼，並使文學與社會彼此互動起來[16]。

從〈落九花〉這篇小說來看，此篇小說是典型的以歷史素材為基準點，而積聚成一個「以女性意識反抗男性霸權」的文化語碼為核心。以過去舊歷史主義的觀念來看：「歷史無疑是大於文學的，也就是說，歷史事實的真實性大於文學的想像和虛構性。[17]」而郭的小說將歷史的現實面降到下一層次，小說不遷就於歷史完整的原貌（或者可以說歷史的原貌從來沒有一個文本可以完全客觀的達到），而是借歷史的題材與空隙，來表達自身文學的意識與省思。

關於〈落九花〉一篇中最原始的素材，筆者參閱對照了《細說北洋》[18]、《民國大事日誌》[19]、《民國人物小傳》[20]等史料後，此次事件在史料中大概的記載如下：

一、民國十四年，孫傳芳因與奉系軍閥爭奪地盤，突襲奉軍，十月聯合吳佩孚驅走奉系蘇州都督楊宇霆。十一月，奉系將領張宗昌奉命南下援救，固鎮橋一役，孫軍大勝，捕獲張宗昌部屬山東班辦施從濱，並將其押往蚌埠殺害。

二、民國二十四年，十一月十三日，在天津佛堂念經誦佛之際，竟被孫槍殺之施從濱之女施劍翹刺殺殞命。事後施女從容自首，聲稱為父報仇，被判入獄。

三、民國二十五年，十月十四日，國民政府嘉其孝，下令特赦刺死孫
　　傳芳之施劍翹。

四、施女，安徽桐城人。為山東兗州鎮守使（亦為幫辦）施從濱之愛
　　女，畢業於山東省立女子師範學校。聞其父被孫槍殺後，乃誓
　　雪父仇，秘密拜一拳師為師，日夕練習各種拳技，卒在津居士林
　　中，擊斃孫傳芳，而報父仇，被目為近代烈女。

從官方的資料當中，我們得出事情的始末主要在於民國十四年與民國
二十五年的這兩個事件。從過去所流傳下來施劍翹復仇事件的傳奇故
事資料，可以看到包括〈落九花〉小說中提到的施劍翹原本寄予希望
的丈夫施靖公，以及施劍翹跟孫傳芳都是實有其人，然而小說中的另
外兩位重要角色：曉雲以及吳學義，則沒有在這段先前的故事或史料
當中出現，雖然筆者以為吳學義的個性，大有與施劍翹斷交的堂哥施
中誠的原型之意味[註21]（苟且而怕死）。

　　以歷史材料來對照小說，最大的用意並不在於審視作者遵循歷史
多少，而在於了解作者創作的背景為何？在對照歷史材料之後，人物
形象鮮明的產生差異，像是施劍翹的情感變得豐富起來，曉雲這個虛
構的角色則演述了中國禮教以來所規範的乖順女性形象，如何從傳統
掙脫，並到反抗的過程，以及形塑一個附和了劍革命情感的女性陣營
（此陣營與當時多為軍閥的男性形象成為一種對立），最後孫傳芳在史書
被極力貶責的貪婪而狡詐的個性，被作者略去了，它在此部小說成了
女主角之獵物以及被害者（或可視為一種他者化），而沒有太多正面或
負面的價值附加於上。

除了人物的轉換之外，整篇小說所進行闡發的部分，在時間跨度上以民國14年到民國24年這段史料裡所空白的十年為主，郭松棻巧妙的運用了歷史所空出來的時間與空間，加入了女性意識的文化語素之後，復仇成了僅僅是一個最後的結局與事件，但過程之中，兩位女性的心靈感受與思考反成為敘事主軸。小說裡作者拋出了女性視角對於男性的反思，以及性別權力關係當中的一種微妙變化，這些議題性的思考，儼然成為這個歷史事件之外更重要的核心點。

〈落九花〉這篇小說裡頭的女性性格，是作者所極力刻劃的部分。在故事的追述當中，劍與曉雲原本都處於傳統中國禮教規範的社會體制，謹守女子的沈默形象，並且以「次要的身份」跟隨男性的主體而生活。註22以劍來說，小說開頭她原是一名在山東女子師範學院讀書的學生，從敘述者口中最初對她的描述來看：「她在班上一向名列前矛，幾乎是這所師範女中所有老師津津樂道的好學生。」註23「修女不時地從講台上注視著她，白天看來依然是那樣嫺靜聰慧的少女」註24，顯然劍的形象在最初仍是一種符合社會體制內溫靜如玉的女性形象，可是在父親遇害的消息傳來之後，劍的個性才開始產生轉折。我們可從小說的第一個章節「開裂的肉身」的標題定名來看，得知作者暗示劍的轉折之必然。為了完成目標，脫離「安分守己」的女子形象規範，是劍所面臨的第一重關卡。

在過程中，劍對於男性的互動，除了復仇的大計之外，顯然已經沒有多餘的情感在於他的丈夫身上，當有一次施靖公想意圖與劍歡好時，劍無意識的推拒而抽離，讓他感覺到自己的被忽視。反倒是他給予劍那最重要的工具「兩支伯朗寧手槍」之時，劍的愉悅完全的超過

兩人親熱的時刻。這個時候的劍之形象，已超脫那個斯皮瓦克所講的
「喪失主體地位而淪為工具性客體，以及喪失自己的聲音和言說的權
力之婦女^{註25}」，有趣的是，在這個文本所建構的價值世界當中，女性
轉為主體的地位，而男性卻反倒淪為工具性客體，當然這樣的兩性權
力結構（女為主，男為客），在中國一脈的現實社會脈絡當中，實屬較
為少數的例子，但卻在郭松棻的小說中被特別的彰顯出來。而關於此
篇小說男女權力結構的轉變，亦可以發現其迥異於郭松棻在此篇小說
之前的諸篇小說設定（男性掌握權力，女性淪為被動的客體）。

　　另外曉雲是追隨著劍而後蛻變的第二個女性，曉雲這名角色的出
現，使得劍與曉雲形成了一個對立於「迷思於戰爭與軍閥的男性」之
外的陣營。從二者行動與意念的描述，作者極大程度的反諷了小說世
界裡男性的貪婪與迂腐。而在文中劍曾提到「她認為她和曉雲率先攜
手走出的那條女人的道路，就是從這兒開始的。曉雲並沒有遺棄她的
丈夫，但遠離了他，她只是隨手攜帶了他的一張照片，讓他暫時活在
這桃花木的相框裡」。隨著小說的進展，曉雲對丈夫的貪婪與軟弱，
越來越漠視，甚至擴及到他們的家庭，如對於原本應該是一位女性所
視為生命的肚中骨肉，相較之下，其丈夫學義擔心的程度竟反而遠遠
超過曉雲自身，可見曉雲對劍所謀劃的復仇計畫之重視，故事發展到
最後曉雲甚至還將肚中小孩打發掉，曉雲對於這個「秘密革命」的狂
熱，幾乎已超越了過去女性在人生中所有關懷的事情，包括家庭與哺
育後代。也或者是這樣的一個目標，讓這兩位女子有了拋棄一切有關
女性需遵守的禮教原則的藉口，以擺脫傳統中國女子「相夫教子」的
宿命。女性在過去的兩性結構上，大部分時候就像一個空洞的能指，

僅僅成為父權主義強大的反証，而成為男性以外的「他者」註26，這樣的他者不免淪為附庸，更枉論其主體的自由。

在作者的角色設定上，曉雲與吳學義的互動更是一個男女權力位置互換的演示典範，這對於受制於現實歷史人物的劍與其丈夫兩名角色來說，曉雲與吳學義的虛構，幫助作者揮發出小說當中性別權力轉換的張力。而除了劍與曉雲在故事最後進行的復仇大業之外，小說另外一個更重大的意義是那十年間他們為這場革命（亦為一種社會體制的脫軌）的苦心經營，藉由婦女到烈士的演變過程，她們彷彿找到了自身自由之價值。

作者在小說裡，對於過往通常位於客體位置的女性角色有所提升，而男性相對的受到了向下沉淪的命運。男性的權力因作者的揭露，失去了美其名的「志業」之崇高理想，而這份志業在紛擾的民初時期，更造成了男性們──在戰場上為權力而爭鬥，如吳學義便是小說裡具有代表性的「軍閥體系」之男性形象。面對妻子曉雲精神上的背離以及其毅然決然的革命情懷，再對照吳學義早年的理想與事蹟，跟現今的屈從於利益以及軟弱的個性，這樣的倒置狀態，使得吳學義在應對太太的冷漠時，變得無能為力。他失去了男人大聲說話的發言權，在這個家庭權力的結構當中，他深深依賴著兩位女性，一個是其母親，一個是其妻子曉雲，面對這兩者女性的變化，包括母親的死亡、妻子的冷漠，吳學義開始沉緬於軟落的回憶。

曉雲之所以心思會完全投向劍之一方，其實並不見得只是因為對於追尋自由的嚮往。小說中敘述者不時透露出劍與曉雲這兩位女性之間親密的關係，雖然在身體上她們沒有出現過實質纏綿的橋段，可是

精神上的迷戀與依賴，或許是兩位女性勇敢前行最好的支持。曉雲不見得是不需要伴侶的，就以曉雲一次從學義的眼光當中對他所作出的結論：「兇猛、殘暴」，這個女性角色只是因為看清了男性普遍性自私的一個現象，所以寧可將心思轉移到像劍這樣一位有著清楚理想的人。

　　至於小說裡，吳學義這個角色，敘述者曾給他這樣的形容：

> 他的臉非常古老。他才四十來歲。可是他的青春極其短暫，二十幾歲一跳就跳到了眼前這個模樣。註27

而妻子曉雲亦曾以這樣的視角對學義作出這樣的觀察：

> 挺直的身影，柔軟的手心，沉實而猶豫的動作，鏡框裡眼神的閃掠，總是苦苦的猜測著你的心事。抿閉的薄唇露出的剛毅，傲笑時有酒窩，咧嘴大笑時則變成皺紋。……因此，有時她更覺得他是一些浮動著的，蒼白的影子。註28

這樣的一個男人是活在矛盾之中的，其最受妻子所詬病的失去理想與狂熱這點，讓他就猶如一個被去了勢的男人，失去了權力的地位，即使只是在一個簡單的家庭結構亦然。而吳學義面對這樣安於現狀的自己是認命且逃避的，他以為那些不顧一切要改變些什麼的大理想家，他們的歸宿最終就是牢籠，他雖然曾有夢想，但卻始終沒有勇氣追尋，因此在預敘的最後一刻之死亡，曉雲平淡的態度以及那冷漠的一

段敘述「她並不慌張，只覺得這是稍微提早到來的隨即成為過去的未來罷了。」道盡了對丈夫人生無所目標的鄙夷。另外敘述者也曾一度透露小說世界中的男性，普遍急躁而敷衍，終以穢瑣為生命目標之缺點，點出了男性內心底層最根本之缺點。

在故事的闡述之外，隱含於此篇小說背後的作者意念仍是十分鮮明，亦即對戰爭的撻伐，尤其是民國以來紛擾的內戰，藉由劍與曉雲兩名女性的角度來批判，點出大部分男性在當時所執著的志業不過是個人權力的鬥爭罷了！而在開頭劍所背誦的《凱薩大帝》中暗殺凱薩的勃魯托斯的辯駁：「並不是我不愛凱薩，而是我更愛羅馬」，藉由這段史事，作者在此首次暗示了歷史中的主權者與國家的概念事實上是清楚分開的，而那些在歷史上民初內戰時期的男性將小我的犧牲置於權力的追逐上，甚或是各個主權者的擁戴上，然在各個主權者各自的利益爭奪裡，國家的大我概念早已遭到變質的結果。反倒是曉雲後來偽裝成劍，刻意讓孫傳芳抓走，以降低戒心，這樣自我的犧牲來換取劍順利除掉這名軍閥的成功，反而比同時期那些在戰場上奔波打鬥的男性人物來得純粹許多。

至於對於歷史的觀念，郭松棻藉劍之口也道出了官方歷史的單一面向與虛構性：「歷史一向以說謊為其職志」，對應到歷史當中的國民黨主政時期，劍刺殺孫傳芳的結果不但沒有受到殺人罪名的處罰，反而由於劍以為父報仇的名義，刺殺一名製造動亂的軍閥的行為，成了一個道德訓誡且是公眾教育的最佳範本。劍從一個原先應當是負面的殺人兇手形象轉為正面的教育範本，中間的確經過了官方刻意的營造，對此林郁沁曾在論文裡提到：

> 我曾詳細考察國民黨政府怎樣發現美德可以用作孝忠黨國的
> 隱喻。在推行儒家美德做為國家力量基礎的政府領導的新生
> 活運動中，國民黨認可施劍翹的忠孝復仇為國粹，僅在案發
> 後時一個月就頒發官方特赦令，試圖使施劍翹作為一個民族
> 象徵。註29

不管是從這段歷史的耙梳，或是在郭松棻創作這篇小說時的中心意
念，基本上都是將歷史評價視為一種官方意識型態的虛構，因此在小
說的最後郭松棻寫道：

> 一九四九年歷史終結了，對於整片山河是如此，對於她更是
> 如此。註30

在中國內地來說，一九四九年國民黨的潰敗與撤退來台，也大致終結
了民國以來中國內地數十年來的內戰，施劍翹的名聲在歷史存在有很
大的原因，在於國民黨企圖以其作為軍閥剷除的教育範本，然國民黨
在內地的歷史終結了，而以施為範本，塑造成為黨國宣傳之歷史教材
自然跟著湮滅。這裡也點明了郭松棻看待歷史的角度，已經注意到了
歷史本身所具有的文學性。而所有的歷史文本都免不了添加了或多或
少官方的，亦或是個人的意識型態，因此當施劍翹這個歷史背景的小
說以虛擬的姿態出現時，其文學中所提出相異於官方歷史的內容與意
念，亦是值得讀者重新省察思考的歷史與文化課題。

三、敘事手法與隱喻意涵

　　不管是〈今夜星光燦爛〉或是〈落九花〉，作者所利用的皆是歷史事件的一個知名人物作為主軸，而以歷史當中未記載的空白地帶去進行鋪寫。在時間跨度上，〈今夜星光燦爛〉以陳儀在台北短短一年多的幽禁生活為主，而〈落九花〉則以施劍翹醞釀復仇計畫的十年作為背景，作者在這當中，並未遵循傳統說故事的敘述方式，中規中矩的按照時間軸的進行去鋪敘他的小說情節，或者是詳細的交代兩個歷史事件（台灣的二二八事件與施劍翹殺掉軍閥孫傳芳的事件）始末，而是把故事的焦點主要聚焦在幾組人物的應對上：〈今夜星光燦爛〉以陳儀、湯生與陳儀的妻子為主；〈落九花〉則以施劍翹、曉雲、吳學義三者為主。

　　〈今夜星光燦爛〉三位角色的對應呈現出一組組鮮明的人生課題：像是陳儀與湯生之間，執著的是一種男人之間的國族大義，而陳儀與妻子之間，顯現的則是個人、家庭的情感，顯然在主人公陳儀生命的最後一段歷程，他發現原來自己在國族大義上付出大半生，最後最貼近自己的始終還是這些個人的、家庭的私情。至於〈落九花〉則形成劍與曉雲、曉雲與吳學義兩組關係，劍與曉雲是一組反襯民初軍閥亂象，而有別於男性的女性集團，從他們脫離體制去誅殺軍閥（亦可作為一種扼殺當代男性暴力、權力的象徵）的行為，可以視為一種女性對男性權力的專制與腐化的反動。至於曉雲與學義則是一組家庭男女互動的對照關係，曉雲從家庭出走，而投向另一名女性劍，當中作者藉曉雲展演了女性由禁錮自我到掙脫發聲的歷程。

　　此兩篇小說作者分別採用內在式聚焦者與外在式聚焦者的視角，帶領讀者進入故事。但相同的是，作者不管執意的是一種自我的剖白或是他人的分析，重點仍在於個人心靈感官上的鋪陳。猶如作者所強調，其小說心路歷程的意義遠比小說故事的進展來得重大，郭松棻的小說從來就不是著重在小說的故事情節發展，或者可以說，像郭松棻這樣一位具有現代主義色彩的作家，從來就不是以一位傳遞故事者的身分自居，而只是藉著說故事的形式，拋出一些人物角色內心深層的省思。筆者以為這也是作者選擇捨棄那些詳細始末的情節或是重要人物（包括〈今夜星光燦爛〉的二二八事件與〈落九花〉中孫傳芳此角色的性格刻劃也都被完全剔除掉），而不斷將筆墨與焦點放在主人公與幾位對應的角色身上的原因之一。

　　在〈今夜星光燦爛〉裡，陳儀終於在最後從歷史的脈絡中逐漸走回家庭，但在〈落九花〉的聚焦裡頭，作者相對的卻極力刻劃劍與曉雲兩名女性出走家庭的心態。她們一反傳統中國禮教規範體制中的婦女（大多選擇將一生奉送於家庭的限制），兩位女性角色雖然在外在形式仍與家庭及其男性伴侶保持著表面上的聯繫，然而精神與靈魂事實上早已經出走，也或者我們可以說是某種程度的獲得自由。從一次傳來劍父親遇害的消息開始，就像是牽動在一起的環一般，劍影響了曉雲，曉雲影響了其丈夫吳學義，進而影響了兩個家庭。在這裡女性開始反客為主，不再成為男人的附庸，而且為了目標，表現出的那種內斂與堅持，其對理想的狂熱完全比下了她們的丈夫。另外就連最後所受害的那位角色－孫傳芳，也是一個男性，這樣的女性影響男性之結構，便是一個顛覆男女主動與被動模式的顯著例子。

在兩篇小說裡，筆者以為作者郭松棻在創作背後，皆具有很強烈陳述的意識在裡頭，這在讀者的閱讀當中是很清晰可以感受到的。當然不可否認，在每一部小說的創作當中，作者的聲音本來就可能與主人公互相對話，甚至達到眾聲喧嘩的效果。在〈今夜星光燦爛〉中，主要由三組心靈與意識在強烈對話，分別為陳儀、湯生與陳妻，而顯然的，湯生與陳妻的話語立場處於一種國族與家庭的兩端，陳儀則是一名由國族歷史走向個人家庭的角色，其最終心境的覺醒基本上與文本中妻子的立場是吻合的，或者可以說這個虛構的陳儀與妻子的聲音，是作者郭松棻間接呈現自身對早年所執著的國族運動的一種反思。至於〈落九花〉故事當中，小說主人公們的聲音則十分不明顯而喧鬧，他們的身體表現與感官反應取而代之的演示這一切，但畢竟身體是沉默的，除了人物本身的話語之外，絕大部分的發言權便落在身當敘述者的作者身上，這位敘述者不時透露出的語句或線索，彷彿是一位新世代的女性代言人，極力的擺脫傳統束縛，來陳述他新的觀點；也彷彿是一位負責穿針引線的說書人，不時的在旁邊加上故事所需求的旁白：

> 南方，那是生命勃發之地，那是出產鹽和蜜的允諾之地，傍晚的天空一片火樣的熱情，太陽不斷讓地上一切有生命的分泌著汁液。那種奢華，宛若謎語和傳說。那潑辣的陽光，最烈的迷藥，也許會使某些陌生的生命從死裡生還，從容揮霍著他們的熱情，而我們在這裡必須慎重。她們這種思慮，當時誰也不知這預示著一次大災變。 註31

這樣的旁白在銜接或是鋪陳之外，也有著暗示以及帶著弔詭語氣的敘述者身影存在。敘述者好像預示了比讀者多一點的未來，但從其語氣的不確定，又似乎宣告著外位於主人公的敘述者，其「超視」特權的有限性。

當我們對照兩篇小說的作者郭松棻來看，以其男性觀點的身分，以一個生處戰後年代，並且旅居美國的世代之寫作背景，雖在歷史現場缺席，但仍能看到作者生動的馳騁民初這些人物的角色，以及藉男性內在的自省觀點或是女性外在的批判觀點，不斷諷刺並且鄙夷著男性霸權的身分，在這些歷史情境裡，作者郭松棻的價值意念十分清楚的投射在角色上面，更將其欲強調的文化與歷史課題清楚呈現出來：

> 現實——那些榮辱、勝敗、賞罰、甚至連生活本身——都不再牽動他絲毫。他獻出了三十年心力，委身於相互廝殺如棋譜的圖謀中。那些野心勃勃的朝代把持，如今看起來未免有如兒戲。對於自己曾經是這戲裡的一個角色，現在一想起來還會暗自吃驚。也因為這樣，他才轉過頭來喜見自己在這小房間的簡單起居。註32
>
> 靠土地謀生的農民和漁夫都成了士兵。在這之前，她們對別人或自己的痛處都感到無關緊要，何況手上握了槍以後，他們更善於將自己的生命當作隨時可以脫離身體的一件包袱。他們心怕戰爭，卻又巴望著戰爭，當身邊的弟兄被子彈穿胸，死於腳下幾步遠的地方，沒有人掉頭回看，更沒有人說

出一句多餘的話。他們掠過荒村，涉入濁流，深進密林。他
們就地臥睡，再睜開眼，發現自己還活著，於是又是一天的
奔馳，這就叫士兵的勇氣。註33

　　兩篇小說可以看見，作者分別從軍官與士兵的觀點去省察這些深
處於戰爭的男性角色，也揭發了戰爭到最後落於主權者的權力爭奪。
不管是高一階級的軍官，或是底下階層的士兵，沒有人真正理解戰爭
的實質意義是什麼？但只知道這裡是男人獲得權力與地位的一個場
域。在此當中我們看到兩篇小說共同關注的一個母題是「民族的歷史
落於男人權力的鬥爭」，而這個母題更可以對照到郭松棻先前寫過的
一篇極具國族隱寓的小說〈向陽〉裡面的一段話：

民國以來，各個黨派標榜的共和理想並沒有超過我們這幅冬
暖圖。它們半個世紀的爭戰，更沒有為中國造就真正的共
和，只白白流了老百姓的血，因為它們都那樣瞧不起第三勢
力。註34

從這些小說共同關切的歷史母題，可以清楚得到作者本身對國族命運
的關心是十分強烈的，即使作者曾提過「他的小說不對歷史負責」，
並且其在保釣熱潮結束之後，幾乎完全退出政治方面的運動，然從其
文學的歷史意識裡，仍不免看出作者在虛構的歷史現場裡所流露出的
個人民族情感與關懷。

　　在人物的隱喻上，〈落九花〉裡的修女與吉普賽女人皆代表著一名先知者的角色，她們比劇中任何的角色都來得敏銳而有智慧。只是程度上吉普賽女人的神秘性與深度似乎又更勝一籌。修女雖看到了劍外在所表現的行為，包括突然寫出的那一篇充滿血腥描寫的作文，而大膽預測她或許有超出一般女子的聰明才智，不過修女畢竟心理還是帶著懷疑的，甚至她始終不曉得劍的那篇作文是因為心中已經有著一個遙遠的目標，才會完成的。

　　至於吉普賽女人則因為其神秘的身分，使她的話語瀰漫著一股「彷彿宗教預言」的氣氛，實則是作者安排的一道隱性線索。吉普賽女人在小說裡彷彿能看透這個世界的法則，她講述著主掌這個世界的男人之愚蠢，而女人的忍耐與內斂終能使其完成原先不可能完成的目標，這當中當然也指涉了小說裡的重要目標——復仇。上述兩個先知者形象的女性角色都有著一些話語，是隱晦而又充滿多義性闡釋的敘述，她們藉由話語陳述了一些類似人生的道理，而關於這些經由兩位極為有限出場的配角所引渡出來的觀點，可能是一種為了讓劍日後更加衍伸而肯定自己復仇的巧合意識，更或是是作者在小說的故事以外所欲傳達給讀者的一些哲學訊息。

　　除了修女與吉普賽女人之外，還有一位女性的角色亦有其隱含之意義，雖然她不是一位在小說中出現的人物，而只是女主角劍的腦海中曾經浮現的一個形象。她，即是中國的女烈士——秋瑾。秋瑾在這裡浮現，不在於其意欲推翻滿清的背景，也不在其最後被行刑的悲壯，她代表著一個為革命理想而狂熱的女性，秋瑾的死並不讓劍感到悲傷，但其為革命汩汩而流的血反倒令劍感到一陣冷冽的興奮。秋瑾

隱含著劍所嚮往的女性烈士形象之原型，歷史中秋瑾的真實事蹟對於本篇小說或許並不重要，重要的是，在小說裡劍所認知的秋瑾形象，是幫助主人公大力鼓舞其復仇心意的一個效仿人物。

在事物的隱喻上，〈今夜星光燦爛〉的夢與鏡子皆有其特殊的意涵存在。在通篇的小說裡，誠如黃錦樹曾經提到的〈今夜星光燦爛〉裡：「在郭松棻，是鏡中的精神實體超越肉身走了出來，集結了兩個夢胎：國族大夢、家室私情[註35]」，主人公懷抱著過去的歷史大夢與個人醞釀的私人之夢，經由那面鏡子來作為憑藉區別的象徵。作者郭松棻在小說裡不時提到人生與夢之間的模糊性，在其第二章節的標題「從歷史的惡夢醒來[註36]」，以及第三章節開頭所引的康拉德的話「人一降生於世就墜入夢中，正如掉進海裡[註37]」，顯然作者意圖以陳儀大半輩子的戰爭生活為比喻，指出人所生存的現實面，事實上是落於一種存在的迷惘當中，不管是對歷史的執著，或是對個人的榮辱，夢胎本質的虛構性成了反照「人生虛無」的最佳隱喻。而從夢裡開始，主人公所開始醞釀的是個人的解脫，從國族大夢與社會意識當中獲得自由，其後來在實有的物質──鏡子裡找到他要的東西，在篇中主人公曾說道：

> 這就是鏡子的秘密。它已不再重現你自己。鏡子裡影子的疊合和線條的勾連都不是要重複鏡外的你。它的用意不在於映照，它不複製鏡外的浮光和掠影。幾千年來人一直都誤解了鏡子的用意。[註38]

主人公在此指出了鏡子自古以來都被人拿來作為人的映照物，然而鏡中的影像其實剔除了主人公在歷史脈絡與社會體制中所受到的束縛，反而更貼近主人公所欲追求的真誠的自我，而在最後陳儀坦然就死的剎那，鏡中人破鏡而出的意象，更宣告主人公的主體終於從歷史脈絡與社會體制解放，而獲得個體自我的重生。刑場的死亡手續反成了一場對陳儀個人的救贖儀式。而在這當中，鏡子與主人公的對話，無疑是「個體的自我」與「歷史的自我」衝突協調模式的一種隱喻。

　　至於〈落九花〉的篇名，則是該篇小說最具意義的一個隱喻。作者郭松棻曾在一次訪問中提及「落九花」是一句閩南語，原意指女人生產之辛苦、傷身註39，意即女人一次生產，猶如花蒂九次的凋落，需要耗去大量的青春。而對照著全文的脈落，我們可以歸納出小說中女性的蛻變與這個「生產現象」之間相同的共性。女人的生產在身體上，是痛苦而血腥的，十月的懷胎過程可以說是一段漫長的時期，為了新生兒的誕生，女人必須忍痛並且沉受身體受到傷害的可能。而劍在小說中的蛻變過程就像是一個醞釀出生的新生命一般，其等待與準備復仇的那漫長十年犧牲了一切，甚至像曉雲還不惜犧牲胎兒，傷害自己的身體，為了全心於此次的行動，而等到復仇那一刻的來臨，那血腥而又令人興奮的一刻，正如落九花一詞的意味，有著令人苦盡甘來的欣慰，又彷彿為著失去了什麼而惆悵的意味。

　　除了篇名之外，情節當中亦不乏其他事物的隱喻。像是從劍的回憶中追述到的一個場景，是一群在攀爬山岩的德國人，他們像著了迷似的攀爬那極度陡峭的山脊，為了那最後的征服的榮耀，即使已經有鼎鼎有名的爬山好手摔到山谷的經驗，卻仍然阻止不了他們的狂熱。

而這個情境的巧合也讓我們不禁聯想到劍的復仇歷程以及那「落九花」最初意涵的經過，整篇小說出現的場景與話語，雖然沒有明顯的串連關係，但深究每個事件之特性，筆者發現脈落中敘述者不斷建構一個對「理想」充滿狂熱的小說世界，來對應劍之心路歷程，看似不斷雜亂而紛沓的思緒，其實早已有著一個敘述者安排好的規則存在。

在綜觀兩篇郭松棻以歷史素材作為背景的小說，可以剖析出作者本身的關懷仍舊是落於兩個脈絡上面，一方是現代主義式個人與家庭的注視，另一方是歷史與國族主義的民族情操，在這兩篇小說裡產生糾葛與對話的，基本上仍都是圍繞著這兩個本質面，而這也可以說是作者郭松棻在創作背後所關心的人生課題。

第二節　歷史人物的意義符碼

一、自由主義的知識份子：殷海光

殷海光作為台灣自由主義[註40]的代表人物之一，其於《自由中國》發表的文章以及於台大哲學系擔任教職，對台灣自由主義的宣揚以及後輩年輕學者的啟發皆具有相當的影響力。而同樣作為台灣自由主義的靈魂人物胡適（1891～1962），兩人在五○年代末起，慢慢對自由主義應對於現實情況的看法產生分歧，這當中所遭遇的實質問題不外乎是「反共無望論」以及對「當權者的容忍或抵制」。以胡適來說，其主張以容忍現況來獲取自由的可能，而後期慢慢進入官場體制的他，更逐漸的受到越來越多現實狀況的限制，以致其自由主義逐漸產生退

讓與妥協；殷海光相較於胡適，則是一個堅持到最後的典型自由主義
知識份子，在逐漸發現國民黨蔣氏政權的專制權謀裡，殷海光從早期
的極右派反共學生，轉變為批判台灣國民黨政府的一支健筆，隨著
《自由中國》受到官方的被迫停刊，以及雷震等人的被捕，殷海光人
生最後的十年在與國民黨的激烈對立，以及受到官方人士監視並幽禁
的底下結束。

　　郭松棻作為殷海光的學生，雖仍時時以「殷師」之稱掛念，但顯
然身處兩個世代的師生在思想上亦有極大的差別。而對此，王德威便
曾對郭松棻側寫殷海光的作品〈秋雨〉予以評價：

> 〈秋雨〉因此記錄了兩代知識份子的心事。殷師求仁得仁，
> 死而後已。但郭松棻一輩的學生卻在老師以身殉道的堅持
> 中，看出存在主義式的兩難。註41

在〈秋雨〉一篇，郭松棻以自身與生命末期的殷師最後幾次的會面為
經過，側寫對殷師風範與精神的個人觀感，誠如王德威所説，從大學
時期便開始左傾的郭松棻，出國三年後再度回台時，對過往的老師殷
海光所堅持的自由主義，除了表面的受教之外，在內心底層無疑是帶
有質疑並且批判的角度來看待這位台灣的自由主義代表人物。

　　〈秋雨〉是郭松棻繼1958年之後所發表的第二篇小説，其時已經
是時隔十二年的1970年，而在〈秋雨〉發表之後的隔年，郭松棻甚至
為了專心投入保釣運動而放棄博士學位，在民族愛國情操之外，顯然
也有一些成分是對台灣政壇與文壇某些現象的反感：

這時寫評殷海光的〈秋雨〉，是回來寫作的開始。《大風》辦了三、四期就辦不下去了。心情不安定，越發不想念書，看到更多的大陸資料，開始嚮往大陸的左派革命。這時國民黨在加大辦座談會——「談瓊瑤」，相形之下越發顯得可笑，令人反感，自然更往左偏了。註42

從過去擁護國民黨的右派學生，到高舉自由主義旗號批判政府的反對人士，殷海光的理想與堅持，在其死後並未傳承至他的學生身上。郭松棻作為殷海光的學生一輩，不管是對右派台灣當局的政府，或是自由主義的精神，事實上皆已經到了無法忍受的臨界點，而這也導致其〈秋雨〉對殷師的評介，在惋惜中又帶了一絲的批評意味。

〈秋雨〉雖從旁觀者側寫殷海光的形象，實質上通篇結構卻是建立在幾個層面的批判上，郭松棻在文中分別對中

郭松棻的大部分作品收錄於台灣作家全集戰後第二代的《郭松棻集》中（作者翻拍）

國人的民族性、文壇現象、政府的白色恐怖、自由主義在台灣的潰敗有所批駁。而這些批評雖然並非側寫殷海光人物形象的當然要素，但作者左傾的意識型態卻因此可以在這些文字的敘述當中清楚洞悉。在小說開頭，作者便提到回鄉前後在機場看到的中國人，其形象不脫民族性的喧鬧紛擾與躁動，而作者將此聯想到，或許這與中國近代的逃難記憶有所關連。而對於六〇年代以降文壇的過度西化現象，郭也在文中透露：

> 倘若想找文壇裡的朋友談談，也實在談不起來，因為他們恐怕不是「形式主義者」，便是很「現代」的了。註43

這段敘述雖然只以簡單的「形式主義」以及「現代」兩個詞彙，來表明文壇的走向，但顯然這段話所表明的則是作者自身對大部分文壇朋友的話不投機，而這股對台灣文壇的反感，到了1974年郭松棻更直接發一篇文章〈談談台灣的文學〉作了更犀利的批判，對於當時在檯面上獲得極高評價的現代主義作家與作品，流於一種「只有西化技巧，而無精神內容與社會意義」，有所非難。

至於政府實行白色恐怖行動的年代，應可作為這篇小說背後的主要時代氛圍。就當年國民黨對經濟的壟斷以及對知識份子思想的控制與迫害這點來看，無疑是殷海光以及郭松棻兩代人所共同經歷且不滿的。殷海光後期便直接對國民黨批評說：

現在，表面上是『行憲』，骨子裡政權還是操於極端少數人之手，國家政治大事，依然習慣地決定於『手諭』『官邸』『會報』『請示』。在經濟方面，自稱國民黨的權要人物，藉著『國有』和『國營』這些幌子，將國家經濟轉移為私人經濟，少數富豪負載著國民經濟底命脈」註44

而此番言論事實上與郭松棻在七〇年代發表的〈打倒博士買辦集團〉一文中對國民黨的壟斷政、軍、經的控訴是相符合的。並且郭松棻在〈向陽〉、〈今夜星光燦爛〉、〈落九花〉等篇小說曾多次設下的意義符碼：「中國近代苦難來自黨派權力者的鬥爭，鬥爭的每一方都非為國家或人民作第一考量」，事實上這樣的觀念與其師殷海光後期的思想同出一轍。在歷史當中，殷海光自從經歷國民黨大陸的潰敗之後，便開始反思近代戰爭的意義：

殷海光逐漸開始放棄以一個黨派對抗另一個黨派的想法。照他自己的追述，他這樣的轉變發生於一九四八年底的徐蚌會戰之後，因為在那次會戰之中，他看到南京到徐州之間，「赤野千里，蘆舍為墟」，恍然大悟到中國的大破壞，「參與的任何一批人似乎都振振有詞」，而身受實禍者，終歸是千千萬萬無辜的人民」。因此，他開始瞭解觀念和實際之間的距離，體認到中國的問題不是派系口號所喊得那麼簡單，黨派偏見也不能適切解決中國的問題。註45

從這段敘述看來，顯然的，「近代中國人民的苦難」是殷海光與郭松棻所共同關懷的民族課題。

而對於國民黨白色恐怖政策的反應與應對，也是郭松棻與殷海光觀念分歧的主要關鍵點。在對殷海光的描寫裡，郭松棻提到「從殷師那神經質的抽搐裡，我彷彿捕捉到現代中國知識人的一個影子。註46」對於這名以自由主義為精神信仰的老師，其對於政府的不合理與蠻橫之行為，除了謾罵與批評之外，毫無現實的行動性，郭松棻在此已慢慢對自由主義在現實處境裡的「無力」感到不敷現實所求。郭在文中曾對自由主義直接下來這樣的批評：

> 直截地說，自由主義是空虛的東西。把「真理、自由、人道」當作抽象的理想去宣揚，在現實的風暴裡幾乎等於沒有主張。註47

在其師殷海光身上，郭松棻看到個人主義式的自由主義到最後所能做出最大的奉獻，也不過就是「自我的獻身與犧牲」，郭對殷師這種自我殉烈的懷抱感到敬佩，但在其理性的思考底下也道出了「自由主義的自我犧牲終究徒勞，並且對現實毫無影響力」，而這也是他們這一輩學生紛紛背離跟隨其師自由主義思想的原因，而郭松棻更由於這股對「政府的憤慨」以及「知識份子的無力」的感觸，最後終於投入了一場「以保釣為始，以統合中國為終」的政治運動，在這場政治運動當中，郭松棻辦社團、寫文章、演講，藉由在海外激烈抗爭的行動，來反抗國民黨的專權，而如此激烈左傾的意識型態，要等到1974年大

陸行對共產社會狀況的實際瞭解後才轉為和緩，並慢慢趨向中立的位置。

而對於殷海光臨死前仍對國事的專注，以及對自由主義的堅持，是郭松棻欣賞殷師卻也感到疑惑的地方，在面臨政府的壓迫之下，殷海光毫不妥協的姿態令人肅然起敬，但那對自由主義的堅持，卻也是令人感到他毫不變通的地方。因此，在最後郭松棻以「殷師犬儒般的微笑」來作為殷師過世後留下來最深刻的印象，而這個「犬儒般的微笑」無疑也是作為一個知識份子只能做到譏諷時局，卻對現實無能為力的最佳代表符碼。

二、遲到的藝術家：余承堯

在創作的歷史人物素材方面，李渝巧妙的以其藝術史領域注視的畫家形象，轉化到其小說創作上。以〈踟躕之谷〉裡頭那位由軍政體系退出，輾轉變換跑道為開闢橫貫公路的工程總監，因炸山意外而造成自身的殘廢，終於在最後投身成為一名畫家，而這樣的人物模型似可與台灣美術界的畫家余承堯作為對照。余承堯19歲放棄學業投入北伐，48歲的壯年時期退役，開始在廈門、臺灣和新加坡經營藥材生意，56歲才開始投入山水畫的藝術生活。

雖然〈踟躕之谷〉的主人公，與李渝所寫過的余承堯藝術評論系列的作家經歷不盡相同，然作為兩個互通的文本來看，卻仍是可以看出彼此之間的互文性。在這小說文本裡面，主人公或多或少的承襲了余承堯的人生觀與藝術觀色彩，從現實當中余氏的經歷來看：

葉子啟先生在〈住在陋巷的隱室〉中，說余氏「以一顆自贖
的心，自軍中退伍」。註48

到作家將歷史人物更具體的轉化成軍政體系的情報官人員，並對軍
官意欲自贖的內心世界與心路歷程，更加詳細的鋪陳出一個可能的
情境：

> 他記得住每件案子的經過，每一個受到牽連的名字，每一張
> 驚恐的臉，時時騷擾著他，形成不去的夢魘。靜處的時候，
> 夜半醒來的時候，密審的暗室，昏黑的刑場，驟然臨置。變
> 成不是別人而是他自己的刑場，他便不得不在這刑場裡，和
> 前述種種夢魘持續又持續地搏鬥著。註49

小說道出了歷史國家的巨任，使得主人公每每以「歷史」為憑據，犧
牲部分生命，而當中自我也一再地堆積了心中的鬱悶，因此在其為國
家完成了多少的巨任之後，最後軍官所悟出的道理：竟只是「生命終
究是無光的」。小說到這裡對主人公軍政生活的描寫，都仍是一種反
思人生的歷程，這當中多少反映了這位歷史的主人公是如何在功業的
締造裡陷進內心的抑鬱，又如何在未來的時間，藉由純粹的藝術追
尋，來逐漸找回自我。

小說當中，李渝主要所書寫的重點在於軍官受盡人生的苦痛（包
括心靈的夢魘以及肉體的殘廢）之後，那頓悟一般的藝術人生。其退出
軍政體系後，退隱於一座山谷之中，簡單的生活方式與那份停下來注

視景物的心情，使其從一名軍官轉為一名畫家，至於過去那個深藏軍官內心既瘋狂又暴烈的夢魘，也在軍官投入繪畫的時候而逐漸得到消解。在小說的後半部份，軍官在這座山谷展開他的繪畫生涯，經由繪畫的過程，軍官進入了一種藝術的境界，也發現繪畫在形似以外，似乎仍有一種內在的精神氣氛是必需的，從這裡開始，李渝引出了藝術當中所具備的要點：「觀者的心靈品質」。

顯然在這篇小說裡頭，李渝充分利用了自己的藝術史專業，以余承堯的繪畫觀與自己對現代畫派的瞭解，來作為主人公追尋自我的一種表現方式。主人公曾經藉由攬鏡自照，意圖畫出最真實的寫生，即在圖畫中不僅包含外在的形體，還要能夠精妙的勾勒出精神氣質，這即是一種圖畫的深度。而這種對圖畫生命力的要求，亦可與真實人物余承堯對畫的看法吻合：

> 五十六歲那年，余承堯脫離俗事，第一次留意起繪畫。逛畫廊的結果未料引起自己拿起筆的念頭，「只因為那畫中的山水，與他走遍中國所看到的山水相去太遠了」。那時他看到的與「自然相去太遠」的究竟是什麼樣的山水呢？畫家進一步告訴我們：千篇一律，既不飽滿，也乏構造，層次非常不分明，說是畫出一種空靈，其實就是畫著空空的山、水、船，完全看不到裡面的實質。[註50]

除了對外在人事物生命力的觀察，李渝又進一步的點明，繪畫過程中觀看者的介入性。這在軍官遇到那位像自己年輕時模樣的男子時，一

個畫者與被畫者之間所進行的互動，被呈現於畫出來的圖畫當中，雖然軍官所描繪的是男子，但畫出來的成果卻呈現著男子與他綜合的特質，而李渝在文中也再次運用故事渡引的方式進一步說道：

> 有誰說過，畫人像在於神交，畫家的視覺和畫筆的觸覺要進得去對方的軀體，眼比真正的手摸索過去還要深入細密，筆描出的又要比眼還要週全體貼，畫者和被畫者之間進行著的，其實是一種最親密的肉體活動，建立的是最親密的身體關係。註51

　　在小說主人公為了追求一張人物像傑作的企圖心下，主人公與被畫的男子有長達十幾年的合作關係，終於在最後將近放棄的時候，獲得了那種「形似以外」的效果，而像如此對同一題材的不斷探索與改寫之繪畫精神，幾乎可以直接指向李渝對余承堯畫作與創作觀的評論：

> 這是生機和動亂並存的世界，畫家隨畫隨改，隨改隨畫，在未知中摸索著路程。摸索的過程並不掩去，胸中並沒有成竹或藍圖；創作是場情況和結局都不明的戰役，繪畫是種面對，是種不休止的投入。註52

正如李渝的評論當中所提到的畫家的繪畫過程，所需遭遇的是一種面對，既面對外在的對象，也面對自己的內心世界，並在不斷的面對的

當下，去對作品做介入的動作，琢磨至最後才會出現最完美的作品。而這種不斷對自我作品的琢磨與改寫的創作意念，也與李渝的丈夫郭松棻對於作品一改再改，百般琢磨才發表的創作觀十分吻合。

小說的最後，作家完成畫作之後便消失了。畫被留在山谷之中，與一些普通的山水風景圖畫置放在屋子的角落，但也因為它被隨意的安插於平凡的事物裡頭，因此李渝在最後兩行寫道：

> 旅客們走過，不經意中看見它，總要慢下來，甚或停住步子，在通道的黯淡的光線裡，為它的美麗，和它的悲傷氣質所動容。註53

李渝在最後又再次的提到藝術作品與觀者之間的一種感動，是發生在很自然的接觸當下。而所謂的「踟躕」，究竟是旅人因於欣賞作品的美麗？抑或是藝術引發的情感？應是藝術本身開放給觀眾的多元可能。

作者選擇歷史中的余承堯作為人物側寫的基準點，應與其人物傳奇性色彩的經歷，以及作者本身對此位具有其卓越風格的台灣代表藝術家致意有關。從對歷史政治的退出，點出政治的詭詐，到藝術的追尋，李渝對於歷史人物從功業之中退出，投入藝術並獲得救贖的題材總是特別具有興趣，其表現在過去所發表關於張學良以及李叔同的部分散文亦可洞見。而諸如此類藝術的救贖，也成了李渝小說當中面對人生苦難的解脫之道。

三、「軍官」的人物形象摹寫

李渝與郭松棻在後期的作品裡，都曾將焦點置於民國初年以來極為重要的將軍、軍官角色身上，尤其郭松棻的〈今夜星光燦爛〉，以及李渝的〈踟躇之谷〉、〈號手〉、〈金絲猿的故事〉都以軍官的角色做為主角來推演歷史、回顧人生。在這些小說當中，兩位作者一致選擇讓主人公採取回顧者的姿態，來重新審視歷史與自己的人生。在對民國以來的軍官一系的人物評價，郭松棻與李渝的態度基本上是相同的，即「降低歷史上豐功偉業的重要性，並提高心靈層次的個人性」。而我們也可以在耙梳兩位作者的經歷後，做出這樣的臆測：如此的態度是否正與他們在保釣政治運動退出的政治意識的省思相同？因此即使兩人的題材直指曾經決定國族歷史的重要人物，卻將敘事焦點轉移，將主角由國族層面的身份，逐漸拉回到個人層面的思考。

李渝書寫探訪中國原鄉的小說著作——《金絲猿的故事》（作者翻拍）

在諸篇小說透過軍官對所有中國內戰的回憶片段裡，戰爭的意義與其說是男人帶來功名的踏腳石，毋寧說是一種對人民以及軍官帶來傷痕與夢魘的最大元兇。在這些回憶片段裡，主人公彷彿已看穿當權者一再以「國家」、「大義」為名，擺脫了民族主義的情結，戰爭更深層的意義不就是一種最直接傷害國家的方式。因此鏡子前的陳儀在死前的日子對著自己反思所謂歷史的意義為何？他寧可以死換取個體在歷史中的自由。而李渝筆下的軍官則以移情書寫或繪畫的方式，來消彌過往戰爭的傷痛，在李渝的創作觀裡，顯然是十分篤定藝術對暴烈人生的救贖作用。

除了借用軍官的視角來反思國族歷史與個人之間的關係，郭松棻與李渝也一同注意到了軍官的特質：「嚴肅」、「少談個人私情」。在面臨所有攸關政治變局與生死關頭的歷史現場，軍官們除了歷史大義的民族情操支持之外，毋寧說是還有一個妻子與家庭來作為支撐的最後精神堡壘。因此郭松棻與李渝筆下的將軍、軍官，在面對愛情、面對親情時，雖然極力的表現了將軍表面的扭捏不安，但也在一些必要的時刻，不約而同的將這些個人私情化為將軍心靈落實的依歸，像是〈金絲猿的故事〉的馬將軍對第一任夫人出走的遺憾，以及對第二任夫人的關愛；〈號手〉的軍官因為愛情而在死前得到救贖；〈今夜星光燦爛〉的陳儀因為妻子與兒女的書信，而逐漸在死前找回真正屬於個體的自我。

另外，郭松棻的〈今夜星光燦爛〉與李渝的〈號手〉由於題材結構的類似，以及結尾的類似性，筆者以為有值得提出來一併討論的意義。李渝〈號手〉的軍官與郭松棻〈今夜星光燦爛〉的將軍皆曾是歷

史裡主權者器重的部下，卻也都在有意的（直接選擇休戰策反）與無心的（在文學創作中展露歷史的真實性）作為裡受到當權者的迫害，作者藉此來指控國民黨戰時專權殺人與實行白色恐怖的手段外，也透露了軍人像「棋子」一般的命運，在歷史中完全失去自我的價值與尊嚴。〈今夜星光燦爛〉以主人公的攬鏡自照來醞釀自我的重生，〈號手〉則以書寫來撫平自身對軍政上級與同僚的失望，同時愛情的介入（或以書信回憶的方式，或以突然的介入）對兩位軍官來說，也都幫助了他們在生命找到出口的力量。

李渝的小說集——《夏日踟躇》（作者翻拍）

最後兩位主人公的死亡大典上，郭松棻與李渝亦捨棄苦難與悲觀的角度，而改採不同的觀點，分別為兩人換取生命的超脫：

> 在最後的那瞬間，他的苦心經營畢竟沒有白費。
>
> 他的身軀在倒下之前，在被他聽到的一聲昂揚而攸長的雞鳴

中，他強作了一次深呼吸，於是從他的胸前即時走出來他們
看不見的一個人——那就是他的那個鏡中人走出了鏡子。[註54]

軍官沈湎在愛裡，遺忘了世界，再也不恐懼了。有了以上的
許諾和叮嚀，現在反而期待著判決。
不負期望，果真因為忠貞侍衛一生，為了謝答，最高當局特
別召令全國最優秀的號手前來，是為行刑隊的一部分。
當號聲響起，在幾個優美的音階上變化著旋律，悠揚著，可
又委婉柔麗的重複著，像一首殷殷叮嚀的情歌時，不只是軍
官，連我們都被它深深的感動了。[註55]

在最後的結尾部分，兩位作者選擇以主人公的死亡來作故事的終點，
然而郭松棻小說當中那個新的自我的走出，彷彿打破傳統敘述以主角
外在形體存在為主體的方式，而宣示著故事的延伸性，以及內在心靈
的活動超越了外在形體活動的一種表現。至於李渝小說的死亡雖然仍
是一個結尾，但在中段之後突如其來的愛情，便已經醞釀著主人公超
脫這場荒謬的苦難，最後的結尾，李渝並沒有採取與郭一般以內在超
越外在的方式超脫生死，而是以愛情施予人救贖的力量，將一場原是
充滿暴烈性的臨刑大典轉換成柔美而感人的畫面，其最優秀的號手所
吹出的號聲渲染力，不只撫平了主人公的恐懼，更感動了場邊的其他
人。因此兩篇小說作者對於歷史現場中死亡的應對，郭松棻是以內在
超脫的方式去掙脫荒謬而被擺弄的人生，而李渝則是試圖藉由各種柔
性的愛情或藝術的形式來消彌人生的苦難。

在這些歷史人物形象的塑造上，郭松棻與李渝對於重現歷史顯然是沒有太大興趣的，因此郭松棻雖然承認〈今夜星光燦爛〉是以陳儀為本，但許多情節橋段多半都是出自作者的虛構，而李渝筆下那些具有中國近代軍官代表性的人物，除了〈踟躇之谷〉那篇因為余承堯特殊的經歷與藝術的觀點，可以稍稍對照而有跡可尋（但也可看出作者刻意轉換部分背景設定，以更符合此篇小說的需求），其餘的篇章可以說是綜合各種近代軍官的代表典型之一。軍官的經歷與身份的來歷，與其說是李渝鎖定任何一個傳奇性特定人物的背景，毋寧說是作者為表現大歷史、大時代底下的一種人物典型，而此類人物一貫的在歷史的脈絡裡受到時局牽制，李渝以這些軍官身份的主人公來揣摩個人面、心靈面的歷史視角，而像這類以小歷史（個人視角的歷史）看大歷史（國族視角的歷史）的敘事方式，事實上與郭松棻在處理〈今夜星光燦爛〉以及〈落九花〉兩篇的敘事手法是一致的，即利用歷史人物與背景去創造文學性的情節，又利用文學的經營虛構去打破官方既定的歷史鐵則。回到歷史現場的情節裡，作家對主人公心靈的凸顯，是一種將人物從歷史當中解放出來的方式，也在歷史脈絡的書寫過程中，刻意強調了作為人主體的價值存在。

第三節　故事新編與文本改寫的文化價值

一、經典故事的新詮

　　李渝最新的一本小説《賢明時代》，選擇了三段特定的歷史時空，並以部分的歷史文本來作為「經典故事」的重編。三篇小説分別以唐代武則天的宮廷之變，戰國時代聶政刺韓王，以及明清時代遠在中東的蒙兀兒王國為背景，當中除了蒙兀兒王朝是一般讀者較為陌生的故事，武則天與聶政的故事則可稱得上是中國歷史上有名的故事。而以這些已然具備即定故事架構的文本來作重新的詮釋，作者的創作動機顯然並非僅是為了重提經典故事，或是只在文字上有所潤飾，而是在「故事新編」的過程裡別有用意。

　　關於「故事新編」的創作嘗試，遠從民國初年的魯迅便曾寫過一系列共八篇的小説，是從舊有的故事神話改編，對此，魯迅當時的創作觀「是想從古代和現代都採取題材，來作短篇小

李渝最新的小説著作──《賢明時代》
（作者翻拍）

說[註56]」，而李渝的創作意念幾乎與這位受她十分尊崇的中國現代文學大師——魯迅類似，皆是以一種現代的觀點來重新回應歷史文本的題材，既有的故事隨著李渝的重新編造，而產生新的時代意義。論者王德威曾對「故事新編」的意涵以及兩人創作意圖各有一番評析：

> 而什麼又是故事新編呢？舊事重提，聲東擊西，藉他人故事抒自己的塊壘。在歷史的光影裡，現代的幽靈總是徘徊不去。當年寫〈故事新編〉的魯迅，面對政治亂象，下筆盡是奸訬的笑虐。李渝以她的三段故事新編，則提出不同可能。化暴力為藝術，從混沌找秩序，她的敘事饒富抒情詩意。[註57]

王德威以為「故事新編」總有藉「歷史留下的故事」來抒發「現代作者自身的意識」，而以魯迅與李渝的作品來看，亦可感受到作者在故事傳達之外的「別有用心」，只是魯迅與李渝畢竟所處時代仍有不同，個性亦有差異，因此較之魯迅，李渝三篇作品諷刺的成分顯然有限，而對於人性的關懷，則是其在面對歷史的殺戮現場，所特別宣揚強調的部分。

就敘事風格來說，李渝此本小說一反過去「時空交錯紛雜」的現代主義式敘事方式，而採用傳統線性發展的時間順序（除了前兩篇小說的結尾處例外），至於過往習慣以情節間大量留取空白的情況，在此本小說亦較為少見。在閱讀上，《賢明時代》顯現出的故事流暢度，以及保持李渝作品本身所具有精鍊式的詩性文字，在其小說傳播的「推廣」層面，李渝似乎有擺脫「純學院派」嚴肅文學的態勢，而以一種

「詩化與具思想啟發」的小說文學性，以及「故事性強烈」的小說大眾性風格出發，大有在「文人圈」與「大眾圈」的小說評鑑上得到一種雙重肯定的企圖。而對於李渝在此本小說故事性的突破（情節方面，較之以往作品有增加且較明朗的情況），在2003年一場廖玉蕙的採訪裡，便可看出李渝理想中的文學表現方式，並非僅止於一種現代主義式的向度：

> 我覺得好的小說應該是藝術性及故事性兩者兼具的。就說《三國演義》好了！它不但文字了不起，故事也吸引人，應該是不衝突的。如果使評論家看出一種分裂的話，那我就覺得這個作者可能就沒有寫好，應該繼續努力。如果回來談現代主義的話，新小說倒是有這種傾向，那就是為什麼很多人不喜歡新小說。新小說它只能算是一個流派，新小說並不是所有都是傑作。假如談這個問題，把傑作拿進來談的話，應該不是個問題。註58

而在強調文學的「藝術性」與「故事性」之外，李渝更提到自己以魯迅為目標，嘗試做到即使在通俗小說的寫作上，亦能達到「小說文學性」與「群眾接受度」之間的最佳狀況：

> 再回到魯迅，他沒有放和收的問題，他也沒有拘謹或輕鬆的問題，但是他一出來，就是這麼好，這就是我覺得很應該引為典範的，我其實是很想寫一篇通俗小說的。註59

　　書中三篇小說的篇題各自取作〈賢明時代〉、〈和平時光〉、〈提夢〉，標題的取名看似描寫各段歷史的太平賢治時期，但卻在內容又暴露了歷史的兇殺暴虐鏡頭，以「暴烈」對比於「和平」，李渝的三篇小說基本上是沿著這樣一組雙重逆反的基調進行。

　　〈賢明時代〉以武則天時期的宮廷之變作為小說的時代背景，除了參與這個事件的武氏派系、李氏陣營人馬，以及武后身邊的兩名寵臣等熱鬧的人物互動外，當中尤以永泰公主李仙蕙作為故事的核心，故事的開始便是從一幅「永泰公主李仙蕙陵壁畫」引渡進來的，開頭作者先是以一個類似旁觀者的角色帶領讀者覽閱這幅畫的精髓，而在視覺的文字描寫以外，李渝亦在小說前頭置上了這幅名畫的影像圖案，使得讀者能夠在圖文對照之間，更快速的進入故事的開端。

　　〈賢明時代〉作者所選擇的書寫題材原是出於一件唐史的疑案，即關於宮廷之變前，李仙蕙與其夫婿武延基之死的多重說法，李渝利用此種民間傳說的多元性與史料各說紛紜的模糊性，來作為重新書寫這段歷史的契機。篇名〈賢明時代〉呼應了唐朝的盛世，亦呼應著一般官方歷史所記載的「唐太宗、唐高宗，經武后到唐玄宗」是為唐代的興盛時期，而當中的描寫，作者並不著重於國君武后英明領導的描述，亦不在邊疆戰事告捷的描寫，或是人民的安居樂業的鋪陳，反將焦點集中在宮廷當中這些王宮貴族的宴會歡飲與針鋒相對，通篇小說的氣氛便在一種昌明興盛的和睦氣氛，逐漸轉變為暴力血腥的殺戮時刻。而在撥開歷史殺戮現場的同時，作者李渝更間接的拋出了「賢明」與「暴戾」的概念在字面上的對立外，在歷史的現場卻可能是更加複雜性的連帶關係。

歷史中唐代的宮廷之變分為兩期，而李渝選擇的這段背景應屬前期，主要在於皇室之間為了控制政權，自相傾陷，在史料的紀錄中我們可以把梳出大致原委如下：

> 自前期宮廷之變而論，禍胎成自武后，下迄開元，變亂凡四
> 次。第一次，以張柬之等五人為首，假誅二張（昌宗、易之）
> 為名，結果使武后還政於中宗，而五氏朱王未失勢也。第二
> 次，節愍太子重俊引兵殺諸武。是時武黨時與韋后即安樂公
> 主相連，而與太平公主之黨已相斥，諸武雖死，韋后野心仍
> 未已。第三次，以韋后酖死中宗，相王子隆基（即後之玄宗）
> 與太平相結，劃除諸韋，相王因得登位，是為睿宗。第四
> 次，隆基既有功，而妨於太平之勢，及受睿宗禪為皇帝，乃
> 起而撲滅太平黨。敘述此一段期間之歷史，實際即敘述此等
> 之變亂。註60

關於歷史上鬥爭的這些皇族人物全都成了李渝筆下運用的人物，而這些人物的派系簡單可分自兩派人馬：其一以李氏後代為首，主要為以興唐為念的擁李派，其二為以武氏後代為首，主要為以延續武周政權的挺武派。兩邊人士透過武后而有著姻親的關係，故武后一度為了平息李姓與武姓之間了太子位子產生的嫌隙，亦親自促成兩邊的聯姻：如永泰公主與武延基，安樂公主與武崇訓等等，然卻仍阻止不了這場權力鬥爭下的殺機。

　　對於這場大型的家族變異，李渝並不在開頭就以風起雲湧之勢直接切入，反以一場盛大的宮廷宴會來鋪陳宮廷之間的和睦歡樂，與皇宮之內的歌舞昇平，在這場宴會裡，李渝精細的衣物描寫將故事當中的第二主人公李重潤的出場寫得極為氣派：

> 主客李重潤到場。今天重潤頭戴金華冠，身穿絲繡袍，腰繫獸面帶，腳穿輕革靴，這一身錦裝也把王子打襯得風神俊朗得了不得。[註61]

服裝之外，關於食物的描寫與烹製，李渝花了更多的篇幅去作宮廷宴會食物細部的描寫：

> 洛陽人愛吃糕餅，顯貴們更要吃得精吃得細，所以甜點又專置一桌。你看桌上這壓著寶相花紋，掐出火輪雲頭、山禽畜獸等奇妙形狀的糕點，排放在琉璃碗裡水晶盤裡，一塊塊一朵朵，哪是餅食，更像是珍玩花飾似的呢。
>
> 豐美至此，仍嫌不足，花檻那頭的草時空地又有專廚掌理火架焙爐，露天烤小羊。羊肉自非普通，是選自筋肉稚嫩、肥瘦恰好的春羔羊，取其口質滑潤柔嫩，用大茴香、小茴香、丁香、三寶香、七里香等等燻煙了好一陣子，燔焙了大半天才成的。架烤羔羊肉，薄切，肥瘦夾花，配剛出爐的胡餅，仿俗人粗食，說多爽有多爽。[註62]

這些食物在襯托這場盛宴的豐美外，亦可見作者用意在於烘托武周時代外在看起來的賢明：

> 香味瀰漫了花園，瀰漫了庭府和宮城，穿過了城門，越過了城牆，飄過了護城河，一逕直入洛陽的大街和小巷，全洛陽城的人都放下活計，停下了腳步，燻燻陶醉在這武周時代豐腴的筵香裡。[註63]

〈賢明時代〉當中的氣氛轉折，在宴會進行的競賽取樂時，作者便已經開始刻意的露出一些端倪，像是武崇訓與李重潤在宴會裡的飲酒比賽，以及宴會之後的馬球賽，儼然已經為往後李武兩派人馬的宮廷爭權之戰劃開先聲，而在這場爭權之戰當中，原應分屬兩邊的李仙蕙與武延基兩夫妻，是小說裡最無心於權力的代表人物，卻在故事最後兩邊的競爭到達白熱化的時候，雙雙成了這場政爭的陪祭品（大部分的史料皆傾向於兩人以自殺或被殺收場）。

小說裡這場政爭的最後，止於李重潤與武后的最後對峙，而接下來李渝以史料《唐書》部分引文的方式，交代了官方這段歷史的結局與後續發展，但也在後頭提到了「史錄並不記載全部事實」，在官方歷史敘述的權威之外，李渝採取了民間傳說的方式，延伸出了歷史的另一條支線，即李仙蕙與武延基在神秀禪師的安排，躲過這場災難，並逃至大唐的西疆以外，尋找一個真正賢明和平的地方。

這場紛擾的宮廷政爭暫時止於玄宗李隆基的得勢，唐朝得以復興。然而作者也在其後點明歷史當中，這場黨派之間爭奪的結束與一方

的復興並不持久，在三四十年後，唐玄宗的晚年國運再次衰祚，安祿山起兵造反，人民陷入戰亂與流離當中，而此時李渝卻以李仙蕙與武延基的出走為一個承接點，勾勒出一個人民真正企慕的烏托邦國家：

> 據說在西疆以外，香山南邊，大雪山北邊，瀰漫著金沙，飛翔著禽鳥，兩條河水交會，起源所有亞洲河流的地方，出現了一個國家，國主以仁厚賢明稱世，國內體制合理，經濟昌榮，文化和諧，人都能發揮自己的擅長，物都能獲得合適的用途，婦女都有安置，老弱都有照顧，子民們都過著幸福又快樂的日子。註64

這個理想的國家無疑成了對照於唐代充滿殺戮與權力爭奪的最大諷刺，更可以說是大部分人民心中的一個理想國度。李渝以此時代宮廷內的黨派爭權作為描寫題材，亦不禁令我們聯想到作者「藉古抒今」的背後動機，似乎亦有著呼應「對民初軍閥黨派之間的爭權累及人民」相同的意念，以表明「權力」在歷史的各個現場始終都以暴力的手段滿足「權力爭奪的得勝者」，而犧牲最多的卻始終還是那些無辜的百姓。

　　〈和平時光〉以聶政刺韓王的故事為底本，通篇小說建立於「家變」與「復仇」兩個主要議題上，家庭變故主要出於「戰國時代韓國宮廷內的權力關係」，以及「聶政的父親鑄劍師，因助韓王鑄劍而被無辜的殺害」，在兩個宮廷與平民的空間裡，因一場復仇計畫，而接連的串起了「韓王舞陽」與「聶政」的仇恨：

弒母，弒父，脅持禁衛，引進自備軍，關閉宮門，封鎖一切消息。

周赧王三十七年，西元前二七八年，韓國太子舞陽繼位，是為韓召王；父親被弒母親自絕的聶政離家入山，拜孫叔敖為師，立志練出天下第一劍，圖取韓召王性命。註65

　　這篇取名為「和平時光」的小說，開頭卻處於一種「殺伐與險釁」的氣氛當中，似乎又是一宗與〈賢明時代〉相同「名實之間有所反襯」的作法。李渝大力的鋪排韓王舞陽與聶政準備復仇的歷程，兩位重要的角色共同的選擇都是「棄琴而選劍」，在他們雙雙知道自己的父親（舞陽的父親是指名義上的父親韓惠王）死於某人手下的時候，他們拋棄了「象徵和平的琴音」，而以「象徵殺戮的劍鋒」來解除心中的憤恨。然在這場「歷史有名」的殺戮現場，李渝終究沒有完全妥協於「歷史的結果論」，而在小說的最後鋪排了一場「舞陽」與「聶政」的心靈交會時刻。

　　聶政為了接近「舞陽」行刺，在習劍、毀容等付出之後，最終還是回到最容易使人卸開心房的「琴音」來作為她的復仇契機，然而當我們看到舞陽被聶政的琴音所深深吸引，聶政的復仇計畫亦快要履行時，李渝卻在此處將時間靜止了：

　　　　畢竟是面對面，相互傾訴了身世，聆聽了相互的故事，一同
　　　　走過了過去。

長夜就要過去，天漸漸有點亮了，又是晝和夜更迭的時間了；月亮正在落下，日頭就要升起。這裡兩人，一邊是澹淡像退月，一邊是蒼茫像早陽，行走在同一條軌道上，共享同一種氣質；只有誓志復仇的人才有一樣堅決的意志，一樣冷淡的心腸，才能瞭解，原來宇宙和人間的進行和持續，需要的正是這兩種品質。註66

相較於歷史的結果論，李渝並沒有繼續「聶政刺殺舞陽成功」，或是「舞陽發現聶政的殺機並與以加害」的結果陳述，反而讓這兩個應屬敵對關係的人藉由琴音產生一場心靈的交會，卸除掉「立場」的對立，兩人「父母雙亡」的際遇與「被仇恨纏身」的心境正如李渝在小說中所透露，是一致的。因此這場兩人最後交手的場景，李渝藉由琴音的方式將兩人的意識拉回到「家變」之前的青春美好記憶。而誠如王德威所評述：「這兩人因為彼此的宿仇，注定難分難解，但李渝卻讓他們在音樂裡找到靈犀相通的可能註67」以一種藝術的力量，李渝正試圖「以故事重編歷史」的方式，打破了時間的單一線性，而讓時光倒流，甚至靜止，使得一場歷史「暴力現場」，轉而形成一股「人道的救贖力量」，而最後一段歷史的對照，指出韓召王舞陽在史書的高度評價，締結了當時代的和平時光，這與小說完全殊異的對照，應是李渝留與讀者思考關於「歷史的權威性」以及「觀看歷史碎片的多重面向」的問題。

在小說的後面李渝附上了後記，說明了這篇小說的歷史史料其實是來自《戰國策・韓冊二》的「韓傀相韓」，司馬遷《史記》的〈刺

客列傳〉，以及蔡邕《琴操》中的〈聶政刺韓王曲〉等資料，而關於聶政刺殺韓王的原因也從原本的「政治鬥爭」，到後來逐漸轉變為「為報父仇」，可見關於「聶政刺韓王」的故事在不同的時代是一直在轉換與變化的。到了李渝的小說改編裡頭，主人公又產生了一些細部的變化，聶政一轉而為女兒身，使得「刺客為刺殺所做的犧牲，在嬌弱的女子身上更加的凸顯其不易」，另外李渝也特別的強調了故事當中的藝術性，尤以樂曲細部生動的描述以及琴音如何化解故事的暴戾之氣部分為代表。故事進行到最後，我們彷彿能夠清楚感覺到李渝此篇小說的企圖所在，其藉由小說的虛構過程，彰顯諸如此類歷史當中的文學性與藝術性，使得「官方大歷史的敘述」，在更多元角度生產的民間傳說與作者填補虛擬的情境底下，獲得解放。

〈提夢〉以巴布爾王子作為敘事的主人公，也是通篇小說的主要敘事核心，一反本部書前兩篇〈賢明時代〉、〈和平時光〉的繁瑣人物結構關係，此篇小說幾乎完全圍繞著巴布爾王子個人的心靈歷程與目光視野，而這應該也有牽涉到這篇小說的背景資料主要是作者取自《巴布爾日誌》的文字記錄與圖畫使然。

〈提夢〉的主人公巴布爾王子以祖先的遺願──征服印度次大陸為他年輕時的主要目標，經歷了政事的變化，巴布爾王子由被篡位，到重新建國，到組織一支強大的軍隊擴張版圖並入侵印度次大陸，其完成理想的方式不外乎是「無止盡的征戰」。故事中，一五二六年成了小說主要情節的開端，這時的巴布爾王子正在印度，進行一場費時八年的最終決戰，而這場決戰的描述亦與李渝所附上的兩張由《巴布爾日誌》所出的圖畫互相呼應。

從故事的發展，我們得知巴布爾王子在最終獲得戰爭的勝利，並順利達成自己族人的願望，把強權伸入次大陸。不過也從戰爭的過程，李渝暴露了戰爭的勝利雖為巴布爾帶來了榮耀，卻也同時為人民百姓帶來了殺戮與破壞。因此，在那之後，巴布爾王子開始陷進過去征戰的夢魘當中：

> 他被夢纏繞著。
>
> 夢見遼闊的戰場，兩軍正交鋒，一看，可不都是自己陣亡的將士哪？敵我都熱情的邀請參加，可是低頭一看，啊呀，身上穿的是寢袍吶，只好跟他們解釋，我現在是在夢中，沒有備帶戰衣呢。註68

由這一連串關於殺戮所引起的惡夢，也使得小說中的主人公開始停止了繼續南征的打算，而決定回去故土。回師的途中，在看到經歷自己征戰之後土地的荒涼蕭索，使得巴布爾決意建造一座巴布爾花園，來重新建設這些戰後荒蕪的城市。而這樣的一個契機，亦使得巴布爾在歷史的殺戮現場退出，逐漸轉為一名英明的君王，在投入於花園的設計與藝文的創作中，李渝提到，巴布爾實踐了人生中最重要的一場戰爭：

> 佔領北印度後的下一波戰爭，巴布爾其實也奮力的執行了，只是戰場不在印度次大陸，而在他的心中，敵方不是頑悍的南方拉吉蒲族人，是他自己。

這場所謂心中的戰爭，即是巴布爾以文字誠實省視自己一生的愛恨得失，而這樣的一個作為，也使得百年以後，關於巴布爾王子以及提夢王國的紀錄，不僅只於歷史中版圖擴張的一段文字，更留下了在建築學上的不朽之作——謬歌式花園，以及具歷史性與藝術性的圖文集——《巴布爾日誌》。小說裡，從巴布爾王子的前後人生對照得知，李渝再次的摒棄了「國家歷史成敗的結果論」的觀點，而從藝術文化與人民百姓的觀點出發，去重新審視歷史中的巴布爾王子。「以下半生的藝術生活，來救贖上半生殺伐的罪惡」，無疑是李渝從〈號手〉、〈踟躇之谷〉以來對軍人的書寫背後，所堅持的一種作者創作意念與基調。

從三篇小說來看，我們得知李渝分別透露出這些歷史故事在史傳之外，事實上是由各種藝術形式的事物的渡引，使得作者開始展開一場場的小說虛構，更在故事裡將歷史暴力與藝術救贖作為一組相互的參照，諸如〈賢明時代〉的「永泰公主李仙蕙陵壁畫」，〈和平時光〉傳說中的〈聶政刺韓王曲〉（又名廣陵散），〈提夢〉的《巴布爾日誌》。這些藝術作品分別以繪畫、音樂以及文字書寫的形式出現於李渝的小說當中，彷彿在探究李渝對於小說產生人道救贖的重要之外，也再一次的說明了李渝學院裡藝術史的專業背景，是十分充分的與他的小說創作產生緊密的結合。

二、自我文本的重寫

郭松棻與李渝對於文學創作的態度嚴謹，從他們對於作品錘鍊的不遺餘力可以看出，即使是已然發表的作品，亦可見作家幾經修改後

又以新的面貌重新問世。而這樣的精神與他們看待自身作品的態度無疑是一致的。即大部分自身的創作，在他們嚴格的標準之下，仍常以「習作」這樣謙虛的一個稱謂，來不斷督促自己將作品翻修，以讓他們的作品能達到最精鍊的狀態。

　　雖然以「作家層面」的觀點來看，同一個作家重寫自己的作品，其後面出來的文本似乎是比較接近後期作家所欲呈現的結果，然而作為兩個已然發表的作品，從發表的那一刻開始，由於不同時空，以及彼此的差別性以及互文性，兩篇小說便已經各自形成一個獨立的文本（雖然作品的中心思想相近，題材相仿），而從這重新書寫、修改的過程，不管是當中書寫策略，或是結構鋪陳等細部的探究，都將成為前後文本以及作者之間的一種對話關係。兩位作家目前就檯面上可以看到相同題材的不同文本，就有郭松棻的〈寫作〉與〈論寫作〉，〈含羞草〉與〈草〉，李渝的〈尋找新娘〉與〈尋找新娘〉二寫，這三組具對話關係的小說。

　　〈寫作〉一文的核心議題，基本上是圍繞著一名作家的創作理念與生活際遇而展開的。在〈寫作〉當中，作者極力的描寫引發寫作的靈感「故鄉的那道窗口與那名女子」，以及作家追尋寫作「最高標的」的歷程，而像是「剔除白膩的脂肪，讓文章的筋骨峋立起來[註69]」，或是「一個標點放對了位置，就會令人不寒而慄[註70]」等寫作的準則，可說是小說主人公貫徹到底的一種寫作上的信仰，亦可呼應著作者本身在寫作上近乎「潔癖」的小說風格。小說主人公在追逐寫作的精準之外，其實際生活亦經歷著病理的折磨，以及生活的潦倒，在執迷於寫作的骨感精確之下，主人公在最後患上了「失語

症」的狀況，而這或許是由於主人公過度投入於「寫作」的安靜境界，致使與外界社會逐漸切離，也或許是猶如詞與物的辯證關係，在詞語對事物（最基本而精準的精神意念）的指涉上，詞語始終很難完全而精簡的表達物的意涵，因此主人公索興選擇沈默來應對他的寫作生活。

從〈寫作〉到〈論寫作〉，兩個文本的差別並不僅只於篇幅的增加，在改寫上，作者從原本較為簡單明晰的架構，又加上了不少更為鮮明的哲學觀以及鋪陳的橋段，使得通篇小說的格局更為廣大。論者董維良曾對此提出比較：

> 這裡值得一提的是目前這部六萬字的中篇是由八千字的短篇〈寫作〉增訂而成的。如果說短篇豎立了故事的骨幹，這中篇則加上了血肉。不過短篇似已自我圓滿而構成一篇語氣前後呼應、意念統一的異色小說。與中篇相比，其簡短扼要更染了一層寓言的品質，與中篇的旨趣迥然不同。註71

〈寫作〉雖扼要的點出了郭松棻所欲表達的小說世界（作家與寫作的關係），但在扼要的五節敘述裡，卻表現出一種充滿「荒謬」與「唐突」的劇情情節，這當中一方面是作者將所有的描寫重點只集中於主人公的遭遇，在其餘的社會背景或相關人物的線索著墨不多，另一方面當然也可能是作者亟欲突出的一種效果——人生的荒謬。而這類小說敘事情節的荒謬感，在六〇年代以降的台灣文壇亦可見其相關例子，如王文興的〈最快樂的事〉或《背海的人》都具備這樣的特質，

然從影響台灣的西方思潮方面追溯，這自然與郭松棻所喜愛的這位「荒謬主義」作家——卡謬不無關係。

較之〈寫作〉，〈論寫作〉顯然著墨於社會背景與相關人物脈絡的地方多了許多，因此在結構的鋪排上也顯得飽滿許多，但也因為情節的鋪排與交代更為詳盡，因此在段落之間，原先〈寫作〉的那種「唐突」與「荒謬」的感覺，也相對的淡化許多，不過通篇的焦點由僅僅是作者際遇的描寫，擴大到整個主人公相關人物與社會脈絡的書寫，因此作者的意念在透過這些增加的人物互動情節裡，亦更趨於細緻化與複雜化，而在篇中諸如畫家、心理醫師、教士、即興藝術家等人物的刻畫，都是一種經由拉開視角，透過一些主人公以外的他者描述，去幫助作者對小說世界的意念營造趨向於完整化。

至於〈論寫作〉裡又特別值得提出來討論的地方，是關於有神觀與無神論的辯證。首先在〈論寫作：上〉的篇頭作者分別引用了尼采與芥川龍之介作品的一段話：

> 沒有牧羊人，只有一羣羊！人人渴望一致，人人一致：誰懷有別樣的心，誰就心甘情願走進瘋人院。
>
> ——尼采：《查拉圖斯特拉如是說》

> 有時我看見聖靈行走在善惡的彼岸。然而羅姆布羅梭，不知是幸還是不幸，卻發現聖靈行走在精神病患的腦隨上。
>
> ——芥川龍之介：〈西方的人〉[註72]

在這些引文中，作者暗示了社會上的人大部分為了符合體制而趨於一致，神只是一種眾人自我規範的替身，真正神聖而特出的聖靈，反而要在被視為異類的精神病患身上才得以出現，在這樣的原則之下，郭松棻將「聖靈與瘋狂」轉換成寫作的一種態度，便形成如林之雄一般瀕於瘋狂與隔離人間的寫作生活。

在小說進行當中，主人公曾先後與神父、教士有過一段交集。在與神父的對話過程中，顯然神父與主人公的其他朋友一般，是忽視他的寫作理想的，其在意的終究只是「人擁戴神或背叛神的問題」，倒是後來主人公與教士的對話裡，經由一名神職人員的口中，反而道出了一般人妥協於「人生的虛無本質與人平凡一致的苟且心態」：

> 神的道路，除了家庭之外，什麼地方少得了。憑什麼反對理
> 想、熱情和犧牲。難道世間就只是結婚生子，一代延續一
> 代，一代造孽一代。人間這種陰謀，你不憤恨？

而來自台灣的行為藝術家的出現則將小說中「無神論」的觀點推到最高峰，其一登場便提到：「神們比人更加不幸。這念頭極其頑固地佔據著他。註73」而對於藝術的追求，這位藝術家所提倡的亦是一種介入境遇的創作，而這樣的動作很明顯與那些妥協於「神的羽翼」之下的苟且心態是大相逕庭的：

> 他是來自台灣的行為藝術家。他崇尚即興美學，努力在生活
> 裡尋找藝術行動，這是人優於神們的地方。因為神只能指

使，而人則以身介入。他準備在紐約這個大都會完成一件作品。註74

這位藝術家的創作心態，毋寧是與郭松棻早年所注視的沙特存在主義式的思想相通的，即一種「行動的自由」與「介入境遇的文學」的理念，在這個過度強調人的行動性的理念之下，否定「上帝的存在」自然成了一條必經的路。然而主人公寫作的經歷，在極力的想從外在的環境當中獲得一種最精粹的寫作內涵過程，卻在後來反倒引使他走向瘋狂與失語，在小說的最後，那喚回主人公意識的終歸之於人最根本的事物——原鄉與母親。而當最後一幕那被三人高舉的母親的頭，經由一個老兵視角的引渡，提到這樣的一個畫面猶如自由神的形象，這個畫面表達了郭松棻對於「母親意象」於寫作者來說的崇高位置，亦暗示著寫作的活動除了「外在形式與內容的探索」之外，另外那些屬於作者「自我回歸的本質」，才是點燃小說的那顆火種。

〈含羞草〉是一篇以第一人稱視角「我」作為觀點，去側寫一名第三人稱「他」的行為風範的小說，因此在小說當中的「我」，反僅只是一名引渡的旁觀者角色而已，通篇的小說主人公實際上是這名在「我」眼中的「他」。而一如篇名所示，「他」雖是一名充滿學識哲理的知識份子，但害羞的個性與身處學院的環境，都彷彿預告著這名主人公應該會趨向於平和的學術環境，然而篇末的一個突如其來之引渡：

有一天，我接到家裡從台灣寄來了一包食品。我正要把包著生力麵的報紙擲掉時，無意間看到發黃的報紙上，在一個不

顯眼的角落裏登著他的一則消息：他因涉嫌叛亂，被判刑入獄。註75

其最後一段突兀的轉折，猶如〈寫作〉的手法一般，呈現了一種極具戲劇張力的「荒謬式」情節。而學者吳達芸對於作者如此的安排，便曾作過出如下的分析：

> 作者似乎企圖藉此證明「現實的情節往往比小說更荒謬」這一說法，乃以荒謬的小說情節來反證現實，企圖給讀者留下震撼。註76

在這段敘述裡，吳達芸更提到作者透過類似第一人稱的轉述，使得小說落入「所言屬實」的效果，而如此荒謬的結局，無疑成了作者對於「現實境遇無常」的一種小說再現。

字數從3500字的〈含羞草〉增加到14000字之後的〈草〉，在「他」的個人形象書寫上，作者透露了更詳盡的訊息，而原先那第一人稱的敘事口吻，在這裡則轉化成為一種第二人稱對話的對象「你」，對於這種主要視角的轉化，吳達芸亦提到這樣的視角轉化之意義：

> 但是有趣及深刻的是，我們耐著性子鍥而不捨，一遍又一遍的反覆閱讀，終於攻破作者所砌起的文字謎牆，進入小說文脈的曲徑迴廊之後，才赫然發現「你」就是「隱形我」。註77

而這個代表「隱形我」的「你」，事實上是一個自省的角色，而這樣的角色無疑在引渡「他」的行為風範之餘，也讓「你」的這個部分進入一種偏屬心靈層面的省察，因此在〈含羞草〉裡頭，顯然主要的焦點不再只是「他」的表現，而是分成兩個主結構：「你」與「他」。

在「他」的部分，是一種外在行為的觀察，主要落於一名看似害羞實則激昂澎湃的知識份子。而在小說進行當中，那一段過去「他」與「你」共同關於所羅門教授的回憶，便幾乎已經預告了小說最後「他」的轉折：

> 而他，所羅門教授，聽說在昏醉中仍然堅持證明神的存在是徒勞的。
>
> 「不妨加入救世軍，如果有那種念頭。」
>
> 他講課時，通體流過奇異的顫慄，對於形上的終極問題，他望眼欲穿的期待，贏得了學生的愛戴。他更會把書本打開到最令人神往的那一頁，而為學生指出了生命的創口。
>
> 「人必得追求痛苦。」註78

在這新加入的回憶橋段裡，作者顯然又再度與〈論寫作〉一般的在內容裡加上了「信仰上帝與自身介入」的辯證，而關於「他」在最後的轉折：「從一個學院的知識份子出走，並介入政治而被捕」，在此篇小說裡，作者曾試圖透露了一些間接的相關線索，因此較之〈含羞草〉，其結局的「唐突」是顯得較為輕微的。

在「你」的部分，則比較著重於內在心靈的抒發，主要是對比於「他」的一名「他者」，雖然「你」對「他」始終懷有傾慕，並且還有一種瞭解探索的慾望，但卻終究在小說最後走向分歧。沈默羞澀的「他」最終投入政治運動，而「你」則安於「學位論文」的執著與現實的妥協，並且「你」對比於「總是沈默到近乎自毀的他」，由於那些對於「父母家鄉的省視」部分，而得以跳脫出因過度追逐形上學而產生的「存在虛無感」，並在後來逐漸回歸自我現實層面的生活：

> 為了掃除日復一日拖沓造成的懊惱，你整天守著打字機。「在多義性的文脈中試圖以單一的視點去完成詮釋的工作，毋寧是……」暮靄已臨，最後的日光照進書房。寂靜凍成冷瑟，佔據了這一住就是十年的單身公寓。在論文斷續不能成章時，你經常想起了妹妹的一些話。
>
> 妹妹的信上說現在她終於知道幼時的家才是這輩子唯一溫暖的所在。註79

關於自我文本的重寫，李渝的〈尋找新娘〉與〈尋找新娘（二寫）〉兩篇亦是一個顯著的例子。然比起郭松棻大幅度體制的增加與轉換，李渝的這兩篇作品則顯得變動較少，基本的主架構與篇幅長度幾乎相同，不過最為顯著的差異應該還是結局的鋪設。〈尋找新娘〉是從尋找一幅魏虛註80的新娘畫作為小說的開端。小說中，魏虛作為一名畫家，其畫作應可稱為現代派畫風的一種：「拋棄外在的描繪，注重暴露內心的部分；拋棄美觀舒適，有意暗淡彆扭、晦澀」，而其對傳

統中國畫所經營的「避灰暗面，強加光明面」的藝術手法，則予以揚棄，顯然，魏虛作為一名令小說主人公追尋的對象，其突破「中國畫派受族群意識長久流傳並建構而成的畫規」，並試圖找尋一種最貼近人心的繪畫表達方法，可說是與李渝在其《族群意識與卓越風格》當中所期待突破中國畫作框架的中國畫家之意念相仿。而諸如魏虛這般高實驗性以及拋棄族群色彩包袱的畫風，卻也使其在中國的社會以及文化圈受到冷落，其藝術家作品的特殊風格，與這些藝術作品被主人公在陰暗的角落發現形成一種極大的對比。

在兩篇小說當中，主人公都得償所願的找到傳說中魏虛畫中的那位新娘，並且也親身的踏入一個魏虛創作的空間現場，雖然主人公以追尋「畫中新娘」為名，然實際上主人公在小說脈絡裡追尋的，反倒是畫家魏虛與其被畫者所共同留下的痕跡，在「魏虛缺席」的一個空間裡，魏虛所留下的畫作與創作空間卻仍然強烈的如其畫作一般，震懾了主人公。對於這個魏虛所留下極具個人風格的藝術空間，李渝以兩個面向來作為兩篇小說的結束，在第一篇小說裡，李渝以這些藝術品與空間隨著受到社會的冷落與時間的遺忘，面臨被湮沒遺棄的命運，然在這破敗不起眼的空間裡，李渝卻在小說最後，給予這些作品由衷讚嘆的掌聲鼓勵。至於二寫當中，主人公到了這個衛旭創作的藝術現場，才發現衛旭的畫作充滿了一股「無言的存在」，在過度阻絕了外在的世界之後，衛旭的畫裡面失去了生命的情感起伏。因此小說最後，原先主人公與買主共同期待的衛旭新娘畫不但沒有出現，反而卻在衛旭太太的創作作品當中，讓主人公重新找到衛旭畫作以外的一種希望。

郭松棻與李渝對於自我文本的改寫，無疑表現了他們對「自我作品的高度要求與錘鍊」，而從各文本在特定時空脈絡的獨立性來看，自我文本的初次完成發表，到作者重新改寫，這些文本亦可將其視為已然定型於歷史脈絡之中的「歷史文本」或「歷史素材」。因此當作者對於這些過去自己所生產的作品再行編寫時，作品的文化價值便也因而隨之被予以重新創造。而在這相同題材的文本之間，在透過作者與前後文本的對照之下，這些資料亦可自形成一組「作者與文本」的文學研究主題。

第四節　結語

郭松棻與李渝的小說作品在評論界常被歸屬於台灣「現代主義」派別的研究，然作為生長於台灣「現代主義世代」的郭松棻，其卻並非屬於終生將現代主義奉為教條的作家，在七〇年代郭與李皆左傾的時期，郭松棻甚至曾發文批判台灣現代主義作家與作品的虛無無力與脫離族群。然而到了郭、李二人重新回到文學場域的八〇年代之後，卻可以從他們的作品裡頭，感覺到極為濃厚現代主義式的小說風格，而不同於郭松棻所曾經批判的「台灣現代主義作品的流病：脫離現實社會」，郭與李在小說的實踐上，一致的從空間上的「家鄉題材書寫」，以及時間上的「歷史題材打造」來作為小說於「歷史、文化脈絡」中的著力點，而這當然與兩位作家對「國族的濃厚情操」不無關係。

　　作為深具現代主義色彩的兩位作家，在細究他們的文本之餘，我們不妨以張誦聖所歸納出的現代主義的特色去觀察他們的小說特點：

> 現代主義的兩點美學原則：
> 一、高度知性化地追求文學形式（表層結構）與「現代」認知精神（深層結構）之間精緻的對應和結合。
> 二、服膺「唯有透過最深撤的個人體驗，和最忠實的微觀式細節描寫，才能呈現最具共通性真理」的吊詭（或悖論）原則。註81

從這些特點來看，現代主義色彩在兩位作家的小說作品裡頭，也都是清楚顯現的。至於兩位作家在寫作後期共同走向「取材歷史事件、人物、文本」的嘗試，深具「新歷史主義」所提倡的「在歷史碎片中尋找並創造新的文學與文化價值」，使作家們的作品與歷史之間形成一種共同對話的新歷史語境（以不同於官方的歷史史觀）。兩位作家的作品作為「現代主義」與「新歷史主義」兩種不同思潮的媒合，其表現於作家對於「個人」與「族群」的兩個關懷焦點，因此在他們的小說裡頭，我們不但可以見到「現代主義」所強調的個人式的內心書寫，亦可見「新歷史主義」所提倡的「文學與歷史的雙重辯證關係」。

【注釋】

註1：參考廖玉蕙：〈郭松棻、李渝：生命裡的暫時停格〉《打開作家的瓶中稿：再訪捕蝶人》，台北：九歌，2004。

註2：南方朔：〈廢墟中的陳儀〉，《中外文學》25：10（1997.3），頁80。

註3：新歷史主義是一種注重文化審理的新的"歷史哲學"，它所恢復的歷史維度不再是線性發展的、連續性的，而是通過歷史的碎片尋找歷史預言和文化象徵。就其方法而言，它總是將一部作品從孤零零的文本分析中解放出來，將其置於同時代的社會慣例和非話語實踐關係中，通過文本與社會語境，文本與其他文本的"互文本"關係，構成一種新的文學研究範式或文學研究的新方法論。

王岳川：〈第十章：格林布拉特的理論〉《後殖民主義與新歷史主義文論》，山東：山東教育，1999，頁158。

註4：劉雪貞：〈在歷史的想像中重生：以「新歷史主義」觀點解讀郭松棻〈今夜星光燦爛〉〉《南榮學報》9期（2006.3）。

註5：郭松棻：〈今夜星光燦爛〉《奔跑的母親》，台北：麥田，2002，頁235。

註6：郭松棻：〈今夜星光燦爛〉《奔跑的母親》，台北：麥田，2002，頁237。

註7：郭松棻：〈今夜星光燦爛〉《奔跑的母親》，台北：麥田，2002，頁237。

註8：丁名楠：〈一九四九年初陳儀策動湯恩伯起義的經過〉《陳儀生平及被害內幕》，北京：中國文史出版社，1987，頁159。

註9：關於陳儀就刑的實際地點，筆者參照郭松棻與鄭文蔚的說法似有出入，郭松棻以為陳儀槍斃的實際地點並非「白色恐怖」的有名刑場馬場町，而只是新店的一個公墓旁，至於在鄭文蔚的記錄裡，則以馬場町為刑場，然從兩人所處地域與收集的資料的難易來看，郭松棻曾提到幼時收集過關於陳儀簡報厚厚一大疊，對於這個人他印象非常深刻，而陳儀的行刑地點終究是發生於台灣陣營的內部，因此身處於對岸共產黨陣營的

鄭文蔚，其資料來源經過引渡的過程顯然更為曲折而模糊，故筆者以為實際地點應以郭松棻「新店公墓旁」的說法較為可靠。

註10： 鄭文蔚：〈陳儀之死〉《陳儀生平及被害內幕》，北京：中國文史出版社，1987，頁185。

註11： 郭松棻：〈今夜星光燦爛〉《奔跑的母親》，台北：麥田，2002，頁275。

註12： 郭松棻：〈今夜星光燦爛〉《奔跑的母親》，台北：麥田，2002，頁276。

註13： 郭松棻：〈今夜星光燦爛〉《奔跑的母親》，台北：麥田，2002，頁276。

註14： 郭松棻：〈今夜星光燦爛〉《奔跑的母親》，台北：麥田，2002，頁268。

註15： 王岳川主編：〈第十章：格林布拉特的理論〉《後殖民主義與新歷史主義文論》，山東：山東教育，1999，頁163。

註16： 王岳川主編：〈第十一章：蒙特洛斯：歷史與文本〉《後殖民主義與新歷史主義文論》，山東：山東教育，1999，頁184。

註17： 王岳川主編：〈第十一章：蒙特洛斯：歷史與文本〉《後殖民主義與新歷史主義文論》，山東：山東教育，1999，頁183。

註18： 陳錫璋：〈附錄二：孫傳芳傳略〉《細說北洋》，台北：傳記文學，1982，頁301-305。

註19： 劉紹唐編：《民國大事日誌：第一冊》，台北：傳記文學，1989。

註20： 劉紹唐編：〈孫傳芳（1885~1935）〉《民國人物小傳：第三冊》，台北：傳記文學，1987，頁147~149。

註21： 參考王開林：〈亂世之女性〉收錄於《書屋》二〇〇四年第六期。相關網址：http://www.housebook.com.cn/200406/11.htm

註22： 在朱莉亞・克里斯蒂娃（Cf. J. Kristeva）《about Chinese Women》一文中，亦有對中國婦女"默默無言注視"自己的描寫。

註23： 郭松棻：〈落九花〉《印刻文學生活誌》1：12（2005.7），頁69。

註24：郭松棻：〈落九花〉《印刻文學生活誌》1：12（2005.7），頁69。

註25：王岳川主編：〈斯皮瓦克的後殖民理論〉《後殖民主義與新歷史主義文論》，山東：山東教育，1999，頁58。

註26：此處之「他者」引申所指為許多在階級、性別上的弱勢族群，往往會被「他者化」，或在「東方主義」中，就是藉由對異族的「他者化」、刻板印象化、邊緣化，來將其物品化。參考自廖炳惠編著：〈他者〉《關鍵詞200》，台北：麥田，2003。

註27：郭松棻：〈落九花〉《印刻文學生活誌》1：12（2005.7），頁77。

註28：郭松棻：〈落九花〉《印刻文學生活誌》1：12（2005.7），頁77。

註29：梅家玲編，林郁沁著：〈道德訓誡與媒體效應：施劍翹案與三〇年代中國都市大眾文化〉《文化啟蒙與知識生產：跨領域的視野》，台北：麥田：2006，頁225。

註30：郭松棻：〈落九花〉《印刻文學生活誌》1：12（2005.7），頁109。

註31：郭松棻：〈落九花〉《印刻文學生活誌》1：12（2005.7），頁78。

註32：郭松棻：〈今夜星光燦爛〉《奔跑的母親》，台北：麥田，2002，頁254。

註33：郭松棻：〈落九花〉《印刻文學生活誌》1：12（2005.7），頁100。

註34：郭松棻：〈向陽〉《郭松棻集》，台北：前衛，1993，頁53-54。

註35：黃錦樹：《文與魂與體：論現代中國性》，台北：麥田，2006，頁276。

註36：郭松棻：〈今夜星光燦爛〉《奔跑的母親》，台北：麥田，2002，頁234。

註37：郭松棻：〈今夜星光燦爛〉《奔跑的母親》，台北：麥田，2002，頁244。

註38：郭松棻：〈今夜星光燦爛〉《奔跑的母親》，台北：麥田，2002，頁245。

註39：舞鶴訪談，李渝整理：〈不知為誰而寫——在紐約訪談郭松棻〉《印刻文學生活誌》，台北：印刻，2005。

註40： 談中國近代自由主義的傳統，胡適、雷震和殷海光是三個不可少的人
物。另外找人做代表，當然還有很多，譬如早期的嚴復和梁啟超，胡
適的老朋友蔣廷黻和傅斯年，《自由中國》時期的張佛泉和羅鴻詔，
甚至在文化上保守，但在政治上要求民主自由的徐復觀，可以開出
一個很長的名單。把胡、雷、殷三人特別相提並論，是因為他們在
一九五〇年代共事於《自由中國》，發揚自由主義思想，都和政治權
威形成強烈的對立，最後的遭遇也都不幸。
張忠棟：《自由主義人物》，台北：允晨，1998，頁8。

註41： 王德威：〈第二十四章：知識份子的抉擇〉《台灣：從文學看歷
史》，台北：麥田，2005，頁333。

註42： 舞鶴訪談，李渝整理：〈不為何為誰而寫：在紐約訪談郭松棻〉《印
刻文學生活誌二〇〇五年七月號》，台北：印刻，2005，頁48。

註43： 郭松棻：〈秋雨〉《郭松棻集》，台北：前衛，1993，頁226。

註44： 張忠棟：《自由主義人物》，台北：允晨，1998，頁25。

註45： 張忠棟：《自由主義人物》，台北：允晨，1998，頁24。

註46： 郭松棻：〈秋雨〉《郭松棻集》，台北：前衛，1993，頁229。

註47： 郭松棻：〈秋雨〉《郭松棻集》，台北：前衛，1993，頁229。

註48： 李渝：《族群意識和卓越風格》，台北：雄獅，2001，頁101。

註49： 李渝：〈踟躕之谷〉《夏日踟躕》，台北：麥田，2002，頁83。

註50： 李渝：《族群意識和卓越風格》，台北：雄獅，2001，頁106。

註51： 李渝：〈踟躕之谷〉《夏日踟躕》，台北：麥田，2002，頁96。

註52： 李渝：《族群意識和卓越風格》，台北：雄獅，2001，頁100。

註53： 李渝：〈踟躕之谷〉《夏日踟躕》，台北：麥田，2002，頁98。

註54： 郭松棻：〈今夜星光燦爛〉《奔跑的母親》，台北：麥田，2002，頁
276。

註55： 李渝：〈號手〉《夏日踟躕》，台北：麥田，2002，頁41-42。

註56： 魯迅：〈故事新編〉《魯迅小說合集》，台北：里仁，1997，頁
305。

註57： 王德威：〈「故事」為何「新編」：李渝的《賢明時代》〉《賢明時代》，台北：麥田，2005，頁6。

註58： 廖玉蕙：〈郭松棻、李渝：生命裡的暫時停格〉《打開作家的瓶中稿：再訪捕蝶人》，台北：九歌，2004，頁175。

註59： 廖玉蕙：〈郭松棻、李渝：生命裡的暫時停格〉《打開作家的瓶中稿：再訪捕蝶人》，台北：九歌，2004，頁177。

註60： 章羣：《唐史》，台北：華岡，1278年，頁49，四版。

註61： 李渝：〈賢明時代〉《賢明時代》，台北：麥田，2005，頁26。

註62： 李渝：〈賢明時代〉《賢明時代》，台北：麥田，2005，頁27。

註63： 李渝：〈賢明時代〉《賢明時代》，台北：麥田，2005，頁27。

註64： 李渝：〈賢明時代〉《賢明時代》，台北：麥田，2005，頁106。

註65： 李渝：〈和平時光〉《賢明時代》，台北：麥田，2005，頁128。

註66： 李渝：〈和平時光〉《賢明時代》，台北：麥田，2005，頁164。

註67： 王德威：〈「故事」為何「新編」：李渝的《賢明時代》〉《賢明時代》，台北：麥田，2005，頁5。

註68： 李渝：〈提夢〉《賢明時代》，台北：麥田，2005，頁184。

註69： 郭松棻：〈附錄：寫作〉《郭松棻集》，台北：前衛，1993，頁606。

註70： 郭松棻：〈附錄：寫作〉《郭松棻集》，台北：前衛，1993，頁606。

註71： 董維良：〈小說初讀九則〉《郭松棻集》，台北：前衛，1993，頁600。

註72： 郭松棻：〈論寫作〉《郭松棻集》，台北：前衛，1993，頁392。

註73： 郭松棻：〈論寫作〉《郭松棻集》，台北：前衛，1993，頁428。

註74： 郭松棻：〈論寫作〉《郭松棻集》，台北：前衛，1993，頁429。

註75： 郭松棻：〈附錄：含羞草〉《郭松棻集》，台北：前衛，1993，頁551。

註76： 吳達芸：〈齎恨含羞的異鄉人：評郭松棻的小說世界〉《郭松棻

集》，台北：前衛，1993，頁534。

註77： 吳達芸：〈齎恨含羞的異鄉人：評郭松棻的小說世界〉《郭松棻集》，台北：前衛，1993，頁527。

註78： 郭松棻：〈草〉《郭松棻集》，台北：前衛，1993，頁206。

註79： 郭松棻：〈草〉《郭松棻集》，台北：前衛，1993，頁208-209。

註80： 在〈尋找新娘（二寫）〉當中，李渝改稱這名畫家為「衛旭」。

註81： 整理自張誦聖：〈現代主義與台灣現代派小說〉《文學場域的變遷》，台北：聯合文學，2001，頁8-12。

結論

——歷史的出走，現代的回歸

從這篇論文的視角作為起點，筆者以為應從幾個不同的層次來看待郭松棻與李渝這個主題式的研究題材。首先，第一個層次是從筆者到作者書寫現場的審理，即以2007年當代的時間點，再重新回顧八〇年代以後的作家作品生產時空；第二個層次是從筆者到作者生長現場的耙梳，以今日回顧現代主義風行的年代與保釣的狂潮；第三個層次為從作者書寫現場到記憶現場或歷史現場的重理，不管是「現代主義」對於時間的反叛，或是「左翼史觀」對於歷史的批判，作家藉由書寫重回歷史脈絡的時空當中，卻以當時代的哲學意識或歷史觀點來重新看待歷史的任何一個片段。若以一個後設的觀點來看，經由論者到作者到小說人物，這追溯的過程形成的是一種不斷對時間檢視的動作，因此研究中所遭遇不同時空脈絡的跳置，也是筆者在本篇論文所試圖梳理出來的多層次脈絡。

郭松棻，一位作為台灣本地族群出生的作家，與李渝，一位童年隨著戰亂輾轉遷台的外省族群作家，兩人的原鄉書寫分別代表了台北城裡頭不同族群的記憶，在1949年國府遷台之後，台北城裡頭一時之間揉雜了台灣本地的人民，以及許多來自中國大陸各地的外省族群。這些來自不同背景的族群，由於政治的因素，而被迫安置於同一個空間當中。在作家記憶的追溯當中，代表本省族群的郭松棻，其顯現的集體記憶是美軍轟炸下的台灣、日式教育底下的台灣女性；而代表外省族群的李渝，其顯現的集體記憶則是輾轉在中國內陸逃難的軍人畫面、來自中國內地各政要的貴夫人形象，在族群的差異之外，兩位作家的戰爭記憶另外更夾雜了「大稻埕」與「溫州街」兩個區域在台北城市歷史發展當中所形成的特殊空間：一個為台北民眾商業與藝文發展的發源地，一個為連結台大與師大教師宿舍，再加上遷移來台的軍政要員所形成的重要文化圈。

兩位作家的族群（省內、省外）與生長的地方雖異，然在作為戰後第二代的作家群裡，他們大致經過了台灣幾個四〇年代以後的大事：1945年二次世界大戰的結束，1947年二二八事變的發生，1949年國府的大舉遷台，五〇年代以降台灣所實行的白色恐怖。在郭松棻與李渝的記憶當中，這些經驗無疑是他們童年所共同經歷的台灣歷史與大事，而關於國府對於知識份子迫害的記憶，亦可從兩人的書寫裡頭察覺，絕非單方面是一種外省族群對本省族群的迫害。從更宏觀的視角來看，這些記憶的書寫呈現的本質是一種權力核心對在野知識份子的箝制，而不管是本省或外省族群的知識份子，事實上都成了當權者「殺雞儆猴」的犧牲者。

　　兩位作家從不同的族群到相識，甚至結合成為一對討論文學的夫妻身份，應從六〇年代台大外文系學長、學妹（助教、學生）的時代背景談起。而六〇年代作為郭松棻與李渝大學求學的時期，也正是台灣文學界與思想界產生劇變的一個年代，對此，鄭鴻生甚至將六〇年代到七〇年代初的這段時間稱為「台灣的文藝復興年代」：

> 總的來說，發生在台灣六十年代到七十年代初期的這一切思想衝撞與文藝豐收，可以是為一場五四運動在台灣的歷史性重演，也可看出是對同時發生在歐美的六十年代青年運動稍遲一步的呼應。民國初年的五四自由精神與六十年代歐美青年的造反呼聲，在這個時期交相衝擊，對戰後初生之犢的知識青年確實起了強大的啟蒙作用。但以台灣在地情境而言，它則又是在五十年代反共的白色恐怖時期之後，台灣戰後新生代的一次思想解放以及一場「文藝復興」。[註1]

在這個思想與文學產生劇變的年代裡，思想上的自由主義經由高揭到逐漸凋零，文學上的現代主義卻由西方大量的引進，在「提倡」與「批評」的聲浪當中，逐漸在台灣的文界中取得位置，並有一部分逐漸與本地的「鄉土」取得媒合。而處於這個時空脈絡下的郭松棻與李渝，「現代主義與社會主義」自然成了兩位作家在「個體自由」與「民族情操」之間的重要課題，而這個課題在七〇年代的保釣運動當中，兩人對於政治的投身無疑是第一波轉向「左翼觀點」對現代性社會的批判，然而在七〇年代末到八〇年代初開始，兩人完全退出政治

的領域，而回歸「文學」的創作當中，卻也見昔日作家所批評的現代主義，卻在作家的筆下以嶄新的姿態重回文壇，然從其文本當中卻也不難察覺，兩位作家不管對於「國族」或是「個人」層面的元素，都試圖通過現代主義式的文本呈現，在兩者之中取得一個平衡。

而在兩位作家的異同比較之間，也分別可以理出幾個由兩位作家所生產文本的價值意涵。就「原鄉書寫」層面來看，兩位作家身處同一個台北城市底下，卻又截然不同的族群與區域色彩，反映出了戰後台灣第二代作家對於台北的集體記憶，而這個記憶顯然是從「本省」與「外省」兩個不同的視角出發，經由兩個不同視角的文本交叉對照之中，顯現出近代台灣與台北族群的複雜化與歷史視角的多元化。

而在兩位作家作品本質的「差異面」外，卻有更多的同質因素是筆者決意將郭松棻與李渝文本置於同一個研究平台上檢視的原因，其一為「保釣熱潮與左翼思想歷程」，這個思想與行動的轉變過程，成為兩人日後小說的史觀與哲學觀之重要一環，尤其在較為早期發表的〈秋雨〉與〈菩提樹〉，當中的左翼色彩尤為濃厚。其二為「現代主義色彩與兩人共同形成的文學討論圈」，在時代背景的養成與影響之下，兩人並不因批判台灣的現代主義，而拋棄了長久以來注視的西方近代名著與思潮，作為文學作品的表現，詩性的文字與貼近內心的意識流書寫，再加上割裂線性時間的場景處理方式，都表現了兩位作家身具「實驗性與個人色彩」的「現代主義」特質。其三為「具學院派的知識份子特質」，從兩人選擇以菁英色彩濃厚的現代主義作為作品的表現特質，以及對於藝術美學的涵養，和對於「知識性的追求」（如郭之於存在主義，李之於中國美術史）、「學院中學者的描摹」

（〈秋雨〉中的殷海光，〈朵雲〉中的英千里）等等都是兩人共同具備的「學院派作家」特質。其四為「後期對於歷史素材的使用」，在〈論寫作〉中，郭松棻曾藉醫生的兒子之口說到：

> 人僅僅靠一次肉體的誕生是不能成其為人的。人需要第二次的誕生，降生到歷史裡。所以人跟動物不同，動物的誕生都是一次性的完成，而人是歷史的動物，他是文化的產物。註2

而與此理念相符，郭松棻亦曾在訪談與文章中說道，人是不可能置身於歷史脈絡之外的，而這樣的理念也在二人後期直接將「歷史人物」與「歷史事件」作為文本的主要題材予以體現，並且透過小說對於「虛擬的歷史氛圍」與「營造的人物形象」的處理當中，他們皆試圖透過文本來「面對歷史」（強調歷史脈絡對於人或文本的重要性），甚至「挑戰歷史」（以虛構的文學方式來解放以然定型的歷史觀點）。其五為「異鄉人的身份與流離的經驗」，此種「域外」的身份造成了兩位作家回返「故鄉」與「文化祖國」時，帶有異於台灣當局的視角。

而在主題之外，兩位作家的互動以及在文學場上的表現，無疑是一種「打破個人神話與性別迷思」的體現，作為夫妻的身份，兩人各自在「學術上的關注」以及「創作上的產量」，完全沒有「女性退而為其次」，甚至是完全「在文學上退場」的現象，反倒在一個由兩人形成的小型文學討論圈裡頭，透過彼此對文學見解的分享，以及對彼此寫作的支持，而形成一組以「文學夫妻身份」存在，並在他們的文本當中可以理出彼此文本當中的互文性，而將這兩位作家與兩個作家

所生產的文學文本作一主題的討論，與手法的比較時，甚至還可連結到他們的時代脈絡，並從中梳理而歸納出這些作品共同的文化價值所在。

當兩人的作品置於「台灣文學」的脈絡當中，可以得到兩人作品的定位通常被置於八〇年代以後的現代主義海外作家，然而「菁英式的小說色彩」與「長期隔絕於海外」的因素，使得兩人作品在大眾市場並未得到廣大的回響，並且在學界受到的注視也極為有限，除了少數如王德威、黃錦樹、吳達芸等學者曾寫文為其作品背書，甚至予以評價外，在過去兩岸各類文學史的研討會中，評論郭松棻小說的論文出現次數寥寥可數，評論李渝小說的論文更是極為少見，這或可以兩位作家在台灣早期被列為「政治不正確」的政治因素，以及作品量不多，作品內容又多顯晦澀的現象有所關係。

作為「現代主義色彩」的代表作家，兩位作家在現代主義手法的實踐上，皆呈現出一定的水準，而郭松棻甚至更被評為體驗現代主義「骨感」美學的能手。[註3]兩人在「文學場域的先鋒派」與「小說美學的錘鍊者」之身分，對於台灣文學界的文學進展有極大的助益。而從「民族主義的關懷」，以及「想像台灣圖像的文字素材」來看，郭松棻與李渝的原鄉書寫都細緻的呈現出了一個時代的歷史氛圍與區域色彩，至於他們「由歷史素材轉化的小說」，也表現出了文學文本所能夠呈現的歷史性，在官方制式的史料之外，這些文本代表著多元化庶民觀點的歷史記憶。因此這兩位作家的作品，除了代表「現代主義世代」所生產的作品之外，他們小說所透露出的「個人與國族的辯證經驗」，以及在兩人小說所兼具的「中國性」與「台灣性」的兩個要

素，都將成為兩人文本極具個人風格特色的標誌。而這對文學夫妻的小說，從「現代主義的美學實驗」與「國族身份認同的歷史書寫」兩方面的追求上，他們的小說文本可說是台灣「中西文化論戰」與「鄉土文學論戰」之後，將「社會性」與「個人性」妥貼結合於文本當中的極佳例子，而他們在小說的美學、史學與哲學上的用力，亦為戰後台灣小說的發展達到一定的標高位置。

【注釋】

註1：鄭鴻生〈台灣的文藝復興年代：七十年代初期的思想狀況〉《思想4：台灣的七十年代》，台北：聯經，2007，頁101。

註2：郭松棻：〈論寫作〉《郭松棻集》，台北：前衛，1993，頁482。

註3：我因此認為郭松棻是少數中文作家中，如此生動體驗現代主義「骨感」美學的能手。那位談論「沒有主義」的高行健，其實還差得遠。寫《家變》與《背海的人》的王文興才堪與郭相提並論。而我仍要說郭的「潔癖」更較王有過之而無不及。
王德威〈冷酷異境裡的火種〉，《奔跑的母親》，台北：麥田，2002。

參考書目

郭松棻、李渝著作

一、郭松棻小說著作（依照發表年代編排順序）

郭松芬（郭松棻原名）：〈王懷和他的女人〉，《大學時代》10（1958.04）。

羅安達（郭松棻筆名）：〈青石的守望〉，《文季》1：2，（1983.08）。

羅安達（郭松棻筆名）：〈三個小短篇〉，《文季》1：3，（1983.08）。

郭松棻：〈母與子〉，《九十年代》172（1984.05）。

郭松棻：《郭松棻集》，台北：前衛，1993。

郭松棻：《雙月記》，台北：草根，2001。

郭松棻：《奔跑的母親》，台北：麥田，2002。

郭松棻：〈落九花〉，《印刻文學生活誌》1：11（2005.07）。

二、李渝小說著作（依照發表年代編排順序）

李渝：《溫州街的故事》，台北：洪範，1991。

李渝：《應答的鄉岸》，台北：洪範，1999。

李渝：《金絲猿的故事》，台北：聯合文學，2000。

李渝：《夏日踟躕》，台北：麥田，2002。

李渝：《賢明時代》，台北：麥田，2005。

三、郭松棻非小說著作（依照發表年代編排順序）

郭松芬：〈沙特存在主義的自我毀滅〉《現代文學》9，（1961.7.20），頁5～27。

郭松芬：〈這一代法國的聲音—沙特〉《文星》76，（1964.2），頁16～18。

郭松芬：〈大台北畫派1966秋展〉《劇場》7～8合期，（1966.12.15），頁23～31。

羅龍邁（郭松芬筆名）：〈『五四』運動的意義〉《春雷聲聲》，林國炯
　　等編，台北：人間，2001年，初版。

羅龍邁（郭松棻筆名）：〈打倒博士買辦集團〉《春雷聲聲》，林國炯等
　　編，台北：人間，2001年，初版。

羅隆邁（郭松棻筆名）：〈談談台灣的文學〉香港《抖擻》創刊號，
　　（1974.1），頁48～56。

羅安達（郭松棻筆名）：〈戰後西方自由主義的分化─談卡謬和沙特的思
　　想論戰〉香港《抖擻》2，（1974.3），頁1～10。

張澍（郭松棻筆名）：〈蓋世比─美國七十年代的英雄典型〉香港《抖
　　擻》5，（1974.9），頁12～17。

李寬木（郭松棻筆名）：〈從「荒謬」到「反叛」──談卡謬的思想概念
　　（一）〉《夏潮》，2：5，（1977.5.1），頁15～18。

李寬木（郭松棻筆名）：〈自由主義的解體─談卡謬的思想概念（二）〉
　　《夏潮》2：6，（1977.6.1），頁15～20。

李寬木（郭松棻筆名）：〈冷戰年代中西歐知識人的窘境─談卡謬的思想
　　概念（三）〉《夏潮》3：1，（1977.7.1），頁7～10。

羅安達（郭松棻筆名）：〈戰後西方自由主義的分化─談卡謬和沙特的思
　　想論戰〉香港《抖擻》23，（1977.9），頁1～10。

羅安達（郭松棻筆名）：〈戰後西方自由主義的分化─談卡謬和沙特的思
　　想論戰（現代宗教法庭和新教義）〉香港《抖擻》24，（1977.11），
　　頁1～6。

羅安達（郭松棻筆名）：〈戰後西方自由主義的分化─談卡謬和沙特
　　的思想論戰（替無產階級規定歷史任務）〉香港《抖擻》26，
　　（1978.3），頁1～10。

羅安達（郭松棻筆名）：〈戰後西方自由主義的分化─談卡謬和沙特的思
　　想論戰（行動中的列寧主義）〉香港《抖擻》27，（1978.5），頁1～
　　17。

郭松棻：〈一個創作的起點〉《當代》第42期，（1989.10.1），頁84～
　　89。

四、李渝非小說著作（依照發表年代編排順序）

李渝：〈五月淺色的日子〉《聯合報》7，（1965.8.19）。

李渝：《任伯年》，台北：雄獅，1978。

李渝：〈追憶似水年華〉《聯合報》25，（1992.8.23）。

李渝：〈禮物〉《聯合報》25，（1992.10.26）。

李渝：〈夏天讀紅樓夢1：顏色和聲音〉《聯合報》35，（1993.7.16）。

李渝：〈夏天讀紅樓夢2：不道德的小說家〉《聯合報》35，（1993.7.26）。

李渝：〈夏日讀紅樓夢：女性的語聲〉《聯合報》37，（1993.8.14）。

李渝：〈夏日讀紅樓夢：守護著的姊妹們〉《聯合報》37，（1993.8.15）。

李渝：〈夏日讀紅樓夢：精秀的女兒們〉《聯合報》35，（1993.8.17）。

李渝：〈紅樓夢探賞〉《聯合報》35，（1993.12.30）。

李渝：〈紅樓夢探賞：兼美〉《聯合報》37，（1994.2.17）。

李渝：《族群意識和卓越風格》，台北：雄獅，2001。

李渝：〈被遺忘的族類〉《聯合文學》216，（2002.10）。

李渝：〈光陰憂鬱：趙無極作品一九六〇至一九七二〉《藝術家》57：1，2003。

李渝：〈日光女子〉《印刻文學生活誌》10，（2004.6）。

李渝：〈美人和野獸：張學良的幽禁／悠靜生活〉《明報月刊》39：6，2004。

李渝：〈交腳菩薩〉《聯合報》副刊，（2007.7.3）。

【專書】（依照作者姓名筆畫編排順序）

下村作次郎著，邱振瑞譯：《從文學讀台灣》，台北：前衛，1997。

文史資料研究委員會編輯組編：《陳儀生平及被害內幕》，北京：中國文史出版社，1987。

片倉佳史著，姚巧梅譯：《台灣土地・日本表情：日治時代遺跡紀行》，台北：玉山社，2004。

王岳川：《後殖民主義與新歷史主義文論》，山東：山東教育，1999。

王溢嘉編著：《精神分析與文學》，台北：野鵝，1989。

王鈺婷等著：《2006青年文學會議論文集：台灣作家的地理書寫與文學體驗》，台北：國家台灣文學館籌備處，2007。

王德威：《如何現代，怎樣文學？：十九、二十世紀中文小說新論》，台北：麥田，1998。

王德威編：《典律的生成：「年度小說選」三十年精編》第一集，台北：爾雅，1998。

王德威編：《典律的生成：「年度小說選」三十年精編》第二集，台北：爾雅，1998。

王德威：《眾聲喧嘩以後：點評當代中文小說》，台北：麥田，2001。

王德威：《跨世紀風華當代小說20家》，台北：麥田，2002。

王德威：《歷史與怪獸：歷史・暴力・敘事》，台北：麥田，2004。

王德威編選・導讀：《台灣：從文學看歷史》，台北：麥田，2005。

卡謬（Albert Camus）著，柔之譯：《異鄉人》，台北：小知堂，2000。

本雅明（Walter Benjamin）著，王才勇譯：《發達資本主義時代的抒情詩人》，南京：江蘇人民出版社，2005。

白先勇：《第六隻手指》，台北：爾雅，1995。

白先勇：《驀然回首》，台北：爾雅，1990。

皮埃爾・布迪厄（Pierre, Bourdieu）著，劉暉譯：《藝術的法則：文學場的生成和結構》，北京：中央編譯，2001。

朱立立：《知識人的精神私史：台灣現代派小說的一種解讀》，上海：上海三聯，2004。

米克・巴爾著（Mieke Bal），譚君強譯：《敘述學：敘事理論導論》，北京：中國社會科學出版社，2003。

艾德華・薩依德（Edward W.）著，單德興譯：《知識份子論》，台北：麥田，2004，二版。

佛洛依德（Sigmund Freud）著，賴其萬、符傳孝譯：《夢的解析》，台北：志文，1988。

何卓恩：《殷海光與近代中國自由主義》，上海：上海三聯，2004。

巫永福：《巫永福全集評論卷2》，台北：傳神福音，1995。

克瑞茲威爾（Cresswell, Tim）著，王志弘、徐苔玲譯：《地方：記憶、想像與認同》，台北：群學，2006。

克蘭（Mike Crang）著，王志弘、余佳玲、方淑惠譯：《文化地理學》，台北：巨流，2003。

呂正惠：《戰後台灣文學經驗》，台北：新地，1995。

李瑞騰主編：《沿波討源，雖幽必顯：認識台灣作家的十二堂課》，桃園：中央大學，2005。

李歐梵口述，陳建華訪談，《徘徊在現代和後現代之間》，台北：正中，1996，初版。

杜聲鋒：《拉康結構主義精神分析學》，香港：三聯書局，1988。

沙特（Jean-Paul Sartre）著，陳宜良等譯：《存在與虛無（下）》，台北：桂冠，2002。

沙特（Jean-Paul Sartre）著，陳宜良等譯：《存在與虛無（上）》，台北：桂冠，2002。

季季：《七十五年短篇小說選》，台北：爾雅，1987。

周芬伶、彭錦堂等編：《台灣後現代小說選》，台北：二魚文化，2004。

周蕾：《婦女與中國現代性》，台北：麥田，1995。

尚・布希亞（Jean Baudrillard）著，洪凌譯：《擬仿物與擬像》，台北：時報，1998。

易竹賢：《新文學天穹兩巨星：魯迅與胡適》，武漢：武漢大學，2005。

林德龍輯註：《二二八官方機密史料》，台北：自立晚報，1992。

林國炯等編：《春雷聲聲：保釣運動三十週年文獻選輯》，台北：人間，2001。

邱貴芬：《後殖民及其外》，台北：麥田，2003，初版。

保羅・利科（Ricceur, P.）著，姜志輝譯：《歷史與真理》，上海：上海譯文，2004。

封德屏主編：《比翼雙飛：二十三對文學夫妻》，台北：文訊，1988。

思想編委會：《思想4：台灣的七十年代》，台北：聯經，2007。

柯慶明：《臺灣現代文學的視野》，台北：麥田，2006。

約翰‧列區（John Lechte）著，王志弘、劉亞蘭、郭貞伶譯：《當代五十
　　大師》，台北：巨流，2002。

范銘如：《像一盒巧克力：當代文學文化評論》，台北：印刻，2005。

唐文標編：《一九八四台灣小說選》，台北：前衛，1985。

夏鑄九、王志弘編譯：《空間的文化形式與社會理論讀本》，台北：明
　　文，2002，

時報文化，1994。

桑柔編著：《鶼鰈情深》，台北：希代，1985。

海登‧懷特（Hayden White）著，陳新譯：《元史學：十九世紀歐洲的歷
　　史想像》，南京：譯林，2004。

海登‧懷特（Hayden White）著，董立河譯：《形式的內容：敘事話語與
　　歷史再現》，北京，文津，2005。

班納迪克‧安德森（Anderson, benedick）著，吳叡人譯：《想像的共同
　　體：民族主義的起源與散布》，台北：時報文化，1999。

班雅明（Walter Benjamin）著，林志明譯：《說故事的人》，台北：台灣
　　攝影，1998。

郝譽翔：《情慾世紀末：當代台灣女性小說論》，台北：聯合文學，
　　2002。

尉天驄編：《燃燒的年代—唐文標懷念集》，台北：帕米爾，1986，初版。

張系國：《昨日之怒》，台北：洪範，1988，26版。

張京媛編，《新歷史主義與文學批評》，北京：北京大學，1997。

張忠棟：《自由主義人物》，台北：允晨，1998。

張惠菁：《楊牧》，台北：聯合文學，2002年，初版。

張誦聖：《文學場域的變遷》，台北：聯合文學，2001。

張錯：《西洋文學術與手冊》，台北：書林，2005。

梁景峰：《鄉土與現代：台灣文學的片段》，台中：中縣文化，1995，
　　初版。

梅家玲主編：《文化啟蒙與知識生產：跨領域的視野》，麥田：台北，
    2006。

梅家玲編：《性別論述與台灣小說》，台北：麥田，2000。

理查・桑內特（Richard Sennett）著，黃煜文譯：《肉體與石頭：西方文
    明中的人類身體與城市》，台北：麥田，2003。

莫里斯・哈布瓦赫（Halbwachs, M.）著，華然、郭金華譯：《論集體記
    憶》，上海：上海人民，2002。

莊永明：《台北老街》，台北：時報文化，1991。

釣統運文獻編委會編：《春雷之後——保釣運動三十五週年文獻選輯》第
    一卷，台北：人間，2006。

釣統運文獻編委會編：《春雷之後——保釣運動三十五週年文獻選輯》第
    二卷，台北：人間，2006。

釣統運文獻編委會編：《春雷之後——保釣運動三十五週年文獻選輯》第
    三卷，台北：人間，2006。

陳芳明：《左翼台灣：殖民地文學運動史論》，台北：麥田，1998。

陳芳明：《後殖民台灣一文學史論及其周邊》，台北：麥田，2002。

陳芳明：《殖民地摩登：現代性與台灣史觀》，台北：麥田，2004。

陳昭瑛：《台灣文學與本土化運動》，台北：正中，1998。

陳義芝編：《八十二年短篇小說選》，台北：爾雅，1993。

陳義芝編：《台灣現代小說史綜論》，台北：聯經，1998。

陳錫璋：《細說北洋》，台北：傳記文學，1982。

章羣：《唐史》，台北：華岡，1958年，四版。

許俊雅編：《無語的春天：二二八小說選》，台北：玉山社，2003。

許俊雅：《見樹又見林：文學看台灣》，台北：渤海堂，2005。

彭瑞金，《台灣新文學運動四十年》，高雄：春暉，1998，再版二刷。

惠妮特・契德威克（Whitney Chadwick）、伊莎貝兒・顧爾帝夫隆
    （Isabelle de Courtivron）著，許邏灣譯：《愛人，同志：情欲與
    創作的激盪》，台北：允晨，1997。

游勝冠：《台灣文學本土論的興起與發展》，前衛，1997。

琳達・麥道威爾（Linda Mcdowell）著，王志弘、徐苔玲譯：《性別、認同與地方：女性主義地理學概說》，台北：群學，2006。

黃錦樹：《文與魂與體：論現代中國性》，台北：麥田，2006。

黑格爾（G. W. F. Hegel）著，王造時譯：《歷史哲學》，上海：上海書店，2001。

楊匡漢：《中國文化中的台灣文學》，武漢：長江文藝，2002。

楊照：《文學、社會與歷史想像—戰後文學史散論》，台北：聯合文學，1995。

楊照：《夢與灰燼：戰後文學史散論二集》，台北：聯合文學，1998。

楊肇嘉：《楊肇嘉回憶錄》，台北：三民，1988，四版。

楊澤主編：《從四〇年代到九〇年代：兩岸三邊華文小說研討會論文集》，台北：

楊澤編：《七〇年代理想繼續燃燒》，台北：時報，1994。

葉石濤：《台灣文學史綱》，高雄：春暉，1998年，再版。

廖玉蕙：《打開作家的瓶中稿：再訪捕蝶人》，台北：九歌，2004。

廖咸浩：《愛與解構—當代台灣文學評論與文化觀察》，台北：聯合文學，1995。

廖炳惠：《關鍵詞200》，台北：麥田，2003。

廖瑾媛：《四季、彩妍、郭雪湖》，台北：雄師，2001。

臺北市文獻委員會：《臺北市史畫集》，台北：臺北市文獻委員會，1980。

臺北市文獻委員會：《臺北市志：卷一沿革志封域篇》，台北：臺北市政府，1988。

臺北市政府新聞處編：《台北記憶》，台北：臺北市政府新聞處，1997。

舞鶴訪談，李渝整理：〈不為何為誰而寫：在紐約訪談郭松棻〉《印刻文學生活誌二〇〇五年七月號》，台北：印刻，2005。

劉大任：《我的中國》，台北：皇冠，2000，初版一刷。

劉大任：《空望》，台北：印刻，2003。

劉大任：《紐約眼》，台北：印刻，2002。

劉大任：《晚晴》，台北，印刻，2007。

劉洪一：《走向文化詩學：美國猶太小說研究》，北京：北京大學，
　　2002。

劉紀蕙編：《他者之域：文化身分與再現策略》，台北：麥田，2001，
　　初版。

劉紹唐編：《民國人物小傳：第三冊》，台北：傳記文學，1987。

劉紹唐編：《民國大事日誌：第一冊》，台北：傳記文學，1989。

樓成宏主編：《歐美現代主義文學簡編》，上海：百家，2006。

蔡源煌：《從浪漫主義到後現代主義》，台北：雅典，1987。

鄭鴻生：《青春之歌：追憶1970年代台灣左翼青年的一段如火年華》，台
　　北：聯經，2001年12月，初版。

魯迅：《魯迅小說合集》，台北：里仁，1997。

學，2005。

盧卡奇（Georg.Lkacs）著，楊恆達譯：《小說理論》，台北：唐山，
　　1997。

謝里法：《台灣出土人物誌：被埋沒的台灣文藝作家》，台北：前衛，
　　1988。

謝里法：《我的畫家朋友們》，台北：自立晚報，1988。

謝里法：《我所看到的上一代》，台北：望春風文化，1999。

邁克爾‧伍德（Michael Wood）著，顧鈞譯：《沉默之子：論當代小
　　說》，北京：三聯書店，2003。

顏元叔：《離台百日》，洪範，1978年4月，三版。

羅蘭‧巴特（Roland Barthes）著，屠友翔譯：《Ｓ／Ｚ》，台北：桂
　　冠，2004。

蘇碩斌：《看不見與看得見的台北》，台北：左岸文化，2005。

【學位論文】（依照發表年代編排順序）

謝春馨：《八○年代「臺灣文學」正名論》，中央中文系碩士論文，
　　1995。

朱芳玲：《論六、七〇年代台灣留學生文學的原型》，中正中文系碩士論文，1996。

陳明柔：《典範的更替／消解與臺灣八０年代小說的感覺結構》，東海中文系博士論文，1998。

林燕珠：《劉大任小說中的家族與國族》，中興中文系碩士論文，2000。

蔡雅薰：《台灣旅美作家之留學生小說及移民小說研究（1960～1999）》，高師大國文系博士論文，2002。

周慶塘：《八〇年代台灣政治小說研究》，臺大中文系博士論文，2003。

李欣倫：《戰後台灣疾病書寫研究》，中央中文系碩士論文，2003。

侯作珍：《自由主義傳統與台灣現代主義文學的崛起》，文化中文系博士論文，2003。

魏偉莉：《異鄉與夢土：郭松棻思想與文學研究》，成大台文所碩士論文，2003。

莊永同：《長廊杜鵑望鄉關：劉大任小說研究》，文化中文系碩士論文，2003。

黃小民：《郭松棻小說研究》，文化中文系碩士論文，2004。

楊佳嫻：《論戰後台灣外省籍小說家作品中的「台北／人」》，台大中文系碩士論文，2004。

吳靜儀：《文學的寂寞單音：郭松棻小說研究》，中山中文系碩士論文，2006。

紀姿菁：《論現代主義旅美女性小說家——以歐陽子、叢甦、陳若曦、李渝為研究對象》，東華中文系碩士論文，2006。

【報紙、期刊論文】（依照發表年代編排順序）

張文翊：〈回到廣闊的文學天地裡：訪李渝〉《中國時報》，（1983.10.02）。

夏志清：〈真正的豪傑們〉《聯合報》8，（1984.11.19）。

黃碧端：〈在迷津中造境：評李渝的《溫州街的故事》〉《聯合文學》8：4：88，1992。

張恆豪：〈二二八的文學詮釋：比較月印和泰姆山記〉，第二屆台灣本土
　　文化學術研討會，1995。

羊子喬：〈橫切現實面，探索內心世界：郭松棻〉《神秘的觸鬚》台笠，
　　（1996.6）。

黃碧端：〈敘事的矛盾和失落的號聲：我看〈號手〉〉《中外文學》25：
　　10，（1997.3）。

南方朔：〈廢墟中的陳儀〉，《中外文學》25：10，（1997.3）。

張殿：〈郭松棻三度中風〉《聯合報》46，（1997.8.10）。

李桂芳：〈終戰後的胎變：從女性、歷史想像與國族記憶閱讀郭松棻〉，
　　《水筆仔》3，（1997.9）。

張嚴：〈郭松棻病況好轉〉《聯合報》46，（1997.9.22）。

李進：〈李渝出版小說集《應答的鄉岸》越過生命暗流遠航泊岸〉《聯合
　　報》41，（1999.4.12）。

張殿：〈回家──訪小說家李渝〉《聯合報》41，（1999.4.19）。

許素蘭：〈流亡的父親，奔跑的母親：郭松棻小說中性／別烏托邦的矛盾
　　與背離〉《文學台灣》32，（1999.10）。

林文義：〈看那篇冷清的潮汐─讀《郭松棻集》〉《文訊》177
　　（2000.7）。

吳達芸：〈聽李渝說金絲猿的故事〉《中央日報》21，（2000.10.26）。

王順興：〈追憶似月年華〉《中國時報》39〈人間副刊〉，
　　（2001.3.4）。

徐淑卿：〈郭松棻藉小說重回台灣故土〉《中國時報》，（2001.3.10）。

宇文正：〈郭松棻獲巫永福文學獎〉《聯合報》37，（2001.6.16）。

陳建忠：〈月之暗面〉《自由時報》副刊，（2001.11.29）。

陳文芬：〈郭松棻、王文興、周夢蝶 文壇潔癖作家新作誕生〉《中國時
　　報》14，（2002.8.15）。

范銘如：〈亞細亞的新孤兒〉《聯合報》，（2002.10.20.）。

陳明柔：〈當代台灣小說中歷史記憶的書寫──以郭松棻為觀察主軸〉，
　　「台灣文學史書寫研討會」，成大台灣文學所，（2002.11.20）。

梅家玲：〈月印萬川，星光燦爛〉《中國時報》人間副刊，（2002.12.08）。

楊美紅：〈海上生明月，天涯共此時：郭松棻小說創作與美學世界〉《自由時報》（2003.4.6）。

林佩瑾：〈無聲的初雪：由複調理論看李渝的「江行初雪」《興大中文研究生論文集》8，（2003.5）。

陳明柔：〈郭松棻小說中的漂流與記憶〉，「靜宜中文系教師學術論文發表會」，靜宜中文系主辦，（2003.5.20）。

楊佳嫻：〈記憶‧啟蒙‧溫州街——論李渝的「台北人」書寫〉《中國文學研究》第17期，2003。

廖玉蕙：〈生命裡的暫時停格：小說家郭松棻、李渝訪談錄〉《聯合文學》19：9＝225，（2003.7）。

黃錦樹：〈即將過去的未來〉《聯合文學》19：9（2003.07）。

魏偉莉：〈論郭松棻文化身份的思索〉，第九屆《府城文學獎得獎作品專集》，台南：台南市立圖書館，（2003.11）。

何雅雯，〈震耳欲聾的寂靜——讀郭松棻，想像台灣〉，「現代文學的歷史迷魅——第一屆國際青年學者漢學會議」，（2003.11.13-15）。

王德威：〈冷酷異境裡的火種：郭松棻的創作美學〉《聯合文學》210，（2004.4）。

黃錦樹：〈詩，歷史病體與母性：論郭松棻〉《中外文學》33：1＝385，（2004.6）。

王韶君：〈想像、象徵與真實——釋郭松棻作品中的母親形象〉，《真理大學台灣文學研究期刊》6（2004.07），頁83～104。

楊佳嫻：〈離／返鄉旅行：以李渝、朱天文、朱天心和駱以軍描寫台北的小說為例〉《中外文學》34卷第二期，2005。

鄭穎：〈由「多重引渡」論李渝小說中的現代性與歷史書寫〉《2005海峽兩岸華文文學學術研討會論文集》，台北：中國現代文學學會，2005。

鍾玲：〈霧中花：李渝〈朵雲〉的敘事方式〉《文學世紀》5：7＝52，（2005.7）。

林幸謙：〈敘事主體的在場與不在場：李渝〈朵雲〉的「雙重渡引」空間〉《文學世紀》5：7＝52，（2005.7）。

陳希林：〈知名小說家郭松棻病危〉《中國時報》，（2005.7.8）。

陳希林：〈郭松棻最後時刻 文壇友人關切〉《中國時報》，（2005.7.9）。

藍麗娟：〈甦醒吧，郭松棻〉《中國時報》E7，（2005.7.11）。

丁文玲：〈郭松棻和李渝、李銳和蔣韻以文學相許〉《中國時報》，（2005.7.17）。

陳建忠：〈流亡者的思想病歷 郭松棻的文學道路〉《中國時報》，（2005.7.17）。

張殿：〈李渝新著《賢明時代》送別寫作伴侶郭松棻〉《聯合報》C6，（2005.7.17）。

林文義：〈孤挺花：小說家郭松棻的最後一程〉《中國時報》「人間副刊」（2005.07.18）。

林衡哲：〈懷念郭松棻：一位永遠望鄉的理想主義臺灣作家〉，《自由時報》副刊（2005.08.08）。

黃錦樹：〈未竟的書寫一閱讀郭松棻〉《自由時報》副刊，（2005.08.08）。

邱立本：〈郭松棻雜憶〉《世界日報》，（2005.8.15）。

謝朝宗：〈悼念作家郭松棻之逝〉紐約《明報》日報，（2005.9.16）。

李歐梵：〈悼念我的老同學郭松棻〉紐約《明報》日報，（2005.9.16）。

林文義：〈作家永別：黃國峻、袁哲生、黃武忠、郭松棻〉《聯合文學》258，2006。

謝里法：〈二〇〇五年，飄的聯想：追念陳其茂、蔡瑞月、郭松棻〉《文學台灣》57，（2006.1）。

劉雪貞：〈在歷史的想像中重生：以「新歷史主義」觀點解讀郭松棻〈今夜星光燦爛〉〉《南榮學報》9期（2006.3）。

黃啟峰：〈集體記憶的書寫：論《溫州街的故事》的時間、空間與敘事〉《2006青年文學會議論文集：台灣作家的地理書寫與文學體驗》，台北：國家台灣文學館籌備處，2007。

李娜：〈「美國」與郭松棻的文學／思想旅程：以《論寫作》為中心的考察〉《2006青年文學會議論文集：台灣作家的地理書寫與文學體

　　驗》，台北：國家台灣文學館籌備處，2007。

鄭穎：〈凝視與回望：李渝的現代主義小說實踐〉《2007海峽兩岸華文文
　　學學術研討會論文集》，台北：中國現代文學學會，2007。

林文義：〈簡報如葉：追記‧郭松棻〉《鹽分地帶文學》雙月刊9，
　　（2007.4.10）。

邱瑞鑾〈時光、記憶與郭松棻〉《自由時報》副刊，（2007.6.26）。

後記

是結束，也是起點。

一切是從2004年的春天說起，我從康師手上接過一本溫熱的書籍，那是一個有些陌生的名字——郭松棻，土黃的書皮，上面寫著「奔跑的母親」幾個大字。之後的幾天裡，我沈浸在書裡歷史國族的沈痛，以及個人內心的恐懼，無法自拔。而在那樣的小說氛圍之外，作者的詩性短句文字，卻又柔美的像一曲春之頌。

往後的一兩年裡，我由郭松棻的作品，追尋到李渝的《溫州街的故事》，那是另一段與郭松棻似曾相識，卻又別有韻味的故事。在郭松棻與李渝的小說世界裡，內斂、沈痛，且隱隱顯露著一種詩性的美感，像是既寫實又浪漫的詩篇，動人心弦。

決定處理這對夫妻作家的那一刻開始，一年多的日子裡，充滿著期待與焦慮，我逐漸淹沒於成堆的書海，習慣著流連於圖書館、研究室、房間書桌前等地方，在這些靜態的環境裡，我的腦海卻不停的環繞著，關於我的，以及作家們的美麗與憂愁。

這本論文從開始到完成，是一段精神與意志的長期抗戰。當中尤需感謝的人很多，幫我、陪我走過這段學術旅程的第一站。首先必須感謝的是我的指導教授康來新老師，您研究所以來三年不間斷的提攜指教，以及許多最新資料、資訊的提供，讓我從一名懵懂無知的大

學生，逐漸轉型為一位稍具研究內涵的研究生，也使我能在三年期間順利完成這本論文；感謝我的兩位口試委員，張誦聖老師以及許俊雅老師，您們的建議，讓我在論文的最後階段看清自身許多的不足，而受到的啟發，在日後肯定是受用無窮；感謝系上的李瑞騰老師，大學以來跟從您上課的點滴，奠定我後來決定走向台灣現代文學研究的起點；感謝系上的葉振富老師，研究所兩年修課期間，經由您嚴厲而繁重的現代文學理論的課堂洗鍊，使我在方法學上大開眼界；感謝青年文學會議講評我論文的袁勇齡老師，以及在政大中文研究生研討會講評我論文的楊佳嫻學姊，您們的批評指教，對於我論文撰寫期間的修改，有著重要的幫助。

在師長以外，仍須感謝寫論文這一年與我一起共組論文討論會的芳儒、家欣，閱讀、建議、訂正，這是每回必經的過程，每每憶起那段一起奮戰寫論文的時刻，備感溫馨；感謝紅樓讀書會的所有成員，與你們共同讀書、討論的日子，讓我洞見更多學術的奧妙；感謝四人幫的小明、博智、JOJO，每次與你們的聚會，舒緩不少我課業的壓力；當然，家人的支持是我能夠將這本論文完成的最大原動力。最後，對於其他我身邊的親朋好友，每一個遺漏的名字，也都請接受我深深致上的「感謝」二字。

寫完這本論文的同時，我所敬愛的小說家郭松棻已去世兩年，在他浪漫而深沈的文字裡，那感染的效應卻才正開始在我身上揮發，終不免惋惜自己遲至這幾年才注意到作家的作品，而小說家卻又離開得太快。權且，就先以這本稍嫌粗糙的論文來向我所尊敬的兩位作家致意吧！也當作是自己幾百個年輕的日子裡，證明存在的一頁痕跡。

我想，這是一幅由作家作品所帶來，而令我久久無法忘懷的畫面與氛圍：夢境中河流裡所映照的一抹月印，彷如是帶領每個異鄉客追尋原鄉自我的無數引子，即使時值冬夜，原先那顆尚屬漠然的心，此刻竟也不由自主的熾熱了起來。

黃啟峰于雙連坡

2007.07.20初稿

2007.11.26修訂

世紀映像叢書

世紀映像叢書

世紀映像叢書

國家圖書館出版品預行編目

河流裡的月印：郭松棻與李渝小說綜論 / 黃啟
峰作. -- 一版. -- 臺北市 ： 秀威資訊科技,
2008.05
　　面 ； 　公分. -- （語言文學；PG0184）
ISBN 978-986-6732-85-0 (平裝)

1. 郭松棻　2. 李渝　3. 臺灣小說　4. 現代小
說　5. 文學評論

863.572　　　　　　　　　　　　　97002267

 語言文學　PG0184

河流裡的月印 — 郭松棻與李渝小說綜論

作　　　　者 / 黃啟峰
主　　　　編 / 蔡登山
發　行　人 / 宋政坤
執 行 編 輯 / 賴敬暉
圖 文 排 版 / 鄭維心
封 面 設 計 / 莊芯媚
數 位 轉 譯 / 徐真玉、沈裕閔
圖 書 銷 售 / 林怡君
法 律 顧 問 / 毛國樑　律師
出 版 印 製 / 秀威資訊科技股份有限公司
　　　　　　台北市內湖區瑞光路583巷25號1樓
　　　　　　電話：02-2657-9211　傳真：02-2657-9106
　　　　　　E-mail：service@showwe.com.tw
經　　銷　　商 / 紅螞蟻圖書有限公司
　　　　　　台北市內湖區舊宗路二段121巷28、32號4樓
　　　　　　電話：02-2795-3656　傳真：02-2795-4100
　　　　　　http://www.e-redant.com

2008 年 5 月　BOD 一版
定價：320 元

讀 者 回 函 卡

感謝您購買本書，為提升服務品質，煩請填寫以下問卷，收到您的寶貴意見後，我們會仔細收藏記錄並回贈紀念品，謝謝！

1. 您購買的書名：＿＿＿＿＿＿＿＿＿＿＿＿＿＿＿＿＿

2. 您從何得知本書的消息？

　　□網路書店　□部落格　□資料庫搜尋　□書訊　□電子報　□書店

　　□平面媒體　□ 朋友推薦　□網站推薦　□其他＿＿＿＿＿

3. 您對本書的評價：(請填代號　1.非常滿意 2.滿意 3.尚可 4.再改進)

　　封面設計＿＿　版面編排＿＿　內容＿＿　文/譯筆＿＿　價格＿＿

4. 讀完書後您覺得：

　　□很有收獲　□有收獲　□收獲不多　□沒收獲

5. 您會推薦本書給朋友嗎？

　　□會　□不會，為什麼？＿＿＿＿＿＿＿＿＿＿＿＿＿＿＿＿

6. 其他寶貴的意見：＿＿＿＿＿＿＿＿＿＿＿＿＿＿＿＿＿＿

＿＿＿＿＿＿＿＿＿＿＿＿＿＿＿＿＿＿＿＿＿＿＿＿＿＿＿

＿＿＿＿＿＿＿＿＿＿＿＿＿＿＿＿＿＿＿＿＿＿＿＿＿＿＿

＿＿＿＿＿＿＿＿＿＿＿＿＿＿＿＿＿＿＿＿＿＿＿＿＿＿＿

讀者基本資料

姓名：＿＿＿＿＿＿＿＿＿＿　年齡：＿＿＿＿　性別：□女 □男

聯絡電話：＿＿＿＿＿＿＿＿　E-mail：＿＿＿＿＿＿＿＿＿

地址：＿＿＿＿＿＿＿＿＿＿＿＿＿＿＿＿＿＿＿＿＿＿＿＿

學歷：□高中(含)以下　　□高中　　□專科學校　　□大學

　　　□研究所(含)以上 □其他＿＿＿＿＿＿＿

職業：□製造業 □金融業 □資訊業 □軍警 □傳播業 □自由業

　　　□服務業 □公務員 □教職　□學生 □其他＿＿＿＿＿

秀威與 BOD

BOD（Books On Demand）是數位出版的大趨勢，秀威資訊率先運用 POD 數位印刷設備來生產書籍，並提供作者全程數位出版服務，致使書籍產銷零庫存，知識傳承不絕版，目前已開闢以下書系：

一、BOD 學術著作—專業論述的閱讀延伸
二、BOD 個人著作—分享生命的心路歷程
三、BOD 旅遊著作—個人深度旅遊文學創作
四、BOD 大陸學者—大陸專業學者學術出版
五、POD 獨家經銷—數位產製的代發行書籍

BOD 秀威網路書店：www.showwe.com.tw
政府出版品網路書店：www.govbooks.com.tw

永不絕版的故事・自己寫・永不休止的音符・自己唱